Marie-Catherine Bernard

Dieu est mort

Roman

© Marie-Catherine Bernard, 2024
Édition : BoD – Books on Demand, info@bod.fr
Impression : BoD – Books on Demand, In de Tarpen 42,
Norderstedt (Allemagne)
Impression à la demande
ISBN : 978-2-3225-4006-8
Mise en page : Auto-édition Karenine
Dépôt légal : Juillet 2024
Tous droits réservés, y compris de reproduction partielle ou totale, sous toutes ses formes.

« Dieu est mort ! Dieu reste mort ! Et c'est nous qui l'avons tué ! Comment nous consoler, nous les meurtriers des meurtriers ? Ce que le monde a possédé jusqu'à présent de plus sacré et de plus puissant a perdu son sang sous notre couteau. Qui nous lavera de ce sang ? Avec quelle eau pourrions-nous nous purifier ? Quelles expiations, quels jeux sacrés serons-nous forcés d'inventer ? La grandeur de cet acte n'est-elle pas trop grande pour nous ? Ne sommes-nous pas forcés de devenir nous-mêmes des dieux simplement — ne fût-ce que pour paraître dignes d'eux ? »

Friedrich Nietzsche — Le Gai Savoir, Livre 3e. 1882.

1
Monastère San-Paolo — Paraguay — 15 octobre 2025

Les cloches sonnaient pour la prière des laudes, le père Juan tomba à genoux.

Il se pencha au-dessus de la cuvette et vomit violemment, le ventre secoué de spasmes. Il demeura prostré à demi conscient avant qu'un bruit ne le réveille. C'était Tomas, qui se précipitait dans les toilettes d'à côté, suivi par Pedro tout aussi empressé d'aller vomir.

Juan se releva péniblement, une douleur aigüe entre les tempes. Il aida ses frères à se redresser. Qu'avaient-ils mangé au diner pour être malades comme ça ? Après s'être nettoyé le visage, ils se dirigèrent vers les cellules des autres moines. Domingo lessivait le sol, il n'avait pas eu le temps de se lever, les autres sortaient des sanitaires, l'air hébété.

Le jour commençait à poindre. Juan proposa de décaler l'office d'une demi-heure pour que chacun puisse reprendre ses esprits et regagna sa cellule. Sa migraine s'estompait, mais il ressentait toujours une pulsation entre les tempes tandis que des relents de nausée lui remontaient à la gorge. Cela lui rappela un très vieux souvenir.

Il venait d'avoir vingt-cinq ans et se préparait à entrer dans les ordres. Un soir, envahi par le doute, il était sorti marcher sans réveiller sa mère. Mais un orage avait éclaté et il s'était réfugié dans un café. Le barman l'avait accueilli en posant sur le comptoir une bouteille de cachaça et deux verres. « Tu m'as l'air d'avoir besoin d'un remontant toi ! ». Arrivé à la moitié du flacon, Juan s'était mis à partager ses angoisses avec le patron du bistrot qui l'avait écouté avec une grande attention. En quittant le café, tard dans la nuit et le pas mal assuré, il sentait un peu plus en paix. Mais le lendemain, il s'était payé une monumentale et dernière gueule de bois. Et là, cinquante ans après, il en retrouvait tous les symptômes.

Il revêtit sa chasuble et se dirigea vers la chapelle. Il alluma les cierges et attendit les autres qui arrivèrent un à un. Six moines de 77 à 98 ans. Il était, à 75 ans, le plus jeune membre de la communauté.

Personne ne parlait. Pourtant chez les dominicains on ne fait pas vœu de silence et d'ordinaire les frères discutaient entre eux avant l'office. Juan ouvrit son missel et débuta d'une voix blanche. *Ô Dieu, tu es mon Dieu. Je te cherche dès l'aube. Mon âme a soif de toi. Ma vie tout entière a soif de toi, terre aride, desséchée et sans eau...*

En psalmodiant les mots sans cesse répétés, l'échange avec le barman lui revint à l'esprit. Que serait-il devenu s'il avait trouvé porte close ? Il se rendit compte qu'il s'était interrompu au milieu de la prière et regarda ses frères. Ils ne manifestaient aucune réaction. Un silence assourdissant emplissait la chapelle, le temps semblait suspendu. L'écho de ses dernières paroles, l'odeur des cierges, la lumière du jour à travers les vitraux… Incapable de poursuivre, il sortit dans le cloître et se laissa tomber sur un banc. Il ne parvenait pas à formuler une pensée cohérente, comme bloqué au fond d'un rêve éveillé. Il vit Octavio qui se dirigeait vers le réfectoire en traînant des pieds et le suivit.

C'était à Pedro de lire ce matin, mais il demeurait silencieux, le livre ouvert devant lui. Il prit soudain sa tête entre ses mains et fondit en larmes. Juan se précipita à ses côtés. Un rire résonna. C'était Josep le plus vieux d'entre eux, il perdait de plus en plus la raison. Pedro referma sa bible d'un coup sec et quitta la pièce sans un mot.

La fin du repas se passa en silence, puis chacun rejoignit sa cellule. Personne ne se leva pour déjeuner. En milieu d'après-midi, avant les vêpres, Juan retrouva ses frères assis dans le cloître. Josep, le visage traversé par un sourire dément, répétait à voix basse :

— Il n'y a plus rien, plus rien. Toute une vie et rien !

Les autres le regardaient, les yeux pleins de larmes. Tomas murmura dans un sanglot.

— Un froid glacial !

Juan se tut. Submergé par le vide qui l'envahissait depuis le lever du jour. Le vieux moine s'exclama.

— Une mascarade ! Des clowns, juste de vieux clowns !

Personne n'eut le cœur de lui répondre. Ils demeurèrent là de longues heures, sans bouger. Parfois, l'un d'entre eux soupirait, un autre gémissait, un troisième prononçait quelques mots... puis le silence retombait, écrasant.

L'heure des complies passa, plus personne n'y songeait. Ils se sentaient pour la première fois infiniment seuls. Que reste-t-il quand il ne reste plus rien que le vide des ténèbres ? Même le doute qui les avait habités tout au long de leur vie monacale ne leur était plus d'aucun secours. Ils ne doutaient désespérément plus.

Lorsque le froid les chassa à la nuit tombée, aucun n'eut envie de se retrouver seul. Ils se regroupèrent autour du poêle dans le réfectoire et passèrent la soirée noyés dans leurs pensées, n'échangeant que des bribes de conversation. Juan se sentait accablé par une profonde détresse et un immense sentiment de responsabilité. Il exerçait les fonctions d'abbé, il devait veiller sur ses frères. Des frères qui n'étaient plus que de très vieux hommes, égarés, tout autant que lui.

Ce fut Pedro qui eut l'idée. Tous l'approuvèrent, il n'y avait aucune autre issue. Ils se serrèrent dans les bras, frères dans leur désespoir.

Puis Juan fit ce qu'il avait à faire. Aucun ne pria.

2
Veulettes-sur-Mer — 6 avril 2028

Lise s'installa sur le canapé avec son café, le premier d'une longue série. Sept heures, c'était l'heure du zapping. Elle adorait ce moment rien qu'à elle où elle prenait le temps de faire le tour des chaînes d'info. Elle avait besoin de sa session quotidienne à l'aube, week-end compris, et aussi le soir parfois... enfin, souvent. Et pas juste cinq minutes pour regarder d'un air distrait France-Info, non au moins une heure ! Assidue et concentrée, elle passait scrupuleusement en revue une trentaine de chaînes du monde entier. Elle aimait savoir ce qui se tramait sur la planète. Et si elle ne pouvait s'offrir sa séance, elle avait l'impression de manquer quelque chose d'essentiel. Ça la mettait invariablement de mauvaise humeur.

Elle attrapa la télécommande. D'abord les chaînes espagnoles et latino-américaines, rien d'important, des affaires internes. La corruption au Chili et un procès annoncé, des problèmes sur le cours du bœuf en Argentine, le décès d'un grand musicien au Mexique, une étrange histoire en Colombie. On voyait un groupe de moines complètement ivres dans une rue de Villa de Leyva. Des témoins racontaient qu'après avoir passé l'après-midi à faire le tour des bars, les moines avaient uriné sur la place, soutane levée, avant de totalement saccager une terrasse. La police les avait embarqués, direction la cellule de dégrisement.

Lise poursuivit son zapping avec méthode. L'Inde et son plan d'investissement sanitaire appuyé par le FMI pour gérer le problème de pollution des nappes phréatiques, la Russie, où les leaders se succédaient de plus en plus autoritaires, toujours le désespoir en Palestine... Elle s'attarda sur une chaîne coréenne qui diffusait une interview d'un éminent spécialiste de l'imagerie cérébrale à laquelle il recourait pour analyser différentes dégénérescences.

Cette addiction présentait au moins une utilité. Elle lui faisait réviser les langues et même en apprendre de nouvelles. Lise avait une particularité héritée d'une enfance marquée par l'ennui de la fille unique de bonne famille et les multiples nounous étrangères qui l'avaient élevée. Elle était hyperpolyglotte. Très tôt, elle avait découvert le plaisir des langues. À huit ans, elle en parlait trois couramment, sept à douze ans, plus de vingt quelques années plus tard. Depuis, elle avait arrêté de compter. Elle savait que cela provoquait l'étonnement de son entourage même si elle n'en tirait aucune gloire. Je n'entends rien aux maths, je n'ai aucune aptitude artistique, je ne suis pas vraiment douée pour les relations humaines, répondait-elle souvent, mais voilà, j'apprends une langue en moins d'un mois et je ne comprends pas pourquoi ce n'est pas la même chose pour tout le monde.

Elle finit de se préparer, attrapa ses clefs et sortit. Elle poursuivrait son zapping dans la voiture. En ce début de printemps, il ne se passait pas grand-chose. Les fêtes de

Pâques approchaient avec, sur France Inter, la traditionnelle interview d'un maître chocolatier et celle d'une cul-bénit qui trouvait qu'on en faisait trop avec le chocolat. Encore une peine à jouir ! souffla Lise en riant toute seule.

Quinze minutes plus tard, elle arriva à destination : les Laboratoires pharmaceutiques Lérôme installés à Fécamp, qu'elle dirigeait depuis cinq ans. Elle y était entrée en 2017 comme cheffe de cabinet du fondateur, après une première partie de carrière où elle avait exploré différents univers. De l'équipe d'un député à celle d'un maire, de la communication d'une ONG à celle de la présidence d'une grande université parisienne. Ce poste aux Laboratoires Lérôme c'était l'occasion de découvrir le monde de l'industrie pharmaceutique et aussi de retrouver la mer.

Charles Lérôme s'était très vite rendu compte que Lise, outre ses compétences linguistiques, disposait d'une aptitude hors norme pour dénicher les innovations. Elle regardait, lisait, retenait tout. Elle parcourait le monde, fréquentait les colloques pour représenter les Laboratoires. Elle avait un flair infaillible pour repérer les signaux faibles, les inventions à leurs balbutiements. Il n'avait pas hésité, quelques années plus tard, à la nommer responsable du développement puis, quand le directeur général avait pris sa retraite, à lui confier le poste, non sans faire grincer quelques dents.

Lise avait un respect infini pour son patron. Il s'était distingué en 2015 en prenant un tournant majeur après le décès de sa femme et de sa fille dans un accident de voiture. Après s'être complètement effondré, il était revenu aux Laboratoires et avait tout changé. Il avait ouvert l'actionnariat aux salariés, renforcé le département de recherche et décidé qu'une partie de l'activité aurait désormais une vocation humanitaire. Vaccins et traitements seraient offerts ou vendus à prix coûtant aux pays pauvres. On lui avait prédit la faillite, c'est le contraire qui s'était produit. Il avait attiré les chercheurs les plus brillants, ceux qui voulaient donner du sens à leur travail et refusaient de mettre leur talent au service du grand capital et de l'industrie pharmaceutique frappée par une succession de scandales.

Dès lors, on n'avait plus compté les découvertes, dont le fameux vaccin contre une forme très virulente du COVID. Les Laboratoires s'étaient développés, les moyens avaient afflué. Quelques jaloux avaient qualifié ce tournant d'opération de social washing. Charles Lérôme le savait, mais le plus souvent les ignorait. Il disposait d'un atout que beaucoup lui enviaient, il était l'actionnaire principal de son entreprise. Il n'avait de comptes à rendre à personne, pouvait agir comme bon lui semblait et ne s'en privait pas.

En 2025, une grave maladie l'avait immobilisé. Lise passait le voir presque tous les jours. Charles Lérôme avait perdu sa femme et son unique enfant, sa vie c'était les Laboratoires. Il avait raconté à Lise toutes les étapes de leur développement, les difficultés, les réussites. Quelques mois avant sa mort, sentant que les traitements ne pourraient pas le sauver, il s'était mis à évoquer l'avenir. Il avait décidé de créer une Fondation à laquelle il avait transféré ses parts des Laboratoires et tous ses biens. Avec l'aide de Lise, il y avait investi ses dernières forces. Il voulait s'assurer que les engagements humanitaires seraient tenus dans la durée. Il avait même décrété que la Fondation devrait dédier, chaque année, un pourcentage des bénéfices à des projets en faveur des réfugiés. Ce serait une manière d'honorer la mémoire de sa fille, qui avait consacré sa vie à améliorer leur sort, sans toujours bénéficier de son soutien.

Un matin, alors qu'il semblait aller mieux depuis quelques jours, il était mort sans que Lise puisse lui dire adieu. Elle en fut profondément bouleversée. Elle avait perdu ses parents lorsqu'elle était très jeune et se souvenait à peine d'eux, ce qui d'ailleurs, n'était que justice à ses yeux, vu le peu d'intérêt qu'ils lui avaient porté. Le décès de son patron la rendait de nouveau orpheline.

Les obsèques furent nationales. Un grand capitaine d'industrie, un bienfaiteur de l'humanité… pour elle, presque un père. Le testament prévoyait le maintien de l'équipe de direction avec Lise à sa tête. Cela suscita quelques remous de la part de cousins éloignés, mais Charles Lérôme avait tout anticipé. Une armée d'avocats fut missionnée pour régler le litige avec quelques millions provisionnés à cet effet.

C'était il y a deux ans, il lui manquait toujours.

Lise s'attaqua aux urgences du moment. Elle avait instauré, après son accession à la direction du développement, un cycle de conférences à l'attention des jeunes talents. Chaque année, pendant trois jours, se tenaient des tables rondes ouvertes à tous, experts, chercheurs et autres startuppers de la santé. Au fil du temps, les Auditions Lérôme étaient devenues un rendez-vous incontournable, un formidable brassage d'intelligences, une grande fierté pour Lise.

Elle avait décidé avec Charles de baptiser la troisième journée des Auditions, la séquence « sérendipité » en mémoire aux avancées scientifiques dues au hasard. Comme celle de Fleming qui, en rentrant de vacances, avait trouvé dans une de ses boites de culture mal fermée, une forme de moisissure qui avait empêché le développement des bactéries. Il venait de découvrir la pénicilline. Entre eux, Charles et Lise appelaient affectueusement cette séquence, la journée des hurluberlus. Y participaient des spécialistes en tout genre même les genres les moins sérieux. Il avait parfois fallu se pincer pour ne pas éclater de rire. Mais les Auditions constituaient une source incroyable d'innovations. Un creuset de pépites, comme aimait à le répéter Lise.

La session 2028 devait se tenir dans six semaines, le temps était venu de confirmer les invitations. Lise étudia la liste des intervenants dont le nombre augmentait d'année en année. Elle adorait ces rencontres et en particulier le troisième jour qu'elle continuait à piloter en direct. Elle se sentait tel un orpailleur qui sans relâche passe son tamis dans le flot du courant, espérant toujours la poussière d'or. Comme cela avait été le cas en 2025, avec trois jeunes chercheurs venus présenter leurs travaux sur un traitement révolutionnaire de l'épilepsie. Lise leur avait proposé de poursuivre leurs recherches aux Laboratoires et en janvier dernier le médicament venait d'être finalisé. On n'attendait plus que l'autorisation de mise sur le marché.

Vers vingt heures, elle quitta son bureau et reprit le chemin de Veulettes-sur-Mer. Elle réchauffa un plat cuisiné et se cala devant la télé pour faire le tour de la planète. On parlait encore du musicien mexicain. En Espagne, un programme de replantation d'arbres, mieux adaptés au changement climatique, était lancé pour renaturer les grandes plaines que la culture intensive avait transformées en désert. Au Burundi, les évangélistes s'emparaient du pouvoir, le droit à l'avortement, déjà très restrictif, serait aboli.

Lise soupira, il ne se trompait pas André Malraux quand il disait que le 21e siècle serait religieux ou ne serait pas ! Et même s'il a nié être l'auteur de ces paroles, il aurait eu toutes les raisons de les prononcer. Évidemment, ce sont encore les femmes qui en payent le prix ! Dieu, éternel carburant du patriarcat, souffla-t-elle, dépitée, en changeant de chaîne.

Elle tomba sur deux jeunes chercheurs danois qui travaillaient sur l'intelligence artificielle associée aux IRM. Ils développaient sa capacité d'apprentissage pour identifier les réactions des cellules à toutes sortes de virus et parasites. Le journaliste avait l'air dubitatif. Lise prit quelques notes. Peut-être un sujet pour les Auditions…

Elle continua son zapping. En Colombie, les moines avaient été relâchés. Le présentateur évoquait l'embarras de l'église. À New York, on verdissait les gratte-ciels et à Houston on traquait les médecins qui tentaient d'épargner le pire à des femmes condamnées à reprendre les vieilles pratiques d'avortements clandestins. Les Chinois lançaient un nième satellite. En France, l'implosion des partis politiques se poursuivait. Un nouveau mouvement émergeait, il assumait totalement ses racines catholiques et pouvait déjà compter sur plusieurs soutiens au gouvernement.

Il était près d'une heure du matin quand Lise alla se coucher, pas vraiment fière d'elle.

3
Lancaster — Pennsylvanie — 4 avril 2028

En se réveillant, Emma soupira. Elle avait la nausée. Encore enceinte à coup sûr. Quatre enfants en à peine quatre ans, une petite année de repos n'aurait pas été de trop ! Elle s'étonna de sa réaction, les enfants sont une bénédiction de Dieu ! Elle chercha une prière pour chasser cette mauvaise pensée, mais soudain prise d'un vertige, elle s'inquiéta.

— William, réveille-toi, je ne me sens pas bien !

Ce dernier lui répondit d'une voix ensommeillée.

— Qu'est-ce qui t'arrive ?

— J'ai très mal à la tête et envie de vomir !

William se redressa sur le lit en grimaçant.

— Qu'est-ce que tu as ? lui demanda Emma. Tu es malade toi aussi ?

— Comme toi, j'ai la nausée et tout qui tourne.

— Il faut aller voir les enfants !

Elle tenta de se mettre debout, mais prise d'un malaise retomba sur le lit. William se leva pour venir l'aider, mais il jura et se rua dans la salle de bain. En l'entendant vomir, Emma ne put s'empêcher de faire de même. Elle cria, entre deux haut-le-cœur.

— William, vite les enfants !

Il traversa le couloir en se tenant aux murs et ouvrit la porte de la grande chambre. Les quatre petits dormaient paisiblement. Il referma doucement et retourna auprès de sa femme. Elle sanglotait sur le lit souillé.

— Les enfants sont encore endormis, tout va bien. Ne pleure pas, ce n'est rien, je vais nettoyer.

— Je ne sais pas ce qui m'arrive, je me sens toute vide.

— Moi aussi je me sens bizarre. Tu veux que je t'aide à te lever.

— Non, ça va un peu mieux.

Elle fit sa toilette et s'habilla pendant que son mari ôtait les draps du lit. Puis elle le retrouva à la cuisine. Il versait de l'eau bouillante dans le filtre à chicorée, tout en coupant de grandes tranches de pain.

— Qu'est-ce que tu fais ?

— Eh bien, je prépare le petit déjeuner.

Lui ? Préparer le repas ? Emma eut envie de rire, mais trop faible pour réagir, elle s'attabla.

William la regarda en souriant.

— C'est drôle, non ?

— Quoi ? Qu'est-ce qui est drôle ?

— Ben, je ne sais pas. Tu ne trouves pas qu'il y a quelque chose de bizarre ?

— Un peu oui… je me sens… c'est étrange…

— C'est comme une autre dimension.

— Une autre dimension ? Peut-être en fait… tu as raison, c'est bizarre… dit-elle en riant.

Ils buvaient leur chicorée et riaient sans savoir pourquoi, en parlant de tout et de rien. Bientôt, ils entendirent les enfants se réveiller. Emma alla chercher le plus jeune pour le mettre au sein. William demanda.

— Comment on fait pour les biberons ?

Son mari, s'occuper des biberons ! Emma repartit à rire. Oui, c'était bien une autre dimension. Les quatre petits nourris et lavés, ils s'installèrent autour de la table pour la lecture du matin. Pourtant, William n'ouvrit pas sa bible. Il grimpa quatre à quatre l'escalier jusqu'au grenier et en redescendit une guitare à la main.

— Mais William ! s'exclama Emma. Tu es sûr ?

— Oh oui, tout à fait sûr ! Et toi ?

— Eh bien, je ne sais pas. Je crois que oui. Mais quand même !

Il fit sonner les cordes. L'instrument était désaccordé après cinq années à dormir dans le grenier. À vingt ans, après une violente dispute avec ses parents, il s'était enfui pour voir le monde, mais son père était mort brutalement, deux ans après. Alors il était rentré, avait beaucoup prié, s'était repenti. Comme il devait s'occuper de sa mère et de ses sœurs, la communauté lui avait pardonné. Il avait enfoui dans sa mémoire les souvenirs de son voyage et caché sa guitare au fond du grenier. Et puis on l'avait marié à Emma. Ils ne s'étaient pas choisis, mais un miracle s'était produit, ils étaient tombés amoureux. Leur vie se déroulait simplement. Ils élevaient leurs enfants, travaillaient dans les champs, allaient vendre leurs légumes au marché dans leur charrette tirée par des chevaux, pratiquaient leur religion avec rigueur, observaient les règles et priaient, bien guidés par le chef de la congrégation.

William retrouva les gestes et accorda l'instrument. Puis il se mit à jouer un air de blues en chantonnant. Emma le regarda en souriant.

— Tu sais qu'ils ne vont pas apprécier…
— Et toi tu aimes ?
— Oh oui !

Ils passèrent la matinée à rire et à chanter avec les enfants.

Vers midi, on frappa à la porte. C'était le chef de la communauté…

4
Veulettes-sur-Mer — 7 avril 2028

Au réveil, Lise se gendarma. Quatre heures de zapping c'est vraiment trop, ça commence à ressembler à une déprime ! Sous la douche, l'histoire des moines la rattrapa. Elle se souvint qu'elle en avait rêvé. Ils montaient et descendaient les marches de la Villa en hurlant des chansons paillardes. Elle alluma la télé et zappa immédiatement sur les chaînes colombiennes. L'affaire n'apparaissait plus que dans un entrefilet en bas de l'écran. Aucune explication sur l'attitude des moines, juste la mention des excuses de l'Église et de son engagement à prendre en charge les dégâts. La séquence laissa place à la pub.

Et merde ! s'exclama Lise, qui détestait ne pas trouver de solution aux énigmes qu'elle se créait elle-même. Cette histoire la travaillait. Les religions lui inspiraient un sentiment contrasté. Profondément athée, elle les assimilait en général à un fléau et comparait le plus souvent les fidèles à des platistes. Mais leur croyance l'intéressait, voire la fascinait, comme une étrangeté inconcevable. Ces gens ressentaient quelque chose qu'elle ne parvenait même pas à imaginer ! Et justement, parce qu'elle ne comprenait pas leur choix de vie, ces moines retrouvés ivres en Colombie l'intriguaient.

Elle n'était d'ailleurs pas à un paradoxe près concernant les religions. Si elle les rejetait en bloc, elle ne supportait pas que l'on stigmatise les croyants et surtout les croyantes. Elle était ulcérée par ces vieilles féministes qui, au nom d'une laïcité empreinte de dogmatisme, refusaient de prendre en considération la parole de celles qui avaient une vision différente des combats à mener. Qu'une femme puisse décider en toute liberté de porter un voile ou un chapeau de cowboy en quoi c'était un problème ! Sauf, bien sûr, si cela permettait de maquiller des penchants sexistes ou racistes. Elle savait que la majorité des athées ne partageaient pas son point de vue et se gardait généralement d'en faire état. Mais pour elle, il n'y avait là aucune contradiction, tant que l'on respectait le libre arbitre de chacun et que l'on prenait le temps d'interroger ses certitudes, sans a priori.

Dès son arrivée aux Laboratoires, elle appela Inès, la directrice du département Intelligence artificielle pour lui parler des Danois et de leur travail sur les IRM. Elles se retrouvèrent en fin de matinée avec Nathan, le chef de cabinet de Lise, chargé de l'organisation des Auditions. Inès exposa un rapide topo sur les avancées des deux chercheurs. Les techniques d'imagerie médicale progressaient, plusieurs équipes dans le monde s'y investissaient fortement.

— Leur travail est très prometteur, dit Inès. Cela pourrait vraiment faire évoluer la détection des réactions des cellules.

— Sur quoi portent exactement leurs innovations ?

demanda Nathan.

— C'est du Deep Learning, ils développent un réseau de neurones artificiels qui permet d'obtenir une image d'une très grande qualité à partir de très peu de données. Ça accélère incroyablement la durée d'examen. Mais surtout, ils conjuguent ça avec une très forte augmentation du champ magnétique qui amplifie la résolution spatiale…

Lise la coupa en riant :

— Inès, tu peux nous parler en français ?

— Oh oui, pardon ! Disons, en résumé, que ces techniques combinées d'intelligence artificielle vont permettre de déceler des signes jusqu'ici invisibles sur les cellules et surtout de pouvoir en identifier la cause en temps réel. C'est vraiment révolutionnaire !

— Bon comme ça je comprends mieux !

— Par contre, les articles sortis après leur interview ne les loupent pas ! s'exclama Nathan.

— Une innovation prometteuse qui ne fait pas l'unanimité, c'est tout à fait le profil pour la séquence sérendipité ! conclut Lise. OK, je les contacte. On verra s'ils ont déjà des plans !

Elle les appela pour leur proposer de participer aux Auditions. Ils acceptèrent avec joie. Ils étaient enthousiastes, brouillons et convaincus, tout ce qu'elle aimait. Et en plus, ils n'étaient en contrat avec personne !

Lise décida d'aller déjeuner au restaurant d'entreprise, dans la zone de production située à l'extérieur de

Fécamp. Ça rigolait aux tables. La hiérarchie s'effaçait à la cantine, elle s'assit avec les employés d'une unité qui fabriquait des cocktails de vitamines. Un bon business, sans risque pour la santé, sans grands effets non plus, mais ça faisait tourner la boutique et permettait de financer la recherche. Les membres de l'équipe se moquaient d'un salarié arrivé récemment dans une autre unité. Ils lui faisaient croire qu'ils produisaient un équivalent du viagra en beaucoup plus efficace. Lise ne les contredit pas et rit de bon cœur en rappelant que le viagra était aussi un produit de la sérendipité.

Sur le chemin de retour, elle repensa aux moines colombiens, cette affaire commençait à la hanter. Je me demande à quel point on peut considérer que prendre une cuite est un péché dans une religion où on boit du vin en expliquant que c'est le sang d'un mec mort il y a 2000 ans. Un type censé être le fils d'un Dieu et d'une vierge. En fin de compte, je les comprends ces moines ! Il y a de quoi se payer une sacrée biture !

Elle chassa ses pensées pour se concentrer sur la préparation des Auditions. À quinze heures, elle présida le comité de direction. Le déroulé des deux premiers jours était calé. On passa en revue chaque intervention. Le programme s'annonçait de très haut niveau. La nouvelle ministre serait présente le jeudi. Lise ne la connaissait pas. On en disait du bien, mais il fallait rester prudent avec les politiques.

Quand ils abordèrent le planning du vendredi, elle dut faire face, comme à l'accoutumée, aux sarcasmes de

Louis Paneron, le directeur du département recherche. Il n'avait jamais approuvé la séquence sérendipité et ne ratait pas une occasion de le manifester. Il ne pardonnait pas à Lise quelques présentations ridicules qui entachaient selon lui la réputation des Laboratoires. Les autres responsables se montraient bien plus enthousiastes, alors que pour lui, ce dernier jour des Auditions était une souffrance répétée chaque année. Lise exposa rapidement le travail des Danois. Inès, la directrice IA cloua le bec de son collègue et Lise n'eut même pas à les défendre. On leur trouva une place le vendredi matin.

Elle quitta son bureau à 19 heures. Elle devait faire quelques courses pour le diner. Elle habitait à Veulettes-sur-Mer en face de la plage, au dernier étage d'une maison normande aux airs de manoir, baptisée la Villa des Coquelicots.

Pendant des années, elle était passée devant pour se rendre aux Laboratoires. La bâtisse était abandonnée et les éléments semblaient l'user au fil des saisons. Elle lui trouvait un charme incroyable. Charles et elle en avaient souvent parlé avec Guillaume le vice-président de la Fondation Lérôme et meilleur ami de Lise. Il leur avait appris son histoire. Construite au milieu du 18ᵉ siècle lorsque Veulettes-sur-Mer s'était distinguée comme un lieu de villégiature, elle avait accueilli des artistes, des écrivains, qui migraient de Paris vers la Haute-Normandie à la belle saison. Elle était passée de mains en mains jusqu'à devenir la propriété d'une vieille dame exilée en Australie. Elle restait là à décrépir, squattée parfois l'été.

Lise avait suggéré à son patron d'acquérir ensemble la Villa. Elle conserverait l'étage supérieur et la Fondation, qui gérait également l'important patrimoine immobilier de Charles Lérôme, achèterait les deux premiers niveaux. Il décida de les mettre à la disposition de l'association humanitaire que présidait sa fille avant son décès tragique, pour loger des réfugiés avec un loyer adapté à leurs revenus. Ils avaient discuté des heures des travaux à réaliser. L'affaire avait pris bien plus de temps que prévu à se finaliser. La propriétaire était décédée, les héritiers éparpillés. Le compromis ne fut signé qu'un mois avant la disparition de Charles. Mais Lise n'avait pas abandonné leur projet. Avec l'aide de la Fondation, elle s'était assuré que la Villa soit restaurée dans les règles de l'art. Six appartements avaient été aménagés. Le sien, tout en haut, et cinq autres loués aux réfugiés.

Elle osait à peine se l'avouer aujourd'hui, malgré son enthousiasme, ce projet l'avait un peu inquiétée. À 55 ans, elle vivait seule, n'avait pas de famille, sauf une petite nièce éloignée et peu d'amis. Elle ne savait pas trop comment faire en société, incapable de parler pour ne rien dire. Elle assurait sur le plan professionnel, mais dans sa vie privée c'était autre chose. Les gens l'ennuyaient le plus souvent, ou peut-être lui faisaient peur… elle n'avait pas trop envie de creuser de ce côté. Alors, cohabiter avec des réfugiés… Elle s'était rassurée en se disant que ce serait l'association qui gèrerait, qu'elle ne serait pas obligée de socialiser.

Aujourd'hui, la Villa était pleine. Trois familles et quelques jeunes adultes, arrivés des quatre coins du monde en guerre. Au début, Lise avait essayé de rester à l'écart. Mais elle s'était fait avoir, ce sont les nouveaux résidents qui l'avaient intégrée. Elle appartenait maintenant à cette petite tribu polyglotte qui lui allait bien. Elle n'ignorait pas bien sûr que sa façon de vivre ne correspondait pas à l'image habituelle d'une directrice de grande entreprise. Mais c'était sa manière de faire et peu lui importait que certains soient étonnés qu'elle n'ait ni chauffeur, ni personnel de maison ou qu'elle ne passe pas ses vacances dans des palaces. Elle avait autre chose à penser. Et puis Charles lui non plus ne se conformait pas au modèle de la grande bourgeoisie.

Elle croisa Hafida et lui demanda des nouvelles de son plus jeune fils qui se remettait d'une angine. Comme souvent la conversation eut lieu en arabe. Lise prenait un grand plaisir à s'adresser à tous dans leur langue maternelle, même s'ils maîtrisaient plutôt bien le français grâce aux cours dispensés par l'association. Elle rentra chez elle pour se changer avant de redescendre. Tout le monde était occupé à dresser la table et à maîtriser les enfants qui couraient partout. Le vendredi soir, c'était une tradition, on mangeait ensemble.

Les résidents des cinq appartements étaient là. Hafida et ses quatre enfants arrivés du Yémen. Ajda une yézidie et ses deux filles adolescentes. Deux Congolais à peine majeurs, originaires du Ghana. Un frère et une sœur, réfugiés d'Afghanistan et un couple âgé parvenu, on ne sait par quel hasard, de Birmanie jusqu'aux plages normandes. C'était d'ailleurs la seule chose que Lise avait suggérée à l'association, accueillir des personnes de pays différents. Elle s'était imaginé que cela éviterait le repli sur soi.

La soirée se passa avec bonheur. Chacun racontait sa semaine en dégustant les spécialités d'Hafida. Lise évoqua le travail des Danois. Un long débat sur l'intelligence artificielle au service de la santé eut lieu entre Munira, l'ancienne infirmière birmane, Asanté, le Congolais fan de numérique, et Mahyar, la jeune Afghane qui venait d'entrer en fac de médecine. Cela ressemblait à une conférence internationale sur fond de soleil couchant.

Quand Lise réintégra son appartement, elle ne put s'empêcher d'allumer la télé. Elle reprit son zapping, en commençant par la Colombie. Seule une chaîne catholique évoquait encore les moines, invitant à prier pour eux et à leur pardonner ce coup de folie. Mais toujours rien sur les raisons de leur acte ni sur ce qu'ils étaient devenus. Frustrée, elle continua à zapper. Une chaîne américaine parlait d'un pasteur retrouvé par ses ouailles quelques jours auparavant, mort d'une balle dans la tête. Encore une affaire de mœurs ! souffla Lise. En Birmanie, la traque des Rohingyas se poursuivait, tout comme celle des Ouïghours en Chine. Les nouvelles n'étaient pas meilleures en Europe, après la Suède et l'Italie, d'autres mouvements conservateurs faisaient alliance avec l'extrême droite. Les journalistes se faisaient l'écho d'un monde désespérant.

Lise savait bien sûr que le filtre de l'info en continu était trompeur. Les mauvaises nouvelles généraient plus d'audience que les bonnes, on ne les choisissait pas par hasard. Mais c'en était trop pour elle, elle rejoignit sa chambre et s'endormit d'un sommeil habité de moines colombiens armés de bouteilles qui poursuivaient des enfants dans une église.

5
Holly Springs — Arkansas — 3 avril 2028

Mike Norton se réveilla avec un violent mal de tête. Le jour commençait à poindre à travers les persiennes. Il alluma sa lampe de chevet et s'assit sur le bord du lit. Pris d'un haut-le-cœur, il se précipita dans la salle de bain, bousculant au passage la table de nuit. Il mit un temps infini à se relever, enleva son pyjama souillé et entra dans la douche. L'eau brûlante lui fit du bien et il dut se forcer pour sortir. Il retourna dans sa chambre pour s'habiller et découvrit la table renversée, la lampe cassée.

Sans avoir le courage de s'en occuper, il descendit à la cuisine. Son mal de tête et sa nausée commençaient à s'estomper, mais il ressentait toujours un étrange bourdonnement dans les oreilles. C'était comme lorsqu'il plongeait, enfant, tellement profond dans le lac Livingston que cela lui provoquait une douleur intense dans les tympans. Quand il remontait à la surface, les bruits lui arrivaient assourdis, comme s'il était encore sous l'eau.

L'horloge de la cuisine sonna. Sept heures, j'ai besoin d'un café, se dit-il. Je dois préparer la prière, les fidèles seront là dans deux heures ! Oubliant le café, il emprunta le couloir jusqu'au temple et ouvrit la porte. Il resta dans l'entrée à le regarder dans la pénombre. Les murs blancs sans ornements, les bancs alignés, la grande croix… il n'eut pas la force de franchir le seuil. Que faisait-il là ? Il se sentait comme étranger à la réalité. Plus rien n'avait de sens. Il retourna dans la cuisine et s'assit, hagard. Sur la table, sa vieille bible offerte par le conseil presbytéral lors de sa nomination. Il la regarda, puis se tourna vers la pendule comptant à rebours les minutes qui le séparaient de l'office. Il regarda ses mains. Les mains d'un jeune pasteur de trente ans responsable d'une petite communauté baptiste.

Une heure. Ils vont arriver dans une heure et je devrai mener la prière ! Il prit sa tête entre ses poings. Qu'est-ce qui m'arrive ? Ce n'est pas possible, je ne peux plus… Je dois partir ! Partir ? Où j'irai ? Chez mes parents au Texas ! C'est ça, chez mes parents ! Mais qu'est-ce que je vais leur dire ? Non, ce n'est rien, je suis juste malade, ça va aller, je dois me secouer !

45 minutes. Dans 45 minutes ils seront là ! Et le temple n'est même pas prêt ! Qu'est-ce qui m'arrive ? Il tenta de se redresser, mais retomba lourdement sur sa chaise. Je ne peux plus, je vais partir, c'est la seule solution.

30 minutes. Il regarda par la fenêtre le soleil déjà bien levé. Il replongea au fond de l'eau.

En se garant sur le parking, John Roberts s'étonna de trouver la porte du temple fermée. Le pasteur Norton avait sans doute voulu garder la chaleur à l'intérieur. Il se dirigea vers l'entrée, mais alors qu'il montait les marches, une détonation retentit du côté de la maison du pasteur. Il courut récupérer son fusil, criant au passage à sa femme de rester dans la voiture avec les enfants et se précipita vers la porte. Il appela, toqua, tenta de l'ouvrir sans y parvenir. D'autres fidèles arrivèrent. Ils se mirent à plusieurs pour forcer la porte et pénétrèrent dans la maison.

Ils découvrirent le pasteur dans la cuisine, mort.

6
Fécamp — 10 avril 2028

Lundi matin. Lise rejoignit son bureau à huit heures, la semaine s'annonçait chargée. Elle se consacra à la préparation du prochain conseil pharmaceutique. Tous les grands labos y participeraient. Comme d'habitude, chacun se pousserait du coude, les sourires pleins d'arrière-pensées. Elle devait caler son intervention, essayer d'obtenir des informations pour avoir quelques longueurs d'avance. C'était peut-être l'unique chose que son ancien patron n'avait pas réussi à lui transmettre. Si elle se sentait à l'aise avec les chercheurs et ses équipes, elle avait bien plus de mal avec ses homologues. Mais bon, Charles lui non plus n'était pas connu pour aimer les pince-fesses ! se dit-elle en guise d'excuse.

Elle maugréait toute seule, déclenchant les sourires en coin de son chef de cabinet, Nathan, qui venait lui apporter un dossier avec toutes les informations qu'il avait pu glaner. Celui-là, s'il continue, je vais le passer par la fenêtre ! La majeure partie du temps, elle l'adorait, mais quand elle était énervée, elle lui trouvait tous les défauts. Sa gentillesse devenait flagornerie, son empressement couardise. La semaine précédente, elle s'était emportée après lui sans raison, avant de s'en rendre compte et de s'excuser piteusement. Bien sûr, il avait compris, lui avait pardonné. « Mais ce n'est rien Lise », avait-il répliqué. Tant de bon sens c'était insupportable !

Elle s'octroya une pause à l'heure du déjeuner pour éviter de se ridiculiser davantage. Les bureaux étaient installés à quelques pas de la digue, le grand air lui ferait du bien. Elle profita d'une longue balade. La mer magnifique tirait sur le vert. En marchant, elle se rappela l'impression ressentie la veille au soir à la fin de son zapping, un sentiment qui ne la quittait plus depuis quelques années. Celui d'être décalée, de regarder le monde de l'extérieur avec un étonnement jamais démenti face aux folies de l'être humain. Elle pouvait bien sûr expliquer rationnellement ces comportements qui la heurtaient, mais elle ne parvenait pas à les comprendre. Pourquoi certains hommes étaient-ils capables du pire ? Elle en était arrivée à se dire que les facteurs culturels ne suffisaient pas à expliquer toutes ces déviances et que l'on devrait également chercher du côté biologique. On parle bien de déficit d'empathie pour les psychopathes, se dit-elle, si ça se trouve, c'est un syndrome bien plus répandu qu'on ne l'imagine notamment chez les dirigeants ! Peut-être que le monde serait meilleur si on découvrait un moyen de renforcer génétiquement cette faculté de se mettre à la place de l'autre. Se souvenant de la chanson de Manu Chao, elle fredonna « *La vie est belle, le monde pourri* ». Pensive, elle revint à son bureau. Nathan s'était absenté, tant mieux !

Le conseil eut lieu le mercredi au ministère de la Santé, en présence des trente-deux directeurs des principaux

Laboratoires pharmaceutiques français. Enfin trente directeurs et deux directrices ! Après la pandémie du COVID, le gouvernement avait mis en place ces rencontres pour tenter d'anticiper les besoins et s'assurer de la disponibilité des traitements sur le sol national en cas de nouvelle crise sanitaire. Ces grand-messes institutionnelles ressemblaient à des guerres de tranchées. On devait veiller à témoigner d'un esprit de corps tout en consolidant ses positions. Lise soupira en entrant dans la salle d'apparat. Décidément, elle détestait ça !

Elle connaissait la plupart des protagonistes à l'exception de la ministre et d'une partie de son équipe. La représentante de l'OMS et le directeur de la santé firent tout d'abord un point sur l'état sanitaire. La période était plutôt calme et sous contrôle, pas de pandémie à l'horizon. Puis des échanges eurent lieu sur les travaux de recherche en cours et leurs déclinaisons opérationnelles pour la production de traitements. La ministre suivit avec une grande attention la présentation de Lise. Les Laboratoires Lérôme avaient une place à part, au titre de leurs recherches appliquées en virologie et de leur statut particulier de Fondation d'intérêt public. Une place bien évidemment considérée comme indue par leurs concurrents les plus importants.

La séance levée, Lise souffla, bien décidée à s'éclipser au plus vite. Mais elle ne fut pas assez rapide à traverser la salle du cocktail et trois membres de la nouvelle équipe ministérielle la rattrapèrent. Elle connaissait les deux plus âgés, des gens sérieux, compétents. Ils voulaient lui parler d'une mission d'évaluation qui allait démarrer en Ouganda et qui portait en particulier sur l'efficacité d'un antiparasitaire produit par les Laboratoires Lérôme. La troisième interlocutrice lui était inconnue. Elle se présenta, Jeanne May. Chercheuse en anthropologie, elle travaillait sur l'approche culturelle dans l'observance des traitements par les patients. Elle s'exprimait avec un mélange d'accents anglais et québécois.

Après avoir convenu de se retrouver pour une réunion à Fécamp, les deux anciens de l'équipe saluèrent Lise qui se retourna vers la jeune chercheuse dont la présentation avait attiré son attention.

— Jeanne, vous évoquiez la notion d'observance. Vous pouvez m'en dire plus sur vos travaux ? Il est bien question d'anthropologie du médicament, c'est ça ?

— Oui tout à fait, mes recherches portent sur la place et le sens que le patient attribue au médicament, sur le vécu du traitement, qui varie selon les cultures et qui influe directement sur son efficacité.

— C'est vraiment passionnant, je suis persuadée qu'on sous-estime cette dimension ! Et sur quelles sources fondez-vous vos analyses, vous avez réalisé des enquêtes de terrain ?

— Non, pour l'instant, je n'ai travaillé que sur les données des cohortes de patients canadiens lors de mes recherches à l'Institut du cerveau à Toronto. Je n'ai pas encore pu creuser la question des perceptions, mais de nombreux éléments de profil permettent déjà d'intégrer les habitudes culturelles.

— Quels éléments par exemple ?

— Les pratiques alimentaires, le niveau de sédentarité, le temps de sommeil et même les comportements liés aux appartenances religieuses.

— Les religions ! J'avais connaissance de travaux sur l'impact culturel, mais je n'avais jamais entendu parler de l'influence des croyances ! Vous avez l'intention de prendre cela en compte dans l'évaluation qui sera réalisée en Ouganda ?

— Non, non, pas du tout ! répondit la jeune chercheuse. Je… je ne suis qu'au début de l'exploration, j'ai juste commencé à travailler dessus pendant ma thèse. Je n'en ai même pas parlé au ministère. Je suis désolée, je me suis un peu trop avancée, je n'aurais pas dû… Pardonnez-moi, je ne veux surtout pas vous faire perdre votre temps !

Lise la rassura avec un sourire.

— Ne vous inquiétez pas, Jeanne, je trouve ces réflexions tout à fait intéressantes ! Je suis sûre que nous devrions davantage nous pencher sur cette dimension anthropologique et pourquoi pas sur l'influence des pratiques religieuses. Nous pourrons en reparler lors de la réunion sur l'évaluation. Sous la direction de qui avez-vous réalisé votre thèse ?

— Le professeur Strocke. Je l'ai commencée avec lui à Toronto et terminée à Paris quand il est rentré en France.

— Strocke… cela me dit quelque chose…

Elles furent interrompues par la ministre qui traversait la salle et s'arrêta pour saluer Lise.

— Je suis impatiente de participer aux Auditions Lérôme !

Impatiente de participer ! Étonnant, pensa Lise, qui avait plutôt l'habitude que les officiels s'attendent à ce que l'on soit impatient de les écouter. Elles échangèrent quelques mots sur le programme. La ministre serait présente le jeudi après-midi, où serait notamment présentée une analyse sur les effets à long terme des vaccins.

Alors que sa directrice de cabinet venait de lui signaler qu'il était temps d'y aller, la ministre demanda.

— J'ai entendu parler de la séquence sérendipité, j'aimerais bien y assister si mon agenda me le permet. Ça doit être intéressant de découvrir tous ces projets qui sortent du cadre ! Je pourrai m'organiser pour être là le vendredi matin, Françoise vous tiendra au courant. Et puis ça me ferait du bien de prendre un peu l'air de la mer.

Lise ne sut que répondre. Une ministre avec les hurluberlus, ça promettait ! Elle se contenta de la remercier et de la saluer. On verrait si elle poursuivrait dans sa lubie. Elle chercha du regard Jeanne May sans la trouver et s'empressa de se sauver avant de devoir échanger des banalités avec ses homologues.

Dans le train du retour, elle songea au travail de la jeune chercheuse canadienne. Elle pourrait lui proposer d'intervenir lors des Auditions, ce serait une bonne entrée en matière pour sensibiliser les équipes. Et puis cette histoire du rôle de l'appartenance religieuse pour le coup c'est vraiment intrigant ! Ce serait quand même fou que les traitements agissent différemment selon que l'on soit musulman ou catholique ou rien du tout d'ailleurs !

Plongée dans ses réflexions, le signal d'un SMS la fit sursauter.

– Hello, Lise, j'ai appris pour la présence de la ministre aux Auditions. Sois prudente avec elle ! On déjeune ensemble demain midi ?

Guillaume, évidemment ! Et comme d'habitude, il voit des complots politiques partout, se dit-elle avant de lui répondre.

– T'inquiètes pour la ministre, je gère, j'ai l'habitude. OK pour le déjeuner, on se retrouve à l'Aiguille Creuse à 13 heures ?

– Super, je t'embrasse !

– Moi aussi. À demain.

Guillaume, son meilleur ami. Enfin, son seul ami si on excluait les résidents de la maison et quelques membres de son équipe aux Laboratoires. Grand maître en franc-maçonnerie, érudit, aujourd'hui installé à Saint-Pierre-en-Port après une carrière diplomatique qui l'avait mené aux quatre coins du globe. Et surtout ancien amant et éternel complice de ses projets les plus farfelus.

Elle l'avait rencontré quelques mois après son arrivée aux Laboratoires. Fatigué de courir le monde, il était rentré en France à quelques années de la retraite. Entre autres activités, il s'était mis à écrire sur l'histoire des intellectuels qui venaient au 18ème siècle en villégiature sur la côte de Haute-Normandie. Il s'était enthousiasmé pour les Auditions, surtout pour le troisième jour, dont il avait été une des chevilles ouvrières. Charles Lérôme, qui avait nommé au Conseil de surveillance de sa Fondation des personnalités de toutes origines, l'avait choisi pour occuper le poste de premier vice-président. Il connaissait tout le monde dans la région et bien au-delà.

Dans le taxi qui la ramenait de la gare, elle regarda le chauffeur avec impatience, il se traînait, elle n'avait pas que ça à faire ! Elle soupira pour manifester son mécontentement. Ce qui eut évidemment pour effet de le faire ralentir. Il en avait vu d'autres.

Elle arriva enfin à Veulettes. Elle posa sur un plateau un paquet de gâteaux, un yaourt et une orange et se servit un verre de vin blanc avant de s'installer sur le canapé. Elle avait une mission ce soir. Découvrir ce qui était advenu aux moines colombiens ! Elle attrapa la télécommande et se brancha directement sur les chaînes d'info latino-américaines, mais plus personne n'en parlait. Énervée, elle changea de chaîne. Zappant sur les télés américaines, elle se souvint de l'histoire du suicide du pasteur en Arkansas, mais fit également chou blanc, ce qui eut pour effet d'augmenter son niveau d'exaspération.

Elle glissa vers les chaînes religieuses. Des prédicateurs haranguaient leurs fidèles qui priaient les mains levées en se balançant au rythme de la musique. Magnifique exercice d'hypnose collective ! souffla-t-elle. Mais que se passe-t-il dans la tête des croyants ? Je ne les comprendrai jamais ! Elle tomba enfin sur une émission qui évoquait le pasteur. Les intervenants remettaient en cause la thèse du suicide. Un suicide qui le privait du paradis bien sûr ! Quel drôle de monde, où l'on vous demande de croire en un au-delà meilleur sans vous laisser choisir à quel moment vous souhaitez le rejoindre ! se désespéra-t-elle en finissant son verre de vin.

Elle tarda un peu avant de zapper et s'intéressa à la séquence suivante. L'animateur exposait le cas d'une famille qui venait de quitter sa communauté amish. Il les présentait comme des renégats, excommuniés pour avoir joué de la musique. Il parlait d'une trahison. N'en pouvant plus elle éteignit la télé. Elle éviterait dorénavant ce type de chaîne !

En allant se coucher, elle repensa aux amish. Ils vivent en dehors du monde moderne et ont l'air totalement allergiques au plaisir. D'ailleurs, ce n'est pas le seul mouvement confessionnel dans ce cas. OK, beaucoup proscrivent l'alcool. Ça, à la limite, je peux le comprendre, quoique… mais pourquoi la musique ou le sexe ? Pourquoi toutes ces religions veulent-elles priver les Hommes du bonheur ? C'est pour pouvoir leur vendre par comparaison un au-delà meilleur ?

Elle se souvint de sa grand-mère adorée, disparue l'année de ses douze ans. Elle disait souvent qu'elle

« gagnait son ciel », lorsqu'elle faisait quelque chose qui lui demandait des efforts. Petite, Lise se figurait que c'était comme gagner de bons points à l'école. Sa mamy les collectionnait pour avoir le droit d'aller au ciel. Lors de ses obsèques, elle s'était imaginée sa mamy assise confortablement sur un gros nuage blanc en train de papoter avec un bon Dieu qui avait toute l'apparence du père Noël.

C'était une étrange croyante, qui invoquait toutes sortes de saints. Et en vers, s'il vous plait ! Saint-Antoine de Padou pour retrouver ses clefs perdues partout, Sainte-Claire pour retenir la pluie en l'air et les protéger de la foudre et du tonnerre, Saint-Laurent pour ne pas rater sa crème mont-blanc… C'était surtout une croyante qui n'avait pas sa langue dans sa poche. Un dimanche matin, alors qu'elles traversaient le parvis de la cathédrale de Rouen à l'heure de la sortie de la messe, elle avait chuchoté à l'oreille de Lise « tu sais ma p'tite fille, il n'y a pas que de braves gens à l'église ! ». Puis elle était allée ostensiblement donner un billet à un pauvre mendiant étrillé par ces soi-disant catholiques, au motif que si on lui accordait l'aumône, il irait assurément la boire.

Si ça se trouve, c'est d'elle que je tiens mon athéisme forcené ! se dit Lise avant de plonger dans le sommeil.

7
État d'Arakan — Birmanie — 12 avril 2028

Cinq heures du matin. Aujourd'hui, Zeya allait mourir en martyr. La cible était un village dans l'Arakan. Plus précisément une mosquée secrète fréquentée par de soi-disant Rohingyas qui n'avaient pas encore fui à l'étranger. Jeune moine, Zeya venait d'intégrer le mouvement Ma Ba Tha qui s'était donné pour objectif d'éradiquer la peste islamiste de la terre birmane et de protéger la race et la religion bouddhiste. Il offrirait sa vie. Il avait passé une partie de la nuit à prier. Il était en paix. Il sortit de la petite maison pour soulager sa vessie, mais se mit à trembler de tous ses membres. Il s'appuya sur le mur de torchis et vomit violemment. Qu'est-ce qui m'arrive ? Tout tournait autour de lui, ses tempes battaient, la douleur irradiait jusque dans son cou.

Oui, bien sûr ! On m'a dit que cela risquait de se produire ! C'est le Tentateur qui essaye de me détourner de ma mission sacrée. Il respira longuement pour se calmer et s'efforça de prier, mais les mots sonnaient creux. Il s'assit contre le mur de la maison et resta de longues minutes immobile. Il se sentait comme dédoublé. C'était comme si son esprit flottait au-dessus de son corps. Il ferma les yeux. Bouddha, viens à mon secours, montre-moi la voie !

Il fut incapable de poursuivre, un voile venait de se déchirer. Il se vit là dans la cour d'une maison anonyme, prêt à passer autour de sa taille sa ceinture explosive pour aller tuer des mécréants… Un vertige l'envahit. C'est sûr, c'est le démon qui me tente ! J'ai une mission. Abattre ces chiens, ces violeurs ! Des chiens ! cria-t-il presque. Puis il se mit à murmurer. Non pas des chiens, tu le sais bien, pas des chiens, des innocents… Au nom de quoi ? Tout lui semblait soudain absurde. Bouddha ? Qui ?

5 h 30. Ses frères allaient se réveiller et ils accompliraient leur œuvre de mort, au nom d'une religion de paix et d'amour. Il pensa à ses parents et à ses sœurs. Comment avait-il pu ? Que faisait-il là ? Il entendit du bruit. Les autres se levaient, il pouvait encore fuir. Fuir ? Mais eux fuiraient-ils ?

Il entra dans la maison. Le plus âgé distribuait les ceintures. Il prit la sienne et écouta les instructions maintes fois répétées. La ceinture à dissimuler sous leur veste, la sécurité à n'enlever qu'au dernier moment au milieu de la foule, les mantras à prononcer. Les moines commencèrent à prier. Non, eux ne fuiraient pas, quoi qu'il fasse, ils iraient semer la mort ! Il n'y avait qu'une seule façon de se racheter…

Le chef sortit vérifier le réservoir du vieux camion. Zeya sut ce qu'il devait faire. Il avait vu, la veille, le propriétaire de la maison utiliser un téléphone portable. Il le subtilisa et prétendit un besoin pressant pour s'isoler. Il écrivit un message à sa sœur ainée. « Adieu ma sœur. Aujourd'hui, des assassins mourront et des innocents seront sauvés. Ne prie pas pour moi, il n'y a ni Dieu ni ennemis, juste un immense mensonge. Je pars en espérant que mon geste t'aidera à me pardonner et que ta vie sera meilleure. »

Puis il monta à l'arrière du camion avec ceux qu'il ne reconnaissait plus comme ses frères. Tous se taisaient, enfermés dans leurs prières, inconscients du regard de Zeya. Arrivé près du village, le véhicule s'immobilisa et chacun contrôla une dernière fois sa ceinture.

Zeya jeta un œil à l'extérieur, personne à l'horizon. Il déclencha sa bombe…

8
Veulettes-sur-Mer — 13 avril 2028

Lise se réveilla la famille amish encore à l'esprit. Elle se connaissait, si ça l'obsédait, c'est qu'il devait y avoir un loup. Son zapping matinal lui confirma son ressenti. Ça ne tournait pas rond du côté du bon Dieu. Un évêque venait de démissionner à Palerme, sa lettre avait fuité, il disait ne plus croire en l'existence d'un sauveur.

Elle se consacra à la préparation des Auditions. Le programme de la troisième journée devait être bouclé. Elle repensa à la ministre. Elle avait l'habitude d'accueillir des personnalités politiques, mais une ministre à la séquence sérendipité ce serait une première. Elle lui avait fait bonne impression et pourtant Guillaume semblait méfiant à son égard. Elle profiterait du déjeuner pour en savoir plus.

Elle décida de rappeler les Danois pour se rassurer. Ils se montrèrent ravis et un peu surpris de l'avoir de nouveau en personne au téléphone. Elle contacta également Jeanne May qui s'excusa d'avoir dû partir sans la saluer lors de leur rencontre au ministère. Celle-ci accepta, avec un mélange d'enthousiasme et de stress, l'invitation à présenter ses travaux lors des Auditions. Elles convinrent d'en reparler quand elle viendrait à Fécamp pour la réunion sur l'évaluation en Ouganda. En attendant le déjeuner avec Guillaume, Lise fit quelques recherches et découvrit que plusieurs Laboratoires au

Canada, en Allemagne et en Suisse se préoccupaient déjà d'anthropologie du médicament. Il ne fallait pas tarder et peut-être aller au-delà en intégrant la question des croyances.

À 12 h 30, elle se dirigea vers l'Aiguille Creuse, un restaurant gastronomique niché sur la falaise d'Etretat avec une superbe vue sur le rocher, leur cantine de luxe. Guillaume était installé en terrasse. L'âge le flattait, il s'était arrondi, adouci. Il se leva pour l'embrasser avec un grand sourire. Le chef vint les saluer. Comme d'habitude, ils n'étudièrent pas la carte. Ils se laisseraient faire par l'artiste. Aujourd'hui, ce serait des Saint-Jacques juste poêlées avec un confit de vitelottes aux salicornes et une pomme au four étoilée de pralin. Il leur proposa quelques huîtres et un Sancerre pour commencer le repas.

Guillaume leva son verre pour trinquer.

— Alors, comment se présentent ces Auditions 2028 ?

— Très bien ! Je crois que nous avons déniché une pépite. Des Danois qui travaillent sur l'intelligence artificielle des IRM. Tout le monde les attend avec impatience. Enfin, tout le monde sauf Louis...

— Comme d'habitude !

— Au fait, pourquoi tu m'as dit d'être prudente avec la ministre ? Tu la connais ? Moi je l'ai trouvée pas mal lors du conseil pharmaceutique.

— Non, je ne la connais pas personnellement, mais c'est une forte personnalité, plutôt clivante. Tu sais qu'elle est très impliquée dans les mouvements catholiques. Tu n'as pas entendu parler de ce nouveau parti qui est en train de se constituer ?

— Si bien sûr, ils tournent en boucle là-dessus aux infos. Elle en fait partie ?

— Elle en est même une des principales têtes pensantes !

— Et tu en penses quoi de ce mouvement, toi qui es à la fois catho et franc-maçon ?

— Mon point de vue est forgé depuis longtemps. Je tiens à la séparation des églises et de l'État. Et je n'aime pas du tout que l'on mélange foi et politique. L'histoire nous a appris que cela ne donne jamais rien de bon !

— Tu as raison, restons prudents. D'autant que la ministre m'a dit qu'elle souhaiterait être présente aussi le vendredi.

— Ah ça, ce n'est pas commun ! À part tes Danois, tu n'as pas trop de comiques ? Tu te souviens de celui qui prétendait que boire son urine protégeait des infections ? L'auditoire peinait à contenir ses rires ! Louis s'était presque étouffé !

Tout en délogeant une huître de sa coquille, Lise répondit :

— Non, ça va, on a des intervenants très talentueux. J'ai également invité une jeune anthropologue de la santé, Jeanne May, elle est canadienne. Tu la connais ?

— Cela ne me dit rien. Sur quoi travaille-t-elle ?

— Elle a écrit une thèse sur l'adaptation des

traitements au contexte culturel. C'est tout à fait passionnant. Elle évoque aussi l'appartenance religieuse parmi les éléments qui peuvent avoir un impact.

— La religion qui influe sur la santé, c'est particulier ça !

— Sur quoi n'agit-elle pas ? Elle est partout… souffla Lise à voix basse.

Guillaume fit mine de ne pas avoir entendu. Ils terminèrent leurs huîtres avant de savourer les Saint-Jacques, délicieuses, tout comme l'incroyable confit de vitelottes aux salicornes. Leur assiette saucée, Lise demanda.

— Tu es au courant pour cette histoire des moines colombiens ?

— Non du tout, de quoi parles-tu ?

— J'ai vu sur une chaîne colombienne que sept moines se sont retrouvés au poste après avoir passé l'après-midi à faire le tour des bars !

— Je savais que parfois des frères taquinent un peu trop la bouteille dans certains monastères, mais consommer de l'alcool en public c'est étonnant !

— Un peu trop… ! On est loin du compte ! Ils ont ravagé la terrasse d'un bistrot et pissé devant tout le monde ! Je ne suis pas sûre que ce soit très chrétien comme comportement ! lança Lise en riant.

Elle vit à la tête de Guillaume qu'elle était allée trop loin.

— Je suis désolée, j'oublie parfois que tu es croyant.

— Tu as dit qu'ils étaient sept ?
— Oui pourquoi ? Le chiffre sept a un sens particulier pour les moines ?
— Non pas vraiment… tu te souviens à quel ordre ils appartiennent ?
— Je crois avoir compris qu'ils viennent d'un monastère dominicain installé pas très loin de Villa de Leyva

Lise vit que Guillaume s'était assombri.

— Qu'est-ce que tu as ? Ils ont juste trop bu tu sais, et même s'ils ont un peu mis le bazar ce n'est pas si grave que ça. Ça a beau être des moines, ils ont peut-être besoin de lâcher prise de temps en temps.
— Non, ce n'est pas eux. Cela me rappelle une très triste histoire survenue en 2025 dans un monastère paraguayen où j'ai séjourné.
— C'était bien ton dernier poste d'ambassadeur ?
— Oui, tout à fait. C'est là que j'ai décidé de m'arrêter.
— Et tu as visité les monastères ?
— Pas exactement. Je voulais faire une pause pour réfléchir. J'avais connaissance de cette abbaye dominicaine, l'ordre auquel appartiennent les moines colombiens dont tu m'as parlé. Ce monastère disposait d'une maison d'hôtes. J'y ai séjourné une semaine. Je me souviens du père abbé, un érudit. Nous avons eu des discussions passionnantes.
— Et que s'est-il passé ? On dirait que cela t'a marqué.

— On ne sait pas vraiment. Ils étaient sept comme les sept moines colombiens. Mais eux, on les a retrouvés morts, intoxiqués par un poêle soi-disant défectueux. Cela m'avait beaucoup attristé.

— Effectivement, c'est bien moins drôle que mon histoire en Colombie ! Mais pourquoi parles-tu d'un poêle « soi-disant » défectueux ?

— Au départ, c'est l'explication qui a été donnée, puis on a appris que le tuyau d'évacuation du poêle était totalement obstrué par un mélange de chiffons et de suie. Si bien que la fumée s'est répandue directement dans la pièce où on a découvert les moines sans vie.

— Ces chiffons n'ont pas pu arriver tout seuls. On a trouvé qui a fait ça ?

— Non. Certains ont évoqué un acte terroriste, d'autres une vengeance, mais de la part de qui ? C'était un monastère sans histoire, isolé dans la montagne et habité uniquement par ces sept moines. Y séjournaient bien parfois quelques retraitants comme moi, mais de moins en moins eu égard à l'âge des frères. Et aucun n'était présent quand le drame s'est produit.

— Tu crois qu'ils ont pu boucher le tuyau eux-mêmes ?

— Non, bien sûr ! Pourquoi auraient-ils fait cela ? Je dois quand même avouer que cette affaire est vraiment étrange. J'y ai très souvent repensé. On les a tous retrouvés dans le réfectoire. Pourquoi ne se sont-ils pas aperçus que le poêle avait un problème ?

— Et il n'y a pas eu d'enquête ?

— Je crois que oui, mais on n'a jamais su ce qui s'est vraiment passé.

— C'est bizarre, je n'en ai pas entendu parler quand ils ont évoqué à la télé le cas de ces moines ivres. Quand même, ça fait sept moines dominicains morts au Paraguay et trois ans après sept autres moines dominicains retrouvés en train de faire la nouba en Colombie. Tu penses qu'une relation existe entre ces deux histoires et que les autorités religieuses évitent d'y faire allusion pour se protéger ?

— Bien sûr que non ! réagit vivement Guillaume. Il s'agit certainement d'une coïncidence. Par contre, les moines colombiens ne pouvaient ignorer ce qui est arrivé à leurs frères du Paraguay. On en a parlé pendant des mois !

Ils s'interrompirent de nouveau, pour déguster leur pomme au four. Lise reprit.

— En tout cas entre ces sept moines, les amish virés parce qu'ils jouaient de la musique et cet évêque italien qui démissionne, ça ne va pas trop bien du côté du bon Dieu !

— Des amish exclus, ce n'est pas la première fois, je crois. Quant aux évêques qui démissionnent, on en a connu de nombreux pour des raisons pas toujours très nobles ! Tu te souviens de son nom ?

— Attends, ah oui, l'évêque Martin. Je ne savais pas que c'était un saint Italien.

— Je te le confirme, il n'est pas italien d'origine. Il a fondé un monastère près de Poitiers, au 4e siècle. Et je connais cet évêque !

— Décidément, tu connais vraiment tout le monde !

Guillaume sourit. Ce n'était pas la première fois qu'on lui faisait cette remarque.

— Nous nous sommes rencontrés il y a quelques années au cours d'un atelier lorsqu'il officiait à Milan et on a continué à se croiser par la suite. Tu te souviens, je t'ai déjà parlé de ces conférences interreligieuses auxquelles je participe de temps en temps. Et donc il a démissionné ?

— Oui, il a écrit au pape pour expliquer qu'il ne croyait plus en Dieu. Son courrier a fuité sur les réseaux sociaux.

— C'est étrange que l'information ait filtré de cette façon. Et surtout cet argument ! Ça ne lui ressemble vraiment pas, je vais essayer d'en savoir plus. Mais dis-moi, tu m'intrigues. Te voilà bien passionnée par les choses de Dieu. Je t'ai connue plus septique !

Lise fit une pause avant de répondre. Il avait raison, le sujet n'en finissait pas de la questionner. Plus le temps passait et moins elle comprenait les croyants. Et cette accumulation d'informations étranges renforçait ses interrogations.

— Je ne sais pas… tu penses que la foi joue un rôle pour protéger des maladies ? En fait, je vais lui demander d'en parler lors des Auditions.

— À qui ? À l'évêque ? dit Guillaume en riant.

— Mais non à l'anthropologue, Jeanne May ! Ce

serait intéressant qu'elle aborde l'influence des religions dans la perception des traitements.

— Tu es vraiment sûre ? Avec la ministre ?

— T'inquiètes, si elle vient c'est le matin, je ferai passer Jeanne May l'après-midi.

— C'est plus prudent ! s'exclama Guillaume.

Lise revint à leur premier sujet de conversation.

— Tu crois qu'au moment de mourir tes moines avaient tous la certitude d'aller au paradis ? Ou est-ce que certains doutaient ? Et le pasteur ?

Elle lui expliqua en quelques mots l'histoire du pasteur retrouvé mort en Arkansas.

— Tu sais Lise, le doute est consubstantiel à la foi. D'ailleurs, Pascal disait « *douter de Dieu c'est y croire* ». Mais pour que je t'expose cela plus en détail, nous aurions besoin de plus de temps, ma belle !

Lise regarda sa montre. 14 h 30 ! Elle devait retourner aux Laboratoires.

— Tu as raison. On s'en reparlera. OK, c'est un peu confus dans ma tête, pourtant j'ai le sentiment qu'il se passe quelque chose de bizarre. Ça te dit de venir manger vendredi soir ? On continuera la discussion.

— Avec plaisir, je suis incapable de résister aux plats d'Hafida ! Je ramène le dessert et du vin, ça te va ?

— Oui, super.

Ils félicitèrent le chef.

— C'était vraiment délicieux, lui dit Lise. Tu auras peut-être une ministre à dîner dans quelques semaines.

Au moment de la quitter, Guillaume l'embrassa.

— Prends soin de toi, ma belle. Tu dors assez ? Tu sais que tu dois te reposer pour pouvoir réfléchir. Et plus de cinq heures par nuit !

— Promis, au moins 5 h 30 !

Il la regarda partir, toujours sensible à son allure, et se dirigea vers sa voiture en repensant à leur échange. Il était coutumier des bizarreries de Lise. C'était même son trait de caractère qu'il affectionnait le plus.

Il l'avait vue progresser depuis son arrivée comme cheffe de cabinet, jusqu'à ce poste de directrice générale. Elle n'avait rien perdu de ce mélange si attachant entre une personnalité publique connue pour son autorité naturelle et ses grandes capacités intellectuelles et une dimension plus privée faite de simplicité et aussi d'une grande fragilité. Elle était bien la seule personne avec qui il ne s'était jamais ennuyé ! Et pourtant, il portait l'ennui comme une croix et un paradoxe intérieur. Il ne pouvait se passer au quotidien de la plus routinière routine, de ses petites habitudes qui sans doute le rassuraient. Dans sa vie privée, il était tout sauf aventurier. Ce qui expliquait pourquoi, malgré ses multiples incartades, il ne se soit jamais séparé de son épouse. Mais son esprit, lui, avait sans cesse besoin d'être stimulé, sinon il sombrait dans la déprime.

Il avait parcouru le monde en tant qu'ambassadeur, emmenant avec lui sa famille et ses petites manies. Mais l'angoisse l'avait envahi à l'approche de la retraite. Alors il avait choisi de la snober, refusant d'attendre la date de péremption, fuyant par avance la terrifiante fête de départ et ses cadeaux pour vieux diplomate hors d'usage. À 58 ans, il avait démissionné avant d'être mis au rebut. L'argent ne manquait pas. Ils étaient revenus dans leur maison de Saint-Pierre-en-Port. Il avait découvert le plaisir d'être grand-père, avait commis quelques ouvrages sur le 18ᵉ siècle, s'était passionné pour les Auditions Lérôme, était devenu vice-président de la Fondation, avait occupé quelques années le plateau de vénérable de sa loge maçonnique, était monté en grades… Bref, il avait trouvé un équilibre auquel la présence de Lise devait beaucoup.

Ils avaient été amants. En y pensant, il sentit comme toujours une émotion l'étreindre. C'était une belle histoire. Mais Lise avait refusé le statut de maîtresse et lui était incapable de quitter sa vie. Alors ils avaient troqué la chair contre l'esprit. Il comprenait, il acceptait, mais ne pouvait la voir sans ressentir du désir. Un désir, qu'il taisait soigneusement.

Il s'aperçut qu'il était resté dans sa voiture à l'arrêt, perdu dans ses pensées. Il se secoua. Vivement demain soir ! Il sentait que quelque chose se tramait. Il adorait ça.

9
Palerme — Italie — 10 avril 2028

Très-Saint-Père,

Prêtre depuis trente-sept ans et évêque depuis près de quinze ans, je ne suis plus en mesure d'honorer le message de Saint-Marc. « *Car celui qui voudra sauver sa vie la perdra, mais celui qui perdra sa vie à cause de moi et de la bonne nouvelle, la sauvera.* »

Je renonce à vouer ma vie à l'espoir d'une bonne nouvelle et d'un sauveur dont je ne reconnais plus l'existence. Cela signifie que je dois en tirer toutes les conséquences s'agissant de la mission pastorale que vous m'avez confiée.

C'est pourquoi je vous prie humblement d'accepter ma renonciation à la charge d'évêque de Palerme. Une décision que je prends pour des raisons strictement personnelles conformément au Code de droit canonique.

Veuillez, Très-Saint-Père, recevoir mes salutations les plus respectueuses.

10
Fécamp — 13 avril 2028

De retour à son bureau, Lise alla voir Nathan.

— J'aurais besoin de toi pour quelques recherches. Je voudrais connaître la nature des informations recueillies sur les patients des cohortes utilisées pour les études en santé.

— Tu veux parler de leur profil ? Que cherches-tu précisément ?

— J'aimerais savoir si on prend en compte l'appartenance religieuse.

— Mais c'est super sensible ça ! Les règles de confidentialité pour les données de santé sont extrêmement strictes.

— J'aimerais quand même vérifier.

— Pourquoi tu veux savoir ça ?

Lise lui parla des travaux de Jeanne May et de son intention de la faire intervenir aux Auditions.

— Tu crois qu'il y a un rapport entre foi et efficacité des traitements ? Sérieusement ?

Lise sourit. Sa vivacité d'esprit, voilà pourquoi elle l'avait choisi comme chef de cabinet. Plein d'imagination, il végétait au service communication, cantonné à des tâches exécutives. À quelques reprises, elle avait déjeuné à la même table que lui à la cantine. Il fourmillait d'idées, elle avait tout de suite accroché. Elle demanda tout d'abord à la directrice de la communication de l'affecter à la préparation des Auditions où il se révéla excellent. C'était un organisateur hors pair. Elle décida alors de recréer le poste de chef de cabinet qu'elle avait occupé quelques années auparavant. Il accepta avec enthousiasme. Depuis, elle ne pouvait plus se passer de lui. Il savait se moquer gentiment d'elle quand elle s'énervait. Ça avait le don de la calmer sur le champ. Il était également devenu un habitué des repas du vendredi soir où tout le monde l'adorait.

— Je ne sais pas s'il y a effectivement un rapport, mais ça m'intrigue, répondit-elle.

— Et donc elle va intervenir aux Auditions ?

— Oui, elle m'a dit OK, même si ça à l'air de la stresser. J'ai vraiment envie d'en apprendre davantage. Il faudra la faire intervenir l'après-midi parce qu'avec la ministre... D'ailleurs, elle a confirmé ?

— Non pas encore. Je vais prendre contact avec sa directrice de cabinet. Bon, je te fais également quelques recherches sur les travaux de l'anthropologue ?

— Oui, merci, je voudrais en savoir plus avant de la revoir. Et réserve ton vendredi soir, j'ai invité aussi Guillaume.

— Super ! répondit Nathan qui adorait ces repas à la belle saison dans le jardin de la Villa de Veulettes et les grandes discussions avec ses habitants venus du bout du monde.

Lise passa l'après-midi à gérer les affaires courantes.

À seize heures, Pierre, le directeur des finances et des affaires juridiques la rejoignit dans son bureau. Encore un ancien qui avait accompagné Charles Lérôme dans l'ouverture de l'actionnariat aux salariés et le choix de consacrer une partie de la production à des causes humanitaires. C'était lui surtout, avec l'aide d'une équipe de juristes, qui avait piloté la création de la Fondation sous son statut très particulier de fondation-actionnaire reconnue d'intérêt public. À l'origine, un tel système qui combine économie et philanthropie était interdit en France. Mais la loi avait évolué quelques années auparavant et comme Charles ne disposait pas d'héritiers en ligne directe, ils avaient pu opter pour ce montage qui assurerait la stabilité du capital de l'entreprise tout en éloignant les spéculateurs.

Lise avait une confiance inébranlable en Pierre et se réjouissait souvent que cet homme de chiffres soit aussi un humaniste et un visionnaire. Ils passèrent en revue l'activité. La diversification portait ses fruits. Le département de virologie continuait à innover. La branche intelligence artificielle au service du soin s'annonçait pleine de promesses. L'entreprise faisait preuve d'une grande performance et assumait sans difficulté les engagements humanitaires pris par son fondateur, tout en dégageant un profit très confortable. La force des Laboratoires résidait dans leur attractivité. Les innovations attiraient les meilleurs profils qui trouvaient là un environnement propice pour s'exprimer et contribuaient ainsi à cette boucle vertueuse.

Elle enchaîna en fin d'après-midi par un point avec Inès, elle voulait en savoir plus sur les Danois. La présence de la ministre continuait de la préoccuper. Elle aimait le risque, mais pour un premier contact, pas question de se louper, d'autant que le portrait dépeint par Guillaume paraissait un peu inquiétant. Inès lui confirma de nouveau le caractère très prometteur de leurs travaux. Ils s'appuyaient sur des recherches récentes qui permettaient de tracer à l'IRM la réaction des cellules à certains virus ou bactéries. Encore en phase prototype, ils avançaient très vite dans la capacité à accumuler de la connaissance. Cela susciterait sans doute du scepticisme chez certains, mais cela pouvait tout à fait se transformer en pépite. Ses propos rassurèrent Lise. Elle se dit que les Danois le matin avec la ministre ça irait et qu'elle pourrait consacrer l'après-midi à des sujets plus tendancieux comme les travaux de l'anthropologue.

À 19 heures, Nathan vint la saluer

— Tu as une petite mine Lise. Tu pourrais prendre ton vendredi, non ? Je n'arrive pas à me souvenir de la dernière fois où tu as posé un jour de congé ! Et tu n'as aucun rendez-vous à ton agenda demain.

— Tu crois ?

— Oui, ça te fera du bien.

— OK, tu as raison, je vais faire une pause. On se retrouve demain soir.

— À demain, je ramènerai du cidre !

De retour à Veulettes, elle alla voir Hafida qui

décrochait du linge dans le jardin.

— Bonjour la belle, nous aurons du monde pour notre repas du vendredi ! Guillaume et Nathan seront là.

— Génial, les enfants vont adorer ! Tu te souviens la dernière fois, ils ont passé une partie de la soirée à leur apprendre des tours de magie !

Attrapant un pantalon sur le fil, Lise demanda.

— Tu penses qu'on pourrait étrenner le barbecue ?

— Assurément, il va faire beau ! Tu voudrais qu'on grille quoi ?

— On pourrait faire un terre/mer, dit Lise en se souvenant du repas à l'Aiguille Creuse. Des côtelettes d'agneau et des sardines ça te dit ?

— Très bonne idée ! J'irai chercher les provisions demain matin.

Lise posa le dernier vêtement dans le panier.

— Je viendrai avec toi, on ira au marché.

— Tu ne travailles pas ?

— Non, j'ai pris mon vendredi !

— Alors ça, c'est une sacrée nouvelle ! On se retrouve vers neuf heures ? Cela me laissera le temps pour les marinades.

Après avoir embrassé Hafida, Lise monta dans son appartement. Elle s'y sentait vraiment bien, mieux que dans tous les lieux où elle avait vécu par le passé. Le vaste séjour abritait une immense bibliothèque, un salon et une grande table. La décoration combinait différents styles avec des touches de couleurs vives, comme elle aimait. C'était son refuge. Elle n'y accueillait qu'un nombre limité de personnes. Les habitants de la Villa, bien sûr, c'était là qu'on se retrouvait le vendredi soir en hiver. Nathan, depuis peu, Guillaume, depuis toujours. Sa petite nièce quand elle passait par la France. Et puis… en fait personne d'autre.

Elle détestait les diners mondains et cette tradition de s'inviter les uns et les autres à domicile. Lorsqu'elle avait accédé au poste de directrice générale et surtout après le décès de Charles, elle s'était mise à recevoir des invitations auxquelles on est censé se rendre en couple. Le maire et sa femme, le président de la chambre de commerce et sa femme, les plus gros chefs d'entreprise de la région et leurs femmes… Elle avait soigneusement décliné ces sollicitations qui lui auraient imposé de rendre la pareille et avait proposé plutôt des déjeuners de travail, sans les conjoints. Après un an, on avait cessé de l'inviter. Nathan, qui avait les oreilles qui traînaient, lui avait appris qu'on la tenait pour une originale, mais que personne n'osait critiquer trop ouvertement la patronne des Laboratoires Lérôme. C'était parfait ainsi !

Elle se prépara à sa longue soirée, enfila un jogging et se composa un plateau-repas hétéroclite : du pain, du fromage, des fruits, un yaourt, une plaque de chocolat… Elle se servit un verre de vin blanc et alluma la télé pour entreprendre son marathon de zapping. Un coup d'œil à la Colombie, un autre à l'Arkansas… Elle ne voyageait plus au hasard, elle alternait chaînes d'info et chaînes religieuses, oubliant qu'elle s'était promis d'éviter ces dernières. Se levant pour remplir son verre, elle se dit qu'elle devait être un peu vintage. Elle ne s'intéressait pas aux réseaux sociaux. Sans doute se privait-elle d'une partie de la presse indépendante. Elle utilisait bien entendu internet pour son travail, mais pour s'informer, elle privilégiait la télé.

Elle s'arrêta sur une chaîne américaine. Une journaliste, ancienne grand-reporter en Birmanie, faisait état d'un renseignement recueilli via ses sources locales. Un camion avait explosé près d'un village Rohingyas avec à son bord des kamikazes bouddhistes. Elle tenait de son informateur que ce n'était sans doute pas un accident. Manifestement, un des terroristes avait volontairement déclenché son engin de mort, tuant ses compagnons et épargnant la vie de dizaines d'autres.

Ça fait quand même beaucoup de trucs étranges du côté des religions ! se dit Lise. Les moines colombiens et ceux de Guillaume, le pasteur, l'évêque, les amish, ce kamikaze… Voilà des années que, chaque jour, je passe au moins une heure à explorer les chaînes d'info du monde entier et je n'ai jamais vu une telle accumulation d'histoires bizarres ! Au troisième verre de vin, elle commença à échafauder un plan de bataille. Elle devait élargir le spectre des recherches pour savoir si son intuition était fondée. Peut-être pourrait-elle mobiliser Guillaume et son réseau… voire impliquer les habitants de la Villa.

À une heure du matin, alors qu'elle venait de se convaincre d'aller se coucher, elle tomba sur une chaîne néerlandaise en édition spéciale. Les membres d'une secte s'étaient barricadés et menaçaient de tout faire sauter. Les journalistes expliquaient qu'on entendait des cris, on craignait pour les enfants. La police était présente, des négociateurs tentaient de parlementer et essayaient de faire entrer un médecin. Elle assista pendant plus d'une heure aux avancées de l'affaire en se demandant pourquoi les autorités n'étaient pas intervenues plus tôt. Pourtant ce n'est pas la première fois que des sectes finissent en massacre ! s'exclama-t-elle à haute voix. On n'a donc rien appris ?

Que se passe-t-il dans la tête des gens ? Manifestement, ça ne touche pas que des gens fragiles, toutes sortes de personnes se mettent à suivre des gourous. D'ailleurs, ils recherchent les adeptes les plus fortunés pour les plumer bien sûr ! Est-ce que ça pourrait m'arriver à moi ? Est-ce que je saurais m'en rendre compte si je me faisais embarquer dans ce genre de mouvement ? Elle s'endormit sur le canapé sans parvenir à répondre à ses questions. À la télé, l'émission spéciale continuait, la police entrait dans le bâtiment.

11
Tokyo — Japon — 13 avril 2028

Nozomi se réveilla tôt. Elle devait se rendre au sanctuaire pour réaliser des offrandes avant d'aller à son bureau. Son fils les avait invités la veille dans un restaurant français très chic pour leur présenter son amoureuse. Le repas était somptueux, le vin excellent. La jeune femme, issue d'une grande famille de la bourgeoisie japonaise établie à Paris, les avait conquis. Elle avait choisi de terminer ses études à Tokyo pour découvrir son pays d'origine. Tout se passait parfaitement bien jusqu'au moment où, au dessert, leur fils leur avait appris que lui et sa compagne comptaient s'installer à Paris dès le mois de septembre.

Son fils, son fils unique, son soleil, son bonheur... qui leur expliquait qu'il partait à l'autre bout du monde ! Son mari évidemment les avait félicités en les encourageant à s'investir dans les affaires. Sur le chemin du retour, il avait même essayé de persuader Nozomi que c'était une bonne nouvelle. Comme elle ne répondait pas, il l'avait bousculé.

— Cesse donc de te lamenter ! Réjouis-toi plutôt pour ton fils !

Elle était demeurée muette et avait attendu de se retrouver seule dans sa chambre pour s'effondrer. Après avoir pleuré toutes les larmes de son corps, elle avait décidé d'agir. Les offrandes au sanctuaire Meiji-Jingu seraient la première étape. Elle attacherait un hamaya pour conjurer le mauvais sort et implorerait le succès pour sa mission, convaincre son fils de rester au Japon. Comme de nombreux Japonais, Nozomi avait un point de vue très ouvert sur la religion. Une partie de sa famille adhérant au bouddhisme, elle était souvent invitée au temple pour des cérémonies, mais c'était le shintoïsme qui rythmait sa vie depuis toujours. Elle se rendait plusieurs fois par semaine avant l'aube pour prier au sanctuaire.

Elle se leva avec peine et s'habilla pour sortir. En traversant le parc Yoyogi, l'humidité ambiante la fit frissonner. Je vais être malade, se dit-elle, insensible au charme des bassins bordés par les arbres centenaires. Le sanctuaire était presque désert à cette heure très matinale. L'eau avec laquelle elle se purifia lui parut glacée. Elle tremblait et dut s'y reprendre à deux fois pour accrocher son hamaya. Elle se sentait de plus en plus mal, sa tête semblait prête à exploser. Une nausée l'envahit, elle eut à peine le temps de rejoindre les sanitaires.

Elle revint à l'intérieur le pas chancelant et s'assit, respirant profondément pour retrouver son calme. Elle observa avec étonnement l'oratoire et les plaques votives suspendues aux poutres en bois de cèdre. C'était comme un livre écrit dans une langue inconnue, elle ne comprenait plus rien de ce qu'elle voyait. Elle tenta de prier, les mots n'avaient plus de sens. Mon fils, mon tendre fils, mon tout petit. Si loin de moi. Et s'il tombe malade ? Le jour se levait. Elle sortit pour implorer

Amaterasu, la déesse du soleil, mais le ciel demeura muet. Elle quitta le sanctuaire.

Sa migraine s'estompait, pourtant elle se sentit, pour la première fois depuis vingt-cinq ans, incapable d'aller au travail. Elle décida de rentrer chez elle et tomba sur son mari. Elle ne chercha même pas à discuter avec lui. Comment lui faire comprendre, lui qui méprisait toute forme de spiritualité, qu'elle se sentait totalement désarmée ? Que son cher sanctuaire lui était apparu comme un vulgaire lieu à touristes ? Qu'elle venait de voir disparaître, sans savoir pourquoi, ce qui la maintenait à flot depuis tant d'années passées auprès de lui, si froid, si brutal, si étranger ! Et que tout cela survenait au moment où elle apprenait qu'elle allait perdre son fils unique ! Il n'insista pas, lui signifia simplement qu'il devait y aller, lui rappelant qu'il ne serait de retour que dans quatre jours.

Nozomi passa la journée et le lendemain à faire le point sur sa vie. Du désespoir le plus profond, elle glissa peu à peu vers un sentiment étrange, un mélange d'inquiétude et de soulagement. Puis le manque céda la place à une sensation exaltante de liberté. Le brouillard se dissipait. Le deuxième soir, elle sortit une bouteille et se saoula méthodiquement. Le lendemain, elle peaufina son plan. L'argent ne constituait pas un obstacle. Le quatrième jour, elle appela son fils pour lui annoncer sa décision. Elle s'installerait en France, elle aussi, dès la rentrée.

12
Veulettes-sur-Mer — 14 avril 2028

Lise se réveilla en sursaut. Elle avait rejoint son lit au milieu de la nuit, oubliant de mettre son réveil. Dans trente minutes, elle avait rendez-vous pour aller au marché ! Elle se prépara un café qu'elle avala avec un cachet contre le mal de tête et fila sous la douche. À neuf heures pile, elle frappa à la porte d'Hafida.

— Bonjour la belle !

— Bonjour Lise. Dis donc, tu as bien dormi toi ! Tu as l'air toute chiffonnée !

Lise éclata de rire.

— Tu as raison, je me suis couchée trop tard. Aller au marché va me faire du bien !

Elles se rendirent aux halles gourmandes de Fécamp. C'était toujours un grand bonheur de faire les courses avec Hafida. Lise était émerveillée par son énergie incroyable, son sourire extraordinaire. Elle se demandait sans cesse comment elle pouvait être aussi solaire, après avoir vécu de telles horreurs. Hafida avait fui la guerre au Yémen avec son mari et ses trois enfants en bas âge. Ils avaient atterri en Lybie. Son mari tué, elle s'était retrouvée quasiment esclave, une monstruosité dépassant l'imagination. Un petit garçon était né des multiples viols. Grâce à quelques contacts qui ne l'avaient pas oubliée, elle était parvenue à se sauver et à traverser la méditerranée avec ses quatre enfants et des dizaines de pauvres hères. Heureusement, un bateau humanitaire les avait secourus avant qu'ils ne chavirent. Après des mois d'errance, elle avait atterri en Normandie puis dans la Villa des Coquelicots.

C'était une femme d'une force surhumaine. Lise l'adorait. À sa grande surprise, elles étaient devenues amies. Hafida connaissait son quotidien, sa solitude, sa tendance parfois dépressive. Elle veillait sur elle et savait même que Guillaume et elle avaient été amants. Lise de son côté faisait de son mieux, elle s'assurait qu'Hafida et toute cette grande famille inattendue, devenue un peu la sienne, ne manquent de rien.

Elles parcoururent les allées du marché en prenant tout leur temps, le boucher, le poissonnier, le marchand de légumes, d'épices... Ce soir, on ferait bombance. Les courses terminées, elles s'installèrent en terrasse pour boire un café.

— Tu m'as l'air fatiguée, Lise. Ça va ton boulot ?

Lise choisit de ne pas dévoiler le sujet de ses préoccupations.

— Oui, tout va bien, j'ai juste mal dormi, j'ai besoin d'une sieste. Après promis, je t'aide pour le repas !

— Ne t'inquiète pas ! Tasfin et Munira se sont déjà proposés. Ils vont me faire découvrir une recette de gâteau traditionnel birman à base de noix de coco. Et puis ce n'est pas vraiment pour tes talents culinaires que je t'apprécie, tu sais !

Elles éclatèrent de rire puis s'adonnèrent à leurs petits plaisirs. Essayer de deviner si les couples attablés étaient de vrais couples ou des illégitimes. Évaluer le niveau de séduction des hommes sur une échelle de moins dix à plus dix. Dire toutes sortes de bêtises et se marrer comme des gamines.

En rentrant chez elle, Lise dormit une bonne heure. Elle se réveilla en pleine forme et appela Nathan pour lui proposer de venir plus tôt, elle voulait discuter avec lui. Puis elle repensa au plan qu'elle avait échafaudé la veille au soir, mobiliser les forces pour étudier la situation et voir si son intuition concernant les croyants était fondée. Elle hésitait, ne fallait-il pas attendre d'en savoir davantage avant d'en parler ?

Nathan arriva à seize heures. Le vendredi aux Laboratoires, on fermait plus tôt. Une tradition inspirée par les pratiques allemandes découvertes par Lise quelques années auparavant. Outre-Rhin, concilier vie professionnelle et vie familiale était tout à fait intégré, bien loin du stupide présentéisme à la française. Tout le monde était satisfait et cela ne faisait pas baisser la productivité, bien au contraire. Ils se préparèrent un thé et commencèrent à échanger. Nathan confirma qu'en France les données des cohortes de santé ne mentionnaient pas l'appartenance religieuse des personnes concernées, contrairement aux États-Unis et au Canada. Ils en discutèrent un moment puis il lui demanda.

— Ce serait peut-être bien Lise que tu m'expliques pourquoi tu t'intéresses à tout ça.

Au moment où elle s'apprêtait à lui répondre, on toqua

à la porte. C'était Guillaume. Il aperçut Nathan assis à la grande table.

— Alors on complote sans moi ?
— On t'attendait ! répliqua Lise.

Ils s'installèrent au salon et elle entreprit de leur raconter ses découvertes concernant les croyants. Puis elle leur parla de son plan. Élargir les recherches, vérifier s'il se passait réellement quelque chose d'étrange. Nathan rebondit.

— Tu penses vraiment que toutes ces histoires peuvent être liées ?
— Peut-être. Enfin, je ne suis pas sûre…
— Dans tous les cas, ta stratégie est la bonne. Pour en avoir le cœur net, nous devons en savoir plus, ajouta Guillaume, dont le regard brillant montrait déjà tout l'intérêt qu'il portait au sujet.

On entendit par la fenêtre des bruits de vaisselle. Ils descendirent dans la cour. Tout le monde se mit au travail, les uns au barbecue, les autres pour installer la table. Ajda avait préparé des cocktails de jus de fruits qui voisinaient avec le cidre produit à quelques kilomètres de là apporté par Nathan et deux bonnes bouteilles de vin de la cave de Guillaume. Nathan, comme à son habitude, fit le pitre avec les enfants. Puis un long débat eut lieu à propos de la Villa. Besat le jeune Congolais, apprenti dans une entreprise de rénovation de l'habitat, voulait absolument que l'on trouve le moyen d'autonomiser la production d'énergie de la Villa. Guillaume rappela que celle-ci était classée, coupant court aux velléités de Besat qui avait déjà calculé la puissance qu'il pourrait dégager si on la couvrait de panneaux solaires. Chacun exposa ses idées, plus farfelues les unes que les autres, pour produire de l'énergie. Besat fit preuve de la plus grande patience.

Vers 22 heures, les enfants allèrent se coucher et les ados remontèrent pour continuer la veillée dans un des appartements.

Ils goûtaient au plaisir de cette soirée en extérieur. Avec ce temps incroyablement doux, on se serait cru en juin. La conversation s'était presque arrêtée. On entendait le murmure des vagues sur les galets. Le décalage entre cette douceur et le résultat de son zapping de la veille frappa Lise. La voyant songeuse, Guillaume l'interpela.

— Et si tu nous faisais part de ce qui te préoccupe Lise ?

Elle hésita un moment. Devait-elle embarquer la petite communauté dans son délire ? Mais le vin aidant, elle se mit à parler.

— J'ai l'impression qu'il se passe quelque chose de bizarre du côté des croyants.

— Bizarre ? Que veux-tu dire ? réagit Mahyar, soudain moins somnolente.

— En fait, je ne sais pas, c'est un mélange de choses que j'ai vu sur les chaînes infos.

— Prends ton temps Lise, commence par le commencement, dit Guillaume.

Alors elle leur raconta, les moines, le pasteur,

l'évêque, les amish, la secte aux Pays-Bas, le terroriste birman... Guillaume ajouta l'affaire des sept moines retrouvés morts trois ans auparavant. Ils échangèrent longuement sur le caractère étrange de ces affaires. Puis la conversation glissa sur le regard que chacun portait sur les religions.

Mahyar s'exprima avec émotion. Elle ne reniait pas sa foi loin de là, mais se désespérait de la manière dont les talibans la détournaient. Elle et son frère Ihsan étaient réfugiés en France depuis trois ans poussés à l'exil par leurs parents. Malgré les promesses des maîtres de Kaboul, Mahyar n'avait pas eu le droit de continuer ses études, elle qui rêvait de devenir médecin comme son père. Ce dernier avait tenté de lui donner des cours à la maison dans l'espoir que les choses s'améliorent. Mais il avait dû se rendre à l'évidence, ses deux ainés devaient quitter leur pays, s'il voulait qu'ils puissent vivre librement. Cette décision avait été un déchirement. Lui et sa femme s'étaient rassurés en se disant qu'Ihsan et Mayar pourraient veiller l'un sur l'autre. Aujourd'hui, lorsqu'ils parvenaient à échanger, leurs parents se félicitaient d'avoir eu le courage de les faire partir, malgré l'immense douleur de ne plus les avoir à leurs côtés. Ils se réjouissaient surtout de savoir que leurs deux enfants avaient pu poursuivre leurs études, Mahyar à la fac de médecine de Rouen et Ihsan en école d'architecture à Paris.

Ajda fit part de sa surprise d'avoir découvert, en arrivant en Europe, que l'on pouvait être non-croyant.

Yézidie persécutée pour sa foi, elle n'avait jamais rencontré d'athées auparavant. Elle peinait à comprendre pourquoi les Occidentaux se montraient si imperméables à la lumière divine. Elle les trouvait tellement matérialistes ! Elle craignait l'influence de tout cela sur ses filles qui manifestaient peu d'enthousiasme pour la religion. Comment feraient-elles sans le secours de Dieu si un malheur survenait ?

Asanté, le frère de Besat, ne s'était jamais senti très à l'aise dans une église. Il préférait la compagnie des ordinateurs avec qui il passait ses journées dans une petite boutique de réparation où il travaillait depuis quelques mois. Il partit dans un long dégagement sur l'intelligence artificielle. Il expliqua que certains tentaient en vain de lui inculquer la foi. Mais si l'IA intégrait sans difficulté les textes religieux et se montrait même capable de concevoir des prières, on ne parvenait pas à lui faire acquérir la croyance en des éléments non rationnels. L'ordinateur ne croyait pas en Dieu. Asanté ajouta que les grandes religions s'intéressaient de plus en plus à l'intelligence artificielle.

— Demain, peut-être que nous aurons des prêtres robots ! conclut-il en riant.

Sa remarque déclencha l'exaspération de son frère Besat demeuré plus proche de l'Église. La discussion se porta alors sur les risques que le numérique faisait courir sur les sociétés en général. Les plus âgées se plaignirent de la perte du sens collectif et de la montée des entre-soi. Les plus jeunes les accusèrent d'avoir la mémoire courte et de magnifier un passé pourtant bien peu glorieux.

À l'occasion d'une pause dans la conversation, Lise se tourna vers Hafida, restée silencieuse depuis le début de l'échange.

— Dis-moi la belle, que penses-tu de tout ça toi ?

— Je ne sais pas… je ne suis pas certaine de pouvoir encore évoquer ma foi. C'est très compliqué. Je suis infiniment reconnaissante d'être ici et particulièrement dans cette maison, pourtant j'ai appris depuis que je suis en France, à être discrète.

— Que veux-tu dire ?

— En fait, je ne sais pas si je peux en parler, je ne voudrais surtout pas vous blesser.

— N'hésite pas, Hafida, tu sais que tu n'as que des amis ici ! lui assura Nathan.

— Eh bien, ce n'est pas facile d'être musulmane en France. On dirait que les Français ont peur de nous, que nous sommes la cause de tous vos malheurs. Je ne sais pas si c'est la même chose dans les autres pays occidentaux, mais ici, je n'arrête pas de ressentir cette pression. Que ce soit dans les médias ou quand je sors avec un foulard le vendredi.

— Je suis d'accord avec toi, Hafida, renchérit Mahyar.

— C'est vrai, souffla Lise, ça doit être très dur pour les musulmans, les gens mélangent tout !

— Et bien sûr avec plein d'arrière-pensées ! ajouta Nathan. Plus ça va et pire c'est !

Un lourd silence suivit ses paroles. Chacun se disait

que le monde serait meilleur s'il ressemblait à leur petite communauté. Des croyants de différentes religions, des athées, qui discutaient simplement, qui se respectaient, qui s'intéressaient les uns aux autres. Ils le savaient pourtant, c'était une bulle fragile, une exception. Guillaume se leva.

— Allez ! Nous partageons tristement tes interrogations Hafida, mais nous n'allons pas sombrer dans la sinistrose ! Et si nous menions tous ensemble une enquête ?

— Une enquête ? réagit Mahyar.

— Oui, une enquête ! Nous cherchons, nous épluchons les médias, nous mobilisons tous nos contacts pour voir si l'intuition de Lise concernant les croyants est fondée !

Sa proposition suscita tout de suite un enthousiasme d'apprentis détectives. Les plus jeunes promirent d'élargir l'exploration aux réseaux sociaux. Munira expliqua qu'elle allait tenter d'en savoir plus sur l'attentat en Birmanie. Asanté proposa de créer une carte interactive où ils pourraient tous partager leurs découvertes. Nathan mit ses talents d'organisateur au service de la cause et Hafida s'engagea à nourrir les troupes.

Ajda pour sa part se montra plus réservée, se demandant si une telle recherche n'était pas une offense aux croyants. Besat de son côté se moqua d'Asanté et de sa manie de vouloir fourrer du numérique partout. Comme d'habitude, Tasfin, le mari de Munira, ne dit rien, perdu dans ses pensées.

    Les plus motivés s'engagèrent à se mettre au travail dès le lendemain et tous se donnèrent rendez-vous le samedi suivant pour faire le point… Lise les écoutait, un brin dépassée. Elle donna le signal de la fin de la soirée en ne retenant pas un long bâillement qui fit rire la petite assemblée.

13
Saint-Pétersbourg — Russie — 15 avril 2028

À peine atterris à l'aéroport international de Pulkovo, ils prirent un taxi pour se rendre à leur hôtel. Ils étaient attendus le lendemain matin à l'Institut orthodoxe de philologie pour une conférence sur les découvertes des neurosciences relatives à l'apprentissage du langage.

Ce serait leur troisième test en Russie où le poids de l'Église Orthodoxe devenait chaque jour plus prégnant grâce à l'alliance objective entre le patriarche et le régime autoritaire. Un pacte mortifère qui se multipliait partout dans le monde impliquant tous les courants religieux.

Au loin, le soleil couchant illuminait le dôme de la cathédrale Saint-Isaac.

14
Veulettes-sur-Mer — 15 avril 2028

Le samedi, Lise décida d'aller marcher à l'aube. Des rêves étranges habités par les conversations de la veille avaient peuplé son sommeil. Tout en parcourant la digue-promenade, elle se demanda si elle n'était pas devenue complètement folle. Qu'est-ce que je vais faire maintenant ? Passer mon week-end de Pâques à chercher si d'autres croyants se sont suicidés tout en mangeant des œufs en chocolat ?

Elle rentra chez elle sans que la marche l'ait calmée. Elle tourna en rond dans son appartement, zappa une heure de chaîne en chaîne, essaya de lire en vain, décapa la cuisine, alluma de nouveau la télé… En début d'après-midi, elle se décida à appeler Guillaume, elle avait besoin de faire le point. Il sentit que ça n'allait pas et s'invita pour le goûter.

Il la trouva particulièrement agitée. Elle s'en voulait, parlait de tout arrêter, se reprochait d'avoir mis les habitants de la maison en difficulté, eux qui avaient déjà assez souffert. Il prépara du thé et lui proposa de traiter la question comme elle le ferait professionnellement, avec méthode.

— Qu'avons-nous en main ? Une série d'informations disparates concernant des adeptes et responsables de différents cultes : un pasteur baptiste, un évêque, des amish, des moines, les membres d'une secte… Et un kamikaze qui, semble-t-il, s'est suicidé en tuant ses coreligionnaires. Si je résume la situation, nous disposons d'indices selon lesquels des croyants se comportent à nos yeux étrangement, mais nous ne savons pas encore si cette analyse est fondée.

— Tu vois qu'on n'a rien ! Ce n'est que pure folie, ma folie ! On doit tout arrêter !

— Je n'ai pas dit ça. Je fais juste un point d'étape, un état de lieux à l'instant T.

Lise sourit.

— J'entends ta voix de diplomate.

— Tu as raison et je te propose que nous traitions cette affaire de cette façon, avec pragmatisme. Nous pouvons également compter sur une équipe prête à travailler, qui va rechercher toute cette semaine d'autres indices.

Lise tenta de l'interrompre, mais il poursuivit :

— Je sais ce que tu vas me dire Lise. Tu te trompes ! Tu ne les mets pas en difficulté, au contraire. Ne les prends pas pour des enfants. Tu as vu leur enthousiasme hier soir ? Ils adorent ce projet ! Nous allons élargir l'exploration et nous verrons samedi prochain si cela justifie d'aller plus loin.

— Toi aussi tu vas enquêter ?

— Oh oui ! J'ai déjà commencé en sollicitant discrètement mes contacts dans différents pays.

— Et moi je fais quoi ?

— Eh bien, toi, tu travailles ! Souviens-toi que tu diriges les Laboratoires Lérôme. Et tu dois réfléchir à ce sujet de l'impact de la foi sur la santé.

— Tu as raison. D'autant plus que j'ai rendez-vous avec Jeanne May jeudi. J'ai hâte d'en reparler avec elle !

Guillaume la regarda avec douceur.

— Tu vois, nous avons un plan, tout s'arrange !

Lise sourit à son tour. Guillaume, il n'y avait pas meilleur que lui pour mettre de l'ordre dans cette folie ! Elle se leva.

— Ta femme est absente ce soir aussi ?

— Oui, elle garde nos petits-enfants chez notre fils et sa femme à Rouen.

— Alors je t'invite. J'ai faim !

Ils se régalèrent de fruits de mer dans un petit restaurant, laissant pour un temps les croyants à leurs croyances.

Quand elle rentra chez elle, Lise était apaisée. Le reste du week-end, elle mit de l'ordre dans son appartement, dévora un roman policier, sortit s'aérer, fit une joyeuse chasse aux œufs de Pâques dans le jardin avec tous les enfants de la Villa et s'octroya une longue séance de zapping, sans culpabilité.

Elle glana quelques éléments. Les pourparlers avaient porté leurs fruits aux Pays-Bas, les adeptes les plus violents de la secte s'étaient rendus. On évoquait plusieurs morts. Mais les élections approchaient, une information en chassait une autre…

15
Izmit — Turquie — 19 avril 2028

La rentrée devait avoir lieu dans une semaine. L'équipe pédagogique de l'Institut islamique Imam-Hatip se trouvait réunie pour préparer l'arrivée des élèves. Leur lycée, une des briques essentielles du grand dessein nationaliste, incarnait l'évolution de la Turquie. Les deux sections, garçons et filles, accueillaient en internat des élèves turcs et de tous les pays, pour un programme d'éducation religieuse et de transmission des valeurs de l'Islam.

Les professeurs totalement dévoués à leur mission, logeaient sur place et prenaient leur repas en commun. Aussi, le matin du deuxième jour, lorsque les enseignantes de la section féminine se réveillèrent toutes malades, elles conclurent très vite à une intoxication alimentaire. Mais leur malaise se dissipa rapidement et comme leurs collègues masculins n'avaient pas l'air affectés, elles se contentèrent d'une journée de repos dans leur dortoir.

Elles s'aperçurent au bout de quelques heures qu'elles partageaient un autre symptôme, un immense sentiment de vide. Elles ne ressentaient plus rien de ce qui avait conduit leur vie et motivé leur mission. Certaines d'entre elles pleuraient, d'autres se réjouissaient, d'autres encore demeuraient prostrées. Quelques-unes tentèrent de s'en ouvrir à l'imam, qui leur conseilla de prier et de se reposer.

Elles reprirent leurs activités le lendemain, veillant à ne rien laisser paraître et passèrent leurs soirées à discuter. Certaines d'entre elles voulaient rentrer dans leur famille, mais craignaient des représailles, les plus remontées menaçaient de faire éclater la vérité au grand jour. Ce fut les plus malignes qui gagnèrent la partie. Elles trouvèrent la solution qui allait leur permettre de quitter l'établissement tout en se protégeant. Les plus inquiètes et les plus vindicatives se laissèrent convaincre. Toutes promirent de ne jamais rien dire.

L'évènement fit grand bruit. Le ministre de l'Éducation se déplaça. Un incendie avait éclaté dans un des lycées Imam Hatip les plus réputés de Turquie. Heureusement, on ne déplorait aucune victime. Mais la rentrée ne se ferait pas cette année.

16
Veulettes-sur-Mer — 22 avril 2028

Samedi, enfin ! Lise attendait avec impatience les détectives, comme elle les nommait désormais. Elle se mit à chantonner en passant l'aspirateur. Me voilà sacrément joyeuse, se dit-elle. Ce qui au demeurant est un peu incongru au vu du sujet que l'on va traiter tout à l'heure. Mais je dois avouer que ça me passionne, j'aurais fait une belle carrière de conspiratrice ! En début d'après-midi, elle se rendit chez Hafida qui préparait des gâteaux pour le goûter. Des gâteaux pour discuter de la mort de croyants ! Décidément, cette Villa est une maison de fous ! pensa Lise en riant.

Guillaume arriva en avance avec Asanté. Leur mine sérieuse tranchait avec la légèreté que Lise ressentait quelques minutes auparavant. Asanté ouvrit son ordinateur et afficha la carte sur laquelle il avait compilé les informations récoltées par toute l'équipe tout au long de la semaine.

— Nous avons identifié plus de soixante-dix cas, que l'on peut qualifier d'étranges. Des démissions, des révoltes, des suicides, des meurtres…

— Ça fait vraiment beaucoup, non ?

— Oui ! répondit Guillaume. Du coup, on s'est demandé si la situation est réellement exceptionnelle ou si c'est juste un effet de loupe.

— Effet de loupe ? Que veux-tu dire ?

— Un phénomène normal, préexistant, qui nous semble exceptionnel uniquement parce qu'on le regarde.

— Et alors ?

— Nous sommes remontés dans le temps. Nous n'avons quasiment rien trouvé jusqu'à il y a trois ans. Puis, à partir de là, les cas étranges apparaissent.

On frappa à la porte. C'était le reste de l'équipe. Tous s'installèrent autour de la grande table. Lise prépara du thé et chacun dégusta les gâteaux d'Hafida.

Mahyar, la jeune Afghane, prit la parole.

— Alors Lise, tu en penses quoi ? C'est bizarre, tous ces cas, non ?

— Donc tout le monde est au courant sauf moi !

— On a échangé entre nous, dit Nathan, ne nous en veux pas, on ne souhaitait pas te faire perdre du temps pour rien.

— Je ne vous en veux pas du tout, je disais juste ça pour vous embêter. Et oui, je trouve cela bizarre. Asanté, Guillaume, vous n'avez pas terminé votre explication tout à l'heure. Le phénomène apparaît il y a trois ans ?

Asanté présenta les cas identifiés à partir de 2025.

— Attendez, réagit Lise, les violences religieuses, vous n'allez pas me dire qu'elles n'existent que depuis trois ans ! Les guerres, le terrorisme, les crimes de masses dans des églises, des temples ou des mosquées… Les religions tuent depuis des siècles ! Et puis j'imagine que le suicide n'épargne pas non plus les croyants non ?

— Tu as raison pour partie, Lise, répondit Guillaume,

même si selon moi ce ne sont pas les religions qui tuent. Mais ce dont nous parlons relève d'une tout autre dimension. On ne parle pas de violences interreligieuses ou d'actes terroristes à l'encontre d'autres confessions, mais de meurtres, de révoltes... à l'intérieur d'une même communauté. Et oui bien sûr, il arrive que des responsables de cultes se suicident ou démissionnent, mais ce qui est particulier ici ce sont les motivations exprimées.

Asanté projeta plusieurs textes. Le premier reprenait la lettre de l'évêque de Palerme qu'il avait trouvé sur les réseaux sociaux *« je renonce à vouer ma vie à l'espoir d'une bonne nouvelle ou d'un sauveur dont je ne reconnais plus l'existence. »*

Munira avait récupéré le second, grâce à ses contacts sur place. C'était le message du kamikaze birman à sa sœur, dans lequel il l'appelait à ne pas prier pour lui, car disait-il, *« il n'y a pas de Dieu, juste un mensonge »*. Munira expliqua en quelques mots la situation birmane qu'elle avait fuie avec son mari, eux les bouddhistes modérés impliqués dans un parti d'opposition et devenus des cibles. Elle parla des plus radicaux, coupables des exactions contre les Rohingyas et qui menaient également un combat pour réduire les droits des femmes. Nathan lui demanda.

— C'est vrai, Munira, qu'une femme doit être réincarnée en homme pour espérer atteindre le Nirvana ?

— Le plus souvent oui, mais cela dépend des courants. Tu sais, les religions sont plus diverses qu'on ne le croit, en Thaïlande, il y a des moniales, c'est aussi le cas au Tibet…

Asanté leur coupa la parole.

— Si vous voulez nous détailler toutes les dimensions sexistes des religions, on en a pour la nuit !

Il passa au texte suivant, l'interview d'un des membres de la secte néerlandaise. Il expliquait que tout le monde était tombé malade et qu'après ça le gourou leur était apparu tel qu'il était vraiment, un manipulateur. Enfin, il projeta une photo prise par un des fidèles qui avaient trouvé le pasteur mort en Arkansas. Sur la première page de la Bible, il était écrit au stylo « *Dieu est mort* ».

Lise s'exclama.

— Comment avez-vous récupéré cette photo ? Aucun journaliste n'en a parlé !

— Les réseaux sociaux, Lise, les réseaux sociaux ! Tu sais le truc sur internet ! répondit Mahyar en riant.

Lise rit également de bon cœur, puis demanda :

— Asanté, peux-tu nous remontrer la carte ? Comment avez-vous fait ? Vous avez exploré tous les continents ?

— Disons que Guillaume a quelques contacts.

— Et puis, ajouta Nathan, c'est un peu l'avantage de cette maison de pouvoir élargir les recherches !

La carte présentait une succession de points en Colombie, aux États-Unis, au Canada, en Italie, en Pologne, au Togo, en Côte d'Ivoire, au Liban, en Israël, en Inde, en Birmanie, en Russie… Asanté cliquait dessus et affichait les éléments qu'ils avaient trouvés. Les amish qui expliquaient avoir brutalement perdu la foi avant de se faire exclure de leur communauté. Un rabbin interné en psychiatrie après avoir été retrouvé complètement ivre et délirant dans la rue. Un moine du Pendjab chassé après avoir tenté de convaincre ses frères d'abandonner leur foi. Une révolte au sein de l'Institut orthodoxe de philologie de Saint-Pétersbourg où de jeunes étudiantes avaient décidé de ne plus participer aux offices religieux. Et aussi l'évêque, les moines colombiens… Pour chaque affaire, l'équipe avait rassemblé toutes les informations disponibles et dans la plupart des cas, les motivations évoquaient la perte de la foi.

— Vous avez travaillé jour et nuit ! s'exclama Lise.

Tous approuvèrent, ils se passionnaient pour cette enquête.

— Et tu as vu Lise, dit Mahyar, les cas concernent toutes sortes de cultes dans plusieurs pays.

Ensemble, ils firent un recensement. Des musulmans, des baptistes, des catholiques, des juifs, des orthodoxes, des amish, des bouddhistes, une secte… que se passait-il ? La discussion se poursuivit autour de la carte. Vers dix-huit heures, Hafida l'interrompit.

— Les amis, je dois rentrer m'occuper des enfants et vous, je pense que vous avez besoin de respirer un peu ! Vous me raconterez la suite.

— Bonne idée, répliqua Lise.

Ils se dirigèrent tous vers la plage. L'air chargé d'iode,

le cri des goélands, le bruissement des galets roulés par la houle… la beauté des lieux tranchait avec l'agitation précédente. Lise se rapprocha de Nathan et Guillaume.

— Je m'interroge. Si cette accumulation de cas est vraiment extraordinaire, on ne serait sans doute pas les seuls à s'en être aperçus et on aurait des interventions à ce sujet dans les médias ! On est peut-être en pleine crise de complotisme. Si ça se trouve, on assiste juste à une épidémie de burn-out chez les religieux !

— Peut-être as-tu raison Lise, nous devons poursuivre l'exploration avant de poser des conclusions, dit Guillaume.

Lise se retourna vers Nathan.

— Tu en penses quoi toi ?

— Je me demande aussi s'il ne s'agit pas d'un effet de loupe. Mais j'avoue que cette enquête me passionne. Je découvre une quantité de choses que j'ignorais sur les religions. Je ne sais juste pas où cela va nous mener.

— C'est une bonne question, répondit Guillaume. Pour ma part, je l'ai résolue en considérant que la seule finalité pour le moment est la recherche elle-même. Ce sont les résultats qui nous amèneront peut-être à nous réinterroger.

— *Se hace camino al andar*, en marchant se construit le chemin, comme disait le poète, ajouta Nathan.

— C'est tout à fait ça !

Ils poursuivirent leur promenade, pensifs. Puis ils rentrèrent et chacun se rassit autour de la grande table.

— Bon, nous n'allons pas résoudre l'énigme ce soir, dit Lise. D'ailleurs, ce n'est peut-être pas du tout une énigme, juste une anomalie, une succession d'évènements isolés aux causes multiples. Cela veut dire que nous devons pour l'instant considérer que l'explication la plus plausible est que tout cela n'a rien d'extraordinaire. Et surtout, motus et bouche cousue, restons prudents !

Asanté et Mahyar répliquèrent en riant.

— Lise, tu ne crains rien de notre côté ! De toute façon, qui nous croirait ?

Guillaume commanda des pizzas et les échanges se prolongèrent une bonne partie de la soirée. Tous semblaient déterminés à poursuivre les recherches. Nathan suggéra de regarder également si quelqu'un avait fait le même rapprochement qu'eux.

17

Mont Seorak — Corée du Sud — 15 avril 2022

Chun-Hee arriva en avance, impatiente de retrouver ses enfants. Ils venaient de participer à un séjour organisé par sa congrégation religieuse Jésus Étoile du Matin, une dissidence de l'Église de l'Unification autrement appelée secte Moon. Le COVID refluait enfin et les camps de vacances venaient de reprendre. Elle devait être de retour chez elle en fin d'après-midi, c'était le week-end de garde de leur père.

Son fils et sa fille s'engouffrèrent dans la voiture la mine réjouie. À peine démarrés, ils se mirent à raconter, tout excités, les deux semaines qu'ils avaient passé dans la montagne avec une quarantaine d'autres enfants encadrés par les responsables religieux. Au bout de quelques minutes, ils se calmèrent et elle les entendit chuchoter sur la banquette arrière.

— On lui demande ? murmura son fils de neuf ans à sa sœur, de trois ans son ainée.

— Non, on a dit qu'on attendait d'arriver à la maison, lui répondit sa fille.

— Non, tout de suite c'est mieux !

Chun-Hee les regarda dans le rétroviseur.

— Qu'est-ce que c'est que ces messes basses ?

Elle les vit hésiter et commença à s'inquiéter. Sa fille

prit la parole.

— Maman, on pourrait aller à l'internat à la rentrée ?
— Dit oui maman, s'il te plait ! insista son fils.

Chun-Hee manqua de s'étouffer. Elle savait parfaitement de quoi ils parlaient. La congrégation l'avait sollicitée à ce sujet à la fin de l'année dernière, mais elle avait refusé net, malgré déjà à l'époque, l'insistance de ses enfants. Même si elle participait de façon active à la vie de la communauté et qu'elle y avait scolarisé ses enfants, elle n'était pas prête à les laisser partir en internat. Elle savait de plus que leur père s'y opposerait formellement. Elle était furieuse d'apprendre que les responsables en avaient reparlé à ses enfants en son absence. Elle répondit d'un ton sec, espérant clore la conversation.

— Non, pas question, nous en avons déjà parlé !

Elle vit à leur mine renfrognée que l'affaire n'était pas gagnée. Son fils insista.

— Allez, maman, laisse-nous s'il te plait !

Elle répliqua avec plus de fermeté.

— Ça suffit, non c'est non !
— De toute façon, tu n'as pas le droit de dire non, nous sommes des élus de Dieu ! répliqua son fils.
— Élus de Dieu, mais qu'est-ce que tu racontes ?
— Oui ! On est des élus de Dieu ! Maman s'il te plait… laisse nous y aller ! renchérit sa fille.

Chun-Hee tenta de nouveau de couper court à leur demande, mais les deux enfants se mirent à pleurer. Elle s'arrêta sur un parking au bord de la route bien décidé à leur faire comprendre qu'il ne servait à rien d'insister. La suite de la discussion la plongea dans le désespoir le plus profond. Elle apprit qu'ils avaient participé en début d'année à une cérémonie au cours de laquelle on les avait désignés avec deux autres enfants comme « élus de Dieu ». Leur mission était de racheter les péchés des membres de la congrégation. Elle chercha à gagner du temps en leur disant qu'ils pourraient reparler de l'internat plus tard quand ils seraient calmés, mais ils continuèrent à insister. Ils la supplièrent, menacèrent même de sauver si elle n'acceptait pas. Ils semblaient complètement illuminés, hurlant qu'elle ne comprenait rien, qu'elle était, elle aussi, une pècheresse.

Elle pensait avoir touché le fond quand vint le pire. Elle découvrit qu'ils n'avaient pas passé le séjour avec tous les enfants du camp, mais dans un pavillon isolé avec les autres soi-disant élus et le chef de la congrégation. Et l'abomination ne s'arrêta pas là. Sa fille se mit à hurler.

— Tu ne peux plus rien faire, je porte le messie !

Elle apprit alors avec horreur que sa petite fille de douze ans et les trois autres enfants, dont son fils, étaient depuis le début de l'année, victimes d'abus sexuel de la part du responsable de la communauté à l'occasion de prétendues séquences de recueillement. Et pire encore, sa fille à peine pubère venait de découvrir qu'elle était enceinte ! Ce qu'elle assimilait à un don de Dieu. Chun-Hee s'effondra en larmes. Pourquoi ne lui en avaient-ils pas parlé plus tôt ? Comment avait-elle fait pour ne pas s'en apercevoir !

Ses enfants continuaient à hurler, la suppliant de rejoindre l'internat, l'accusant d'être une ennemie de Dieu, vociférant des prières. Elle tenta de leur expliquer que ce qu'ils avaient subi était un crime, elle insista, mais ils ne l'écoutaient plus. Ils essayèrent même de sortir de la voiture pour s'enfuir et retourner au camp. Heureusement, la sécurité enfant fonctionna.

Sans savoir ce qu'elle allait faire, elle reprit sa route. Comment avait-elle pu les entraîner dans cette folie ? Elle avait livré ses enfants à des prédateurs sexuels. Elle était la seule responsable de cette horreur. Mon bébé, enceinte ! Les enfants continuaient à la supplier, elle accélérera sur la route qui montait vers le col. Tentant de trouver une issue, elle attrapa son téléphone et appela son ex-mari. Il était comme d'habitude sur répondeur. La panique la gagna. Entre deux sanglots, elle lui laissa un message. Elle était la seule responsable, elle devait libérer les enfants.

Elle franchit le col et redescendit vers la vallée à vive allure. Elle contrôlait à peine la voiture qui oscillait d'un bord à l'autre de la chaussée. Les enfants se mirent à hurler de peur. À l'entrée d'un virage, elle ferma les yeux et appuya de toutes ses forces sur l'accélérateur.

18
Fécamp — 26 avril 2028

Le programme était chargé à l'approche des Auditions. On attendait de nombreuses personnalités, dont, bien sûr, la ministre. Lise se réjouissait par avance de cette session 2028 qui s'annonçait de très bon niveau. Mais l'appel qu'elle reçut le mardi en milieu de matinée la plongea dans l'inquiétude, le président venait d'être hospitalisé. Éminent professeur de pharmacologie à la retraite, Charles Lérôme l'avait choisi pour présider le conseil de surveillance de la Fondation. C'était un homme respecté de tous, qui avait su créer une réelle dynamique au sein des instances dirigeantes de la Fondation sans jamais empiéter sur les prérogatives de Lise à la tête des Laboratoires.

Elle réussit à le joindre au téléphone. Il lui dit de ne pas s'en faire, que ce n'était rien, qu'il serait sur pied pour les Auditions. Mais sa voix très faible ne fit qu'inquiéter davantage Lise. Elle échangea avec Nathan qui avait vu le président la semaine précédente. Il l'avait trouvé très fatigué, même si ce dernier avait tout fait pour donner le change. Il tenta quand même de rassurer Lise.

— Tu sais, c'est un battant et il est entre de bonnes mains. Ça va aller !

— Je l'espère, Nathan, je l'espère…

La réunion sur l'évaluation des traitements devait

avoir lieu le jeudi, Lise avait prévu d'inviter la jeune anthropologue à déjeuner. En rentrant chez elle le mercredi soir, elle chercha à tromper l'angoisse sourde que l'hospitalisation du président avait fait naître en elle et que l'anxiolytique qu'elle venait de prendre ne parvenait pas à calmer. Elle décida de se plonger dans le dossier préparé par Nathan. Elle tomba sur un résumé de la thèse de Jeanne May. Sur la première page, elle retrouva le nom de son directeur, Thomas Strocke.

Elle se souvint d'où elle le connaissait. Elle avait assisté en 2025 à Montréal, à un colloque sur les affections cérébrales. C'est là qu'elle avait découvert l'équipe qui travaillait sur un nouveau traitement de l'épilepsie. Pressentant une pépite, elle avait invité les jeunes chercheurs aux Auditions puis les avait convaincus d'intégrer les Laboratoires. Une de ses plus belles prises ! Parmi les intervenants du congrès, il y avait un spécialiste un peu particulier, Thomas Strocke. Il expliquait que la sérotonine produite par la prière avait un rôle thérapeutique. Cela avait suscité des réactions plutôt critiques de la salle. Lise se demanda si certains scientifiques avaient réalisé des études à ce sujet pendant la dernière pandémie. Mourrait-on davantage quand on était athée ? La question la poursuivit alors qu'elle cherchait le sommeil.

Le lendemain, après la rencontre entre les représentants du ministère et l'équipe chargée du traitement qui allait être évalué en Ouganda, Lise invita

Jeanne May dans un petit restaurant sur le quai. Après avoir fait le point sur son intervention, elle l'interrogea sur les cohortes canadiennes et l'utilisation des données de profil relatives à l'appartenance religieuse. Celle-ci lui expliqua qu'elle avait gardé par-devers elle ses recherches et ajouta, inquiète, qu'elle s'en était voulu de lui en avoir parlé de façon inconsidérée lors de leur rencontre au ministère.

Lise la rassura et insista pour en savoir plus. Ce qu'elle découvrit la stupéfia. Jeanne avait découvert une corrélation entre le fait que le membre de la cohorte ait ou non déclaré être affilié à un culte et l'efficacité de certains traitements ! Elle avait refait ses calculs des dizaines de fois et tous conduisaient à la même conclusion. Les pourcentages variaient au regard de l'appartenance religieuse. En d'autres termes, la foi semblait limiter les rechutes. Ce n'était pas massif et pourtant suffisamment significatif pour être troublant. À la fin de sa présentation, Jeanne se mit à bredouiller. Elle venait d'expliquer à la patronne des Laboratoires Lérôme que la foi protégeait des maladies ! Elle allait à coup sûr la prendre pour une folle ! Elle s'empressa de dire.

– Vous savez, je ne suis pas une illuminée ! Je ne suis même pas croyante ! Ce n'est qu'une première analyse réalisée en complément d'autres travaux !

– Ne vous inquiétez pas, Jeanne, je trouve vos réflexions passionnantes. On connaît tout l'effet placebo des traitements, mais on l'envisage surtout à l'échelle individuelle, vous ouvrez ici une perspective bien plus large !

La chercheuse ne put retenir un soupir de soulagement qui les fit rire toutes les deux, rompant le caractère un peu protocolaire de leurs échanges.

— Je suis rassurée, j'avais vraiment peur que vous me preniez pour une folle !

— Non pas du tout Jeanne. Dites-moi, vous poursuivez ces analyses dans le cadre de votre mission au ministère ?

— Oh non, ma mission se limite au programme d'évaluation et elle se termine à la fin du mois de juin. J'hésite sur la voie à suivre, du coup j'explore différentes pistes.

— Vous devriez continuer vos recherches, j'aime beaucoup la manière dont vous abordez les choses. On sous-estime, j'en suis convaincue, l'impact du milieu sur l'efficacité des traitements.

— Merci, je suis soulagée et très honorée de votre appréciation ! Tout le monde ne fait pas preuve de la même ouverture d'esprit !

— Vous en avez discuté avec la ministre ?

— Oh non, bien sûr ! répondit Jeanne. Je n'ai eu que rarement l'occasion de parler avec elle et c'était uniquement sur le programme d'évaluation.

— Et votre maître de thèse ?

— Le professeur Strocke ? Vous le connaissez ?

— Pas personnellement, mais je l'ai entendu dans une conférence il y a quelques années.

— Vous savez, c'est un excellent directeur, j'ai eu beaucoup de chance de travailler avec lui. C'est la raison pour laquelle je suis venue en France pour poursuivre mes recherches quand il a quitté l'Institut de Toronto. Vous pensez vraiment que je peux parler lors des Auditions de mes premières analyses sur l'impact de l'appartenance à une religion ? Ce n'est encore qu'une hypothèse.

— Parfaitement, cette dernière journée est justement consacrée à ce type de travaux. Personne ne vous mettra en difficulté, je vous le garantis.

Jeanne réfléchit un instant. Participer aux Auditions était une opportunité extraordinaire, mais ce serait la première fois qu'elle se retrouverait devant une telle assemblée et en plus sur un sujet qui était loin de faire l'unanimité ! Elle demanda.

— Vous pensez que vous pourriez également inviter le professeur Strocke pour intervenir avec moi ? Ça renforcerait l'intérêt de la présentation, vous savez !

— Pourquoi pas, même si je suis sûre que vous vous en sortiriez très bien toute seule. Nous devons bien sûr vérifier qu'il est intéressé et disponible.

— Oh, si vous lui proposez de venir, il acceptera avec joie ! Personne ne dit non aux Laboratoires Lérôme !

Elles s'interrompirent le temps de commander le dessert. Décidément, cette jeune femme lui plaisait. Lise aimait son enthousiasme, son énergie, elle avait envie de la connaître davantage. Et puis, se dit-elle, ça pourrait être utile de bénéficier de son expérience, elle les aiderait peut-être à démêler cette histoire d'effet de loupe. Sans vraiment réfléchir, elle reprit la parole.

— En fait, vos analyses m'intéressent pour autre chose. Mais cette fois, c'est sans doute vous qui allez me prendre pour une illuminée !

— Je n'oserais jamais ! s'empressa de répondre Jeanne.

Lise lui expliqua rapidement la situation sans entrer dans les détails. Jeanne l'écouta avec une extrême attention et lorsque Lise évoqua l'histoire des moines colombiens, elle s'exclama.

— J'en ai entendu parler par un ami et moi aussi j'ai trouvé ça bizarre !

Lise se dit qu'elle devait faire preuve de prudence. Si cette affaire d'enquête s'ébruitait, sa crédibilité risquait d'être impactée et celle des Laboratoires tout autant ! Ce n'était vraiment pas le moment avec la nouvelle ministre.

— Jeanne, je vous propose que nous arrêtions là notre conversation, vous avez du travail et moi également. Concentrons-nous sur les Auditions, on reparlera de ça plus tard.

— S'il vous plaît ! Cette question de l'impact des religions me passionne depuis toujours. C'est la première fois, depuis que j'ai terminé ma thèse que je peux en discuter, surtout avec quelqu'un d'aussi important que vous ! Je vous en prie, j'aimerais vraiment pouvoir vous aider !

Lise hésita. Cette affaire prenait une ampleur démesurée. Mais elle en avait déjà trop dit, et comment résister à tant d'enthousiasme ? Elle céda.

— OK, mais attention, nous devons respecter le plan. D'abord, nous devons vérifier que cette intuition selon laquelle il se passe quelque chose d'inhabituel chez les croyants est fondée. Puis seulement, nous pourrons considérer qu'il y a un sujet. Et surtout, nous devons garder cela secret, pas question d'en parler à quiconque et surtout pas au ministère !

Lise lui donna rendez-vous pour la séance suivante des détectives. Jeanne la remercia chaleureusement, lui promit de ne rien dire à personne et de commencer elle aussi des recherches.

Après le repas, Jeanne se dirigea vers la gare et s'installa dans un café. Son train ne devait arriver que dans une heure. Depuis la discussion avec Lise, elle n'avait pas atterri. La directrice des Laboratoires Lérôme qui lui proposait d'intervenir aux Auditions ! Et qui en plus l'embarquait dans des recherches terriblement excitantes ! Elle devait se pincer pour y croire. Lise Bailly ! Ma petite Jeanne, te voilà dans la cour des grands, enfin plutôt des grandes ! se dit-elle. Quelle femme ! La directrice des labos Lérôme ! Elle s'arrêta un moment dans son énumération enthousiaste. En fait, elle ne ressemble pas du tout à l'image que je me faisais d'une directrice générale de grande entreprise. On a mangé dans un petit bistrot, elle ne portait pas un tailleur Chanel, elle était super accessible… Mais bon, bizarre ou pas, c'est Lise Bailly et elle peut compter sur moi. Dès ce soir, je commence l'enquête !

En retournant à son bureau, Lise croisa Nathan.
— Je crois que j'ai fait une connerie, lui dit-elle.
— À la réunion sur l'évaluation ? Ça s'est mal passé ?
— Non, tout va bien de ce côté, mais je me suis laissée emportée lors du déjeuner avec Jeanne May, tu sais l'anthropologue.
— Qu'est-ce que tu as fait ?
— Eh bien, je l'ai invité à rejoindre l'enquête...
— Sur les croyants ?
— Ben oui, je me suis dit qu'une chercheuse nous aiderait.
— Effectivement, c'est un peu rapide, mais pourquoi c'est une connerie ? Je trouve aussi qu'elle pourrait nous aider.
— Oui, mais elle bosse au ministère, même si elle m'a dit qu'elle était juste mobilisée pour la mission sur l'évaluation.
— Et tu penses qu'elle risque d'en parler ?
— Non, pas du tout, elle m'a assuré qu'elle tiendrait sa langue.
— Bon alors, aucune raison de s'inquiéter. Moi aussi je l'ai trouvée très sympa quand je l'ai croisée avant la réunion ce matin. Tu veux quand même que je poursuive mes recherches sur elle ? D'ailleurs à propos de recherches, tu sais qu'on a découvert de nouveaux cas, on en discutera samedi.

— Merci, dit Lise, même si elle a l'air très bien cette fille, ça me rassurerait que tu fouines un peu plus.

Puis, elle lui parla de Strocke et de son intention de l'inviter avec Jeanne May pour les Auditions. Elle lui demanda de faire également des recherches à son sujet. Elle lui montra un article et la bio du professeur. Nathan se mit à sourire.

— Il est grave canon, tu ne trouves pas ?

— Nathan, les Auditions Lérôme ce n'est pas un lieu de drague !

Il éclata de rire.

— On verra !

— Tu as des nouvelles du président ? Je n'ai pas d'info depuis hier et je n'ose pas appeler son épouse, j'ai peur de la déranger.

— J'en ai eu par ma cousine qui est infirmière à l'hôpital. Elle m'a dit qu'il semblait tenir le coup et surtout que c'était le plus adorable patient du monde. Il a toujours un mot gentil pour les personnes qui s'occupent de lui.

— C'est tout lui ça ! Espérons que ça va aller mieux.

— Oui. Rien ne sert de s'inquiéter.

19
Lomé — Togo — 20 avril 2028

L'air était chaud et moite lorsqu'ils atterrirent à Lomé. Un climat, qu'en bons Londoniens, Megan et Alex n'affectionnaient vraiment pas. Mais le terrain de jeu était parfait, entre les nouvelles églises évangélistes qui pullulaient et la présence de la plus grande communauté animiste d'Afrique. Les tests s'avèreraient certainement intéressants.

Les deux scientifiques avaient réservé un circuit touristique à la découverte des plantes médicinales qui les mènerait des cascades de Kpimé jusqu'à la forêt de Missahohé. Ils assisteraient également à une cérémonie animiste dans un village. Le tout en dormant chaque soir dans des hôtels de luxe. Le séjour typique du riche occidental !

Ils ne devaient rester qu'une journée à Lomé, ils n'avaient pas de temps à perdre. Le lendemain matin, ils sollicitèrent la réception pour disposer d'un guide. Ce dernier fut surpris quand ils lui demandèrent, après avoir visité le Palais de Lomé, de se rendre dans le quartier de Gbégnédji. En ce dimanche, il savait que des églises de toutes sortes emplissaient la place centrale et que ce serait l'effervescence. Il fit mine d'hésiter pour faire jaillir un billet supplémentaire puis prit la direction du quartier.

Megan et Alex recherchaient les fidèles d'une

communauté évangéliste, le Ministère des Rachetés de Dieu. D'origine américaine, elle venait de s'implanter au Togo où fleurissaient depuis quelques années toutes sortes de sectes conduites par des pasteurs qui appelaient leurs brebis à se repentir, à grand renfort de prêches enflammés et de musique. Des adeptes récemment convertis, c'était la cible privilégiée du jour. Lorsqu'ils arrivèrent sur la place, ils furent saisis par la foule massée autour des prêcheurs officiants sur des petites estrades. Ils découvrirent qu'ils n'étaient pas les seuls touristes présents.

— On vient ici comme au spectacle, s'exclama Megan, ça me donne la nausée !

— Tu as raison, répondit Alex, mais restons concentrés.

La secte en question se réunissait à proximité dans un ancien garage reconverti en temple. Ils se glissèrent au fond de la salle. Le pasteur haranguait la foule rassemblée en prière, fustigeant les dérives du monde moderne, dénonçant les femmes qui manquaient de respect envers leurs pères et leurs maris…

Ce chef religieux était également connu comme importateur de bière de manioc brassée au Mozambique. Après l'avoir bénie, il en abreuvait ses fidèles à la fin de ses prêches. Megan et Alex pourraient réaliser les tests sans trop de difficultés. Puis ils se rendraient auprès de la communauté animiste pour poursuivre leur mission et reviendraient à Lomé le dimanche suivant pour mesurer les effets sur les Rachetés de Dieu.

20

Veulettes-sur-Mer — 26 avril 2028

En rentrant chez elle, Lise s'installa devant la télé. Elle sourit en repensant à la remarque de Mahyar sur les réseaux sociaux. OK, je suis peut-être has been, pourtant c'est quand même moi qui ai découvert la première les cas étranges ! Elle reprit sa tournée. Une télé religieuse israélienne évoquait le rabbin retrouvé ivre mort. Des témoins racontaient l'avoir vu au milieu d'une place. Il apostrophait les passants, « *La fin est proche et il n'y a pas de sauveur !* ». Les journalistes expliquaient que la pression pesait fortement sur les rabbins et que certains pouvaient être victimes de burn-out, comme tout le monde. Pas de sauveur… les mêmes mots que dans le courrier de l'évêque, se dit Lise.

Elle retrouva la famille amish sur une chaîne américaine, ils étaient invités dans un talkshow. L'homme jouait de la guitare en chantant du blues dans un étrange dialecte. Ça ressemblait à une immense farce. Elle se demanda si les moines étaient encore dans l'actualité et parcourut les chaînes colombiennes. Elle tomba enfin sur une brève interview de la nièce de l'un d'entre eux. Celle-ci expliquait avoir accueilli son oncle après son coup d'éclat. Il allait mieux, mais ne voulait plus entendre parler de Dieu et de la religion.

Lise regarda du côté de la chaîne du Vatican. Pas un mot sur cette affaire, c'était vraiment étrange. Puis elle se souvint de la carte réalisée par Asanté, les évènements paraissaient disséminés entre les cultes. Côté catholiques, on ne recensait qu'une vingtaine de cas et dans des pays différents... Elle eut la désagréable impression que quelqu'un se jouait d'eux en dispersant les indices. Ça y est, je suis devenue complotiste ! se dit-elle en grimaçant et en se resservant un verre de vin pour avaler ses cachets.

Elle s'endormit sur le canapé et fit un cauchemar. Sept hommes vêtus d'une aube noire la regardaient depuis la plage. Elle les observait par sa fenêtre alors que le petit groupe de détectives, assis devant la télé, riait en écoutant le guitariste amish. Elle se réveilla en sursaut vers deux heures du matin et se coucha dans son lit pour finir sa nuit. Demain, elle devrait oublier tout ça et se remettre sérieusement au boulot.

En arrivant à son bureau, elle croisa Nathan. Il bâillait, la mine endormie. Il lui dit que ses recherches sur Jeanne May confirmaient que c'était vraiment une bonne recrue pour l'enquête et qu'il avait également commencé à constituer un dossier sur Strocke, qu'il lui enverrait en fin de journée.

Les Auditions se rapprochaient et la présence annoncée de la ministre agitait tout le landernau. Celle-ci arriverait dès le jeudi matin pour un programme de rencontres avec différentes autorités, puis elle ouvrirait les travaux l'après-midi et participerait à une table ronde. Elle passerait la soirée à Etretat et, sa directrice de cabinet l'avait confirmé, resterait le vendredi matin pour la première partie de la journée sérendipité, celle où interviendraient notamment les Danois. Lise était conviée au diner du jeudi soir, cela lui donnerait l'occasion de préparer la ministre à ce qui l'attendait le lendemain. La perspective de sa présence continuait à l'inquiéter, on ne pouvait jamais prévoir comment les choses tournaient avec les hurluberlus. La ministre devrait faire preuve d'ouverture d'esprit, ce qui, si on s'en tenait au portrait dépeint par Guillaume, n'était pas assuré. Lise devait être prudente, pas question de perdre le soutien du gouvernement.

La proximité des Auditions bousculait le programme des Laboratoires. On attendait une trentaine d'intervenants et du côté des participants, on comptait déjà près de cent-cinquante inscrits, dont de nombreux partenaires importants des Laboratoires. Nathan travaillait avec la directrice de la communication et une agence spécialisée. Les hôtels et restaurants étaient tous sur le pont. Lise veillait à ce que l'activité ne pâtisse pas trop de l'évènement. Elle enchaîna comme d'habitude les réunions, heureuse de voir ses équipes se réjouir par avance de la fête qui ponctuait traditionnellement la fin des Auditions.

À 18 h 30, après la clôture de la partie officielle, la grande salle et le jardin attenant accueilleraient un buffet et un petit orchestre. Lise se souvint du plaisir qu'éprouvait Charles à se retrouver parmi ses employés. Il passait la soirée à échanger avec chacun. Lise ne disposait pas des mêmes aptitudes relationnelles que son ancien patron, mais elle savait que les équipes lui étaient reconnaissantes d'avoir maintenu la tradition.

Elle profita du week-end du 1er mai pour se reposer et explorer un peu plus les travaux de Stroke qu'elle devait joindre le mardi matin. Il avait comme prévu accepté l'invitation aux Auditions. Comme avait dit Jeanne, une sollicitation des Laboratoires Lérôme, cela ne se refusait pas. Elle débuta par les éléments relatifs à son parcours et découvrit un personnage singulier, à deux facettes. La première très classique d'un directeur de recherche qui travaillaient sur les maladies du cerveau, enseignant universitaire, maître de thèses. La seconde beaucoup moins, celle d'un auteur de publications dans des revues très confidentielles de neurothéologie.

La neurothéologie… Lise en avait entendu parler notamment lors du congrès où elle avait découvert Strocke pour la première fois. Elle fit quelques recherches et découvrit qu'on devait ce terme à Aldous Huxley, l'auteur du *Meilleur des Mondes* qui l'avait employé pour la première fois dans son ouvrage testament *Ile*. Les neurosciences des religions exploraient le comportement du cerveau humain durant la médiation, la prière et plus largement tous les agissements liés à la figure divine.

Strocke avait prolongé les analyses de chercheurs américains qui avaient identifié dans le cerveau, quelques années auparavant, une « aire de la foi » censée contrôler la pensée religieuse. Il affirmait que la croyance en Dieu était profondément ancrée, parlait de fondations biologiques. Au fil des millénaires, par un réflexe de survie, le cerveau serait devenu plus sensible aux croyances. Selon lui, cela expliquait pourquoi la foi en Dieu et au surnaturel était si répandue à travers le monde. Cette analyse impressionna Lise. Elle faisait totalement écho à ses propres interrogations.

En élargissant ses recherches, elle découvrit que plusieurs scientifiques se consacraient aux neurosciences des religions en utilisant, comme Strocke, l'imagerie cérébrale pour identifier les régions du cerveau impliquées. Leurs travaux semblaient susciter de nombreuses controverses. Un spécialiste de l'épilepsie venait de produire un article sur ce qu'il nommait le « module de dieu », une zone du cerveau, siège des pensées religieuses qui s'activait également lors des crises d'épilepsie. Lise se dit qu'elle devrait en parler avec l'équipe chargée de l'antiépileptique qu'allaient sortir les Laboratoires. D'autres chercheurs expliquaient que la foi, comme l'amour, génère des sécrétions de sérotonine. Stimulé par la prière, ce neuromédiateur entraîne une sensation de bonheur. Certains faisaient le parallèle avec les états d'hallucination provoqués par différentes drogues.

« L'opium du peuple », il avait raison Marx ! se dit Lise. Ça voudrait donc dire que les croyants se sentent plus heureux que les athées ? Elle repensa aux recherches de Jeanne May. Et si la foi protégeait réellement de la maladie grâce à cette molécule produite par la prière ? C'est complètement fou, si ça se trouve, les miracles à Lourdes, ce sont juste des shoots de sérotonine ! s'exclama-t-elle en riant toute seule.

Elle se souvint d'un historien qui prétendait que l'amour et la foi avaient protégé les poilus pendant la Première Guerre mondiale. Après avoir étudié le parcours d'un millier de soldats, il soutenait que les plus pieux et ceux qu'une épouse aimante attendait, avaient été plus nombreux à survivre. Sa thèse, largement contredite par la suite, était surtout en total décalage avec les propos d'Erick Maria Remarque dans « *A l'Ouest rien de nouveau* ». Lise avait lu ce livre très jeune sur les conseils de sa grand-mère. Son désespoir l'avait profondément marquée. Elle rechercha la citation « *C'est par hasard que je reste en vie, comme c'est par hasard que je puis être touché.* » Nulle trace d'effet de la foi ou de l'amour dans ces propos !

Mais cela remet-il réellement en cause l'analyse de Strocke ? se demanda Lise. Si j'ai bien compris, d'après lui la foi, depuis la nuit des temps, a eu un impact sur la génétique, de la même façon que la force ou le fait de disposer d'une bonne vue ou d'un système immunitaire performant. Ont survécu les plus à même de résister aux aléas et la sélection naturelle s'est opérée en faveur des humains dotés d'une aire de la foi plus importante et susceptible de leur procurer davantage de sérotonine. Sa théorie est réellement séduisante, mais qu'est-ce qui se passe pour les athées comme moi ? s'interrogea-t-elle de nouveau. Notre cerveau ne dispose-t-il pas d'aire de la foi ?

Elle se souvint des propos d'Ajda, la yézidie, qui ignorait, avant d'arriver en Europe, que l'on puisse ne pas croire en Dieu. Après quelques recherches, elle découvrit que 84 % des humains dans le monde se déclarent croyants, enfin « *affiliés à des groupes religieux* », précisait l'article. Un tiers chrétien, un quart musulman, puis les hindous, les bouddhistes, les juifs… Elle n'imaginait pas une telle proportion. Le texte expliquait même que le pourcentage atteindrait 87 % en 2050 et soulignait que parmi les athées une part conséquente évoquait une certaine croyance spirituelle.

En fait, notre athéisme occidental n'est qu'une exception, s'étonna Lise. Et encore dans certains pays européens, la foi progresse, tout comme aux États-Unis. Et que dire de la Russie, de l'Inde ou d'autres pays où les dirigeants nationalistes, s'allient objectivement avec les chefs spirituels ! Un 21e siècle religieux… Comment comprendre ça ? Comment comprendre que malgré la science, tant de gens continuent à avaler ces fadaises et à se faire manipuler ! 84 % ! C'est vraiment hallucinant ! On ne compte que 16 % de non-croyants ! Et moi, athée, voire athée radicale diraient certains, je me désespère de voir le nombre de croyants augmenter, persuadée que c'est moi la personne rationnelle… Mais comment je peux considérer être du bon côté alors que je fais partie d'une si faible minorité ? N'est-ce pas complètement condescendant de penser que les 16 % sont plus intelligents que les 84 % ?

J'ai toujours pensé qu'il leur manquait une case, celle de la raison bien sûr. Je suis d'accord avec Spinoza, pour qui la foi est « l'asile de l'ignorance ». Mais si c'était le contraire ? C'est vertigineux ! Qui est dans le vrai ? Eux, qui croient depuis huit millénaires et qui représentent la plus grande part de l'humanité, ou moi qui relève d'un athéisme extrêmement récent et minoritaire ? Au final, je suis peut-être tout simplement affectée d'une déficience cérébrale ! C'est à moi peut-être qu'il manque une case.

La question l'a poursuivie alors qu'elle tentait de s'endormir le lundi soir. Plus le temps passait et plus ses nuits raccourcissaient. Qu'est-ce que ça change d'être croyant ? Est-ce que l'on se sent plus rassuré, plus heureux ? A-t-on moins peur de la mort ? Quand on a la foi, est-ce qu'on a vraiment la certitude d'un au-delà, ou sait-on au fond de soi que c'est juste un truc pour se réconforter ? Elle essaya en vain de se souvenir d'une prière. Elle n'avait pas reçu d'éducation religieuse. Les uniques fois où elle avait franchi les portes d'une église, c'était pour des mariages ou des enterrements. Peut-être que croire en Dieu, c'est comme avoir un doudou contre lequel se blottir quand on se sent seul. Quelqu'un pour vous consoler. Un ami imaginaire, un compagnon, un parent aimant, voire même le souvenir d'un parent aimant… Mais elle n'avait aucun de ces recours et ce fut la molécule du sommeil absorbée trente minutes plus tôt qui lui servit de doudou.

Le lendemain, elle peina à se réveiller, elle avait trop forcé sur les somnifères. Elle se promit de faire plus attention à l'avenir. Elle savait trop bien où cela pouvait l'entraîner. Arrivée aux Laboratoires, elle s'enquit auprès de Nathan de l'état de santé du président. Les nouvelles étaient bonnes, il semblait aller un peu mieux. Elle traita quelques dossiers et à dix heures, appela Thomas Strocke. Il la remercia de son invitation et confirma qu'il viendrait avec plaisir soutenir la présentation de Jeanne May dont il appréciait particulièrement les travaux. La conversation fut polie, mais peu chaleureuse. Le chercheur se montra distant et Lise ne parvint pas à faire dévier l'échange sur ses sujets de préoccupation. Elle devait se rendre le vendredi à Paris pour rencontrer des fournisseurs. Elle le convia au déjeuner prévu avec Jeanne, ce qu'il accepta poliment, du bout des lèvres.

En raccrochant, elle ne put s'empêcher d'asséner un « quel con ! » retentissant qui fit réagir Nathan qui entrait dans son bureau. Comme d'habitude sans frapper.

— C'est moi que tu traites de con ?

— Non pas toi, Thomas Strocke ! Je viens de discuter avec lui.

— Il a changé d'avis pour les Auditions ?

— Non bien sûr ! Mais il s'est montré extrêmement arrogant !

— Que t'a-t-il dit ?

— Rien de particulier. Il a été poli, m'a remerciée… mais je n'ai pas du tout aimé le ton de sa voix !

Nathan éclata de rire.

— En fait, tu es vexée parce que le beau chercheur n'a pas dit qu'il était infiniment honoré d'avoir été invité par toi !

— Pfff, tu racontes vraiment n'importe quoi !

— Et tu vas faire quoi ?

— Ben rien, je déjeune avec lui et Jeanne vendredi à Paris, on verra.

— Bon, du coup on est d'accord, il est canon et antipathique, c'est ça ?

— Ne t'emballe pas, il n'est pas du tout sûr que les hommes l'intéressent.

— Qu'est-ce que tu me fais là, tu vires ringarde ? J'ai le droit de trouver un mec séduisant sans avoir envie de le draguer ! Ça ne t'arrive jamais toi ?

— Oh pardon ! Je suis vraiment désolée. En fait, je cherche un angle d'attaque pour aborder ses travaux sur la dimension biologique des religions et je ne sais pas comment faire. Du coup, ça m'énerve et j'en dis des conneries !

— Appuie-toi sur Jeanne May, demande-lui de mettre les pieds dans le plat lors du repas, répliqua Nathan.

— Oui, c'est ça, les pieds dans le plat, à table ! rétorqua Lise, en passant de l'exaspération au rire.

Puis elle changea de sujet.

— Vous progressez ?

— On avance et tout ce que l'on trouve confirme ton intuition initiale.

— Et d'autres l'ont cette intuition ?

— Eh bien, c'est ça le plus surprenant. Personne n'a l'air de s'inquiéter du côté des autorités religieuses.

— Ça, c'est quand même étrange. Bon, on en parle samedi ! Tu sais que tu as mauvaise mine ? Allez pour me faire pardonner de ma stupide remarque, à mon tour de te proposer de prendre ta journée, enfin ton après-midi.

Nathan la remercia. Lui aussi se laissait emporter par cette affaire. Un peu de repos ne serait pas de trop. Il avait passé toutes ses soirées depuis dimanche à Saint-Pierre-en-Port, dans le bureau de Guillaume, transformé en base arrière du groupe des détectives, et que Guillaume nommait son « cabinet de curiosité » comme à la Renaissance. Il regorgeait d'objets rares qui répondaient selon la tradition, aux quatre grandes catégories, les objets d'histoire naturelle, ceux créés ou modifiés par l'homme, les objets exotiques ou ethnographiques et les instruments scientifiques. On y trouvait, notamment, une étonnante collection de lunettes grossissantes datant du début du 19e siècle. Mener l'enquête dans ce lieu étrange et hors du temps ne faisait qu'ajouter à l'extraordinaire de la situation.

En milieu d'après-midi, Lise appela Jeanne et lui fit part de son échange avec Strocke. La jeune chercheuse confirma que ses publications très controversées lui avaient créé de nombreuses difficultés. Il se méfiait, cela pouvait se comprendre. Lise lui expliqua son plan. Amener Strocke pendant le déjeuner à aborder le sujet de la zone du cerveau impliquée dans la croyance pour voir s'il pouvait l'évoquer lors des Auditions. Jeanne qui avait l'air de bien le connaître lui répondit que cela ne posait pas de problème. Si besoin, elle mettrait les pieds dans le plat. Lise ne put s'empêcher de rire. Décidément, le repas s'annonçait intéressant.

L'après-midi et le jour suivant, son travail l'absorba de nouveau. Le mercredi, elle envoya un message à Guillaume.

— On boit une bière ?

Elle avait envie d'échanger avec lui sur ces histoires d'influence des religions, de dimension biologique de la foi. Elle se souvenait aussi qu'ils n'avaient pas terminé leur conversation sur le doute, dont Guillaume disait qu'il faisait intimement partie de la croyance. Sa réponse ne se fit pas attendre.

— À l'Hôtel Normand à 18 h ?

21
Yport — 3 mai 2028

L'hôtel-restaurant Normand d'Yport, une autre de leurs adresses favorites. Lise s'installa sur la terrasse qui donnait sur la plage. En attendant Guillaume, elle se remémora les propos de Thomas Strocke qui l'avaient tant marquée : « *La foi est constitutive de l'humanité. Présente dans toutes les cultures, elle n'a pas d'équivalent dans le règne animal. Nos études démontrent que la croyance religieuse s'inscrit dans les circuits du cerveau.* ». Cette perspective changeait complètement la nature des questions qui la taraudaient depuis toujours. Si la propension à croire en Dieu était inscrite dans le cerveau, cela expliquait sans doute pourquoi l'être humain se laissait si facilement convaincre par les religions et leur morale venue du fond des temps.

Guillaume arriva et l'embrassa.

— Comment vas-tu Lise ? Tu sais que je m'inquiète pour toi.

— Je vais très bien. Mais tu peux continuer à t'inquiéter pour moi, je dois avouer que j'aime bien ça ! répondit Lise en souriant.

— Tu as des nouvelles du président ?

— Oui d'après Nathan, elles sont plutôt rassurantes, mais je doute qu'il puisse participer aux Auditions.

— Ce n'est pas le plus important, même s'il va nous

manquer, ce qui compte c'est qu'il se remette.

À peine leurs bières commandées, Lise attaqua sur le sujet qui la préoccupait.

— Tu connais la notion d'aire de la foi ?

— Eh bien, tu démarres fort ! dit Guillaume en riant. Aire de la foi… Oui, je me souviens d'avoir lu l'article qui parlait de ça il y a quelques années. Ce n'est pas une théorie selon laquelle nous aurions une zone du cerveau associé à la croyance ?

— C'est bien ça, ce sont des chercheurs américains qui l'ont mentionnée pour la première fois en 2009. Ça a donné lieu à pas mal de critiques. J'imagine, qu'en tant que croyant, tu as dû rejeter tout cela en bloc !

— Détrompe-toi, je trouve ces travaux très stimulants.

— Et tu y crois toi à l'idée que la foi serait biologique ?

— Y croire… le verbe est cocasse pour évoquer cette question, répliqua Guillaume. Disons que je comprends que des scientifiques s'interrogent à ce sujet. Mais pourquoi me parles-tu de ça ?

— Eh bien, j'ai entendu il y a quelques années lors d'un colloque au Canada, un neurothéologien, Thomas Strocke. Il se trouve que c'est le directeur de thèse de Jeanne May, l'anthropologue de la santé…

Elle lui expliqua ses découvertes concernant le chercheur et l'ancrage biologique de la foi. Elle lui parla aussi des spécialistes de l'épilepsie qui évoquaient la même zone du cerveau.

— Tu as l'air très informée ! C'est en rapport avec nos recherches selon toi ?

— Je ne sais pas, mais l'idée que la foi pourrait être innée me semble incroyable. D'ailleurs, Jeanne May m'a suggéré d'inviter Strocke à intervenir avec elle. Je l'ai sollicité et il a accepté.

— Tu ne trouves pas cela un peu risqué ? Ce sont des sujets plutôt tendancieux ! Surtout avec la ministre !

— Oui, mais c'est à ça que servent les Auditions et surtout le troisième jour. Explorer des pistes, faire un pas de côté, oser sortir des sentiers battus. Et surtout la ministre sera là le matin alors que Jeanne May et Strocke interviendront l'après-midi.

— Elle a l'air de te plaire cette chercheuse, non ?

— C'est vrai, je l'aime bien… D'ailleurs, je l'ai invitée à nous rejoindre samedi. Nous avons besoin d'une chercheuse un peu rigoureuse dans notre équipe !

Guillaume fit une grimace, mais Lise poursuivit.

— Ne t'inquiète pas, elle s'est engagée à ne rien dire ! Pour en revenir aux moines colombiens, tu penses que l'alcool a pu annihiler leur aire de la foi ?

— Je n'en sais rien. Nous devons creuser davantage. Au fait, tu ne serais pas dotée d'une aire du langage surdéveloppée dans ton cerveau d'hyperpolyglotte ? Voire même d'une super aire des chaînes d'info ? ajouta-t-il en riant.

Ils firent une pause dans la discussion. Gagné par la douceur du moment, Guillaume se laissa aller à quelques allusions à des souvenirs communs. L'établissement avait accueilli leurs premiers émois avant qu'ils décident plus prudemment de se retrouver à Rouen dans des hôtels plus anonymes. Sentant que la conversation déviait vers un terrain glissant, Lise reprit le fil de leur échange.

— Dis-moi, la dernière fois que l'on a discuté, tu étais en train de me parler du doute. Je te demandais si les moines que tu connaissais, au moment de mourir, doutaient ou non de l'au-delà. Je me souviens que le doute pour toi est... comment disais-tu ?

Guillaume mit un peu de temps à réagir, comme d'habitude, Lise revenait dans le droit chemin. Il soupira et répondit à sa question.

— Consubstantiel à la foi.

— C'est ça oui ! Tu m'expliques ?

— Commençons par le début. Tu connais Saint-Thomas ?

— Celui qui doit voir pour croire ? Ma grand-mère en parlait souvent...

— Tout à fait. Il dit exactement « *Si je ne vois pas dans ses mains la marque des clous, si je ne mets pas mon doigt dans la marque des clous et si je ne mets pas ma main dans son côté, je ne croirai pas.* »

— C'est un peu gore non ?

— Si on prend ses propos au premier degré effectivement ! Mais encore une fois, tu dois regarder cela comme une allégorie.

— Et toi tu as besoin de voir la marque des clous ?

— Ce n'est pas si simple ! C'est quelque chose qui se passe à l'intérieur de nous. La foi, tu sais, c'est un sentiment incroyable de confiance.

— Comment peux-tu parler de confiance alors que tu m'expliques que le doute fait intimement partie de la croyance ?

— Parce que, comme le dit Bernanos, la foi c'est *« vingt-quatre heures de doute… mais une minute d'espérance »*.

— Une minute ! Tout ça pour une malheureuse minute !

— C'est immense au contraire, Lise ! Tu n'imagines pas à quel point cette espérance est magnifique ! C'est un peu comme entre deux personnes qui s'aiment. Elles peuvent parfois douter l'une de l'autre, mais les moments d'amour profond font oublier tous ces égarements.

— Oui, mais la personne que l'on aime, on l'a en face de nous, on peut lui parler, elle existe vraiment !

— Voilà pourquoi on dit que la foi est une aventure !

— Et donc au moment de mourir tu penses que les moines doutaient ?

— Tu ne lâches pas ta question ! répliqua Guillaume, mais je suis incapable d'y répondre. L'aventure de la foi est une aventure personnelle.

— Et toi, tu crois que tu douteras quand tu mourras ? Euh… désolée ! Peut-être que je vais un peu trop loin !

— De toi, je peux tout entendre Lise. Pourtant je vais encore te décevoir, je n'en sais rien. J'espère que je me sentirai en paix, c'est tout. Et toi, si je te pose la même question ?

— Pour le coup, je ne douterai pas du paradis ou de l'enfer. Je retournerai à la poussière et c'est très bien ainsi. Je souhaite juste comme toi me sentir en paix.

— Tu vois, toi athée et moi croyant, nous sommes pareils !

— C'est vrai, oui. Mais je suis convaincue que cette peur de la finitude explique bien des choses. Même si je suis bien moins érudite que toi en matière de religions, j'ai lu Spinoza qui parle de la crainte de la mort. Une crainte qui donne à Dieu le rôle du juge suprême qui peut attribuer l'immortalité ou la damnation. En réalité, c'est parce qu'ils ont peur que les gens croient en Dieu !

— Spinoza dit aussi que celui qui fait le bien par crainte et pour éviter le mal n'est pas conduit par la raison.

— Tu vois bien que ce n'est pas très raisonnable de croire, dit Lise en riant. Au fait, ça se passe comment pour les francs-maçons ? Je croyais avant de te rencontrer qu'ils étaient tous athées. Si je ne me trompe pas, vous n'avez pas que des amis dans l'Église non ? En fait, c'est un peu comme une deuxième religion pour toi.

— Justement pas. La maçonnerie comporte des références historiques au judaïsme et au catholicisme, nous partageons des valeurs communes également avec l'Islam ou le bouddhisme. Mais, ce qui fonde la franc-maçonnerie c'est la fraternité, le respect de chacun, la tolérance, que l'on soit ou non, croyant. Pour faire simple, je dirais que la franc-maçonnerie est horizontale, elle relève de l'immanence, de l'intériorité du monde, alors que la foi en Dieu est verticale, transcendantale.

Lise sourit.

— Pour faire simple effectivement !

— Mais tu comprends ce que je veux dire ?

— Bien sûr, je me moque juste de toi. Donc en maçonnerie, vous n'avez pas de dimension magique, d'arrière-monde, d'au-delà…

— Oui, c'est un peu ça.

Le bruit d'une Harley, qui passait devant la terrasse, rompit le charme de leur conversation. Guillaume but le reste de sa bière.

— Tu sais que j'adore nos discussions, Lise, mais je dois y aller, on a des invités à diner. Je suis sûr que nous reparlerons bientôt de tout ça !

— Assurément ! Je ne vais pas te lâcher de sitôt !

— J'y compte bien Lise, dit Guillaume en l'embrassant.

Après son départ, Lise fit quelques pas le long de la mer. Les douces rayures bleues et blanches des cabanes de plage tranchaient avec le granit des falaises. Cela lui rappela des souvenirs d'enfance, lorsqu'elle allait se promener avec sa grand-mère le dimanche et qu'elles mangeaient une glace au bord de la mer.

Lise se dit qu'elle avait bien eu raison de revenir dans la région, libérée du poids du passé, pour retrouver ces paysages. Elle avait trouvé son équilibre ici, entre son boulot passionnant, ses quelques amis, la Villa… Elle se rendit compte que pour la première fois depuis des années, elle n'avait pas de plans pour l'avenir. Pas de nouveau job à chercher, pas d'envie de déménager, pas de frénésie de tailler la route, de parcourir le monde. Elle n'avait même plus envie de se trouver un amoureux. Elle se contentait de quelques rencontres épisodiques avec des hommes pas trop collants qu'elle tenait soigneusement à distance de ses sentiments. Elle ne savait pas si c'était normal de ne plus avoir envie de nouveauté. Sans doute replongerait-elle demain ou un autre jour dans ses doutes, mais là au bord de la mer, elle se sentait bien, tout simplement.

22

Séville — Espagne — 2 mai 2027

Il le savait, ce serait sans doute la dernière fois qu'il officierait. La maladie l'envahissait de plus en plus, la souffrance l'épuisait. Il se prépara pour le baptême. Le sacrement qui depuis toujours était celui qui l'émouvait le plus, c'était bien ainsi. Entouré par la famille, animée d'une foi simple et généreuse, le père Miguel mit tout son cœur à accueillir le nourrisson dans l'église du Christ. *« Que ce jour soit pour toi le commencement d'une vie nouvelle dans l'amour du Seigneur. »*

Il accepta de participer au vin d'honneur, mais très vite, il rentra au presbytère, épuisé. Dieu allait bientôt le rappeler à lui, il l'attendait comme un soulagement. Il devait se rendre à l'hôpital pour entamer les soins palliatifs. Il doutait de revenir chez lui.

En se levant le lendemain matin, il vomit, comme presque tous les jours. Il essaya de prier, en vain. Il avait tellement mal à la tête ! Quelques heures plus tard, installé dans sa chambre d'hôpital sous perfusion, il tenta de nouveau de se recueillir. *« Ô Jésus, Marie, Joseph, assistez-moi dans ma dernière agonie, faites que je meure paisiblement en votre sainte compagnie ! »*.

Que se passait-il ? C'était comme si sa voix résonnait dans le désert. Plus la journée avançait et plus l'absence l'envahissait. Il se sentait si seul ! Comme un enfant, effrayé. Il concentra toutes les forces qui lui restaient

« *Tu es mon salut. En Toi je mets toute ma confiance.* » Mais seul le silence lui répondit. Il se tourna sur le côté pour regarder par la fenêtre. Qu'ai-je fait pour mériter cette épreuve ? De quel orgueil suis-je pétri pour douter ainsi ? Pour que la foi qui m'a fait vivre m'abandonne au moment de mourir ?

Ses yeux s'emplirent de larmes. Quelles mains accueilleront mon âme ? Est-ce ainsi que l'on meure, implorant comme Christ sur la croix, « *Mon Dieu pourquoi m'as-tu abandonné* » ?

23
Paris — 5 mai 2028

Le repas avec Thomas Strocke avait lieu à treize heures au bord du canal Saint-Martin. Jeanne et lui étaient en train de discuter en terrasse quand Lise les rejoignit. Il se leva pour la saluer et renouvela ses remerciements, en précisant que chaque année il lisait avec beaucoup d'intérêt les publications des Auditions.

Il présenta les travaux qu'ils avaient menés sur les effets contextuels sur la santé. Dans ses recherches, Jeanne avait exploré deux volets. Le premier concernait l'influence directe des pratiques alimentaires, de la durée de sommeil, de l'activité quotidienne… Le second abordait la manière dont le patient percevait son traitement. Ils affirmaient, et Lise partagea leur point de vue, que tous les remèdes disposent d'une dimension placebo. La capacité du cerveau à leur attribuer le pouvoir de guérir a une incidence majeure sur leur efficacité.

Vers la fin du repas, comme convenu, Jeanne fit glisser la discussion sur la dimension religieuse. Lise en profita pour interpeler le chercheur.

— Je me souviens de votre intervention en 2025. Vous expliquiez avoir prolongé les travaux de chercheurs américains qui avaient découvert l'aire de la foi et ses effets sur la production de sérotonine.

— Oui, c'est bien ça…, répondit Strocke sur un ton

hésitant qui tranchait avec son regard d'un coup plus brillant.

— Votre analyse m'avait beaucoup interpelée, même si elle semblait très controversée si je me souviens des réactions de l'assemblée.

Strocke cette fois ne put s'empêcher de répliquer.

— Eh bien, cela fait longtemps que je n'ai pas abordé ce sujet ! Et pourquoi cela vous intéresse ?

— Jeanne m'a parlé de ses travaux sur les cohortes de santé canadiennes. Je trouve tout à fait passionnant ce lien potentiel entre habitus culturels, croyances et efficacité des traitements et plus encore si on le met en perspective avec vos analyses sur la dimension biologique de la foi. Je suis sûre que cela va fortement intéresser le public des Auditions.

— Vous en êtes certaine ? Ces travaux ne font pas l'unanimité, vous savez !

— La vocation des Auditions est justement d'explorer de nouvelles pistes, y compris lorsqu'elles ne font pas consensus. Pour innover, il faut souvent opérer un pas de côté.

Jeanne renchérit.

— Tu sais Thomas, c'est une grande chance de pouvoir intervenir aux Auditions !

— Oui, Jeanne, bien sûr, répliqua Strocke.

Puis, se tournant vers Lise, il demanda.

— Pourquoi choisissez-vous d'aborder ce sujet aujourd'hui ? Ce sont des publications qui remontent à plusieurs années.

Lise se dit qu'elle aurait adoré connaître le point de vue de Strocke sur leurs recherches sur les croyants, mais elle se contenta d'expliquer que c'étaient les travaux de Jeanne qui lui avait remis à l'esprit ces réflexions. Elle insista sur l'importance de l'anthropologie du médicament pour les Laboratoires Lérôme au vu de la montée des tensions notamment autour de la vaccination. Entre effet placebo et effet nocebo, la frontière était mince. Puis, elle choisit prudemment d'abréger la discussion. Elle ne voulait pas, comme elle l'avait fait avec Jeanne, prendre le risque de céder de façon trop impulsive à l'envie de l'impliquer dans leur enquête. C'était trop tôt, ils devaient d'abord en savoir plus. Elle salua Strocke et donna rendez-vous discrètement le lendemain à Jeanne qui renouvela ses remerciements.

En quittant le restaurant, Strocke décida de rejoindre son laboratoire à pied. La conversation l'avait perturbé bien plus qu'il ne l'avait laissé paraître. Il n'avait pas abordé le sujet de l'aire de la foi depuis près de deux ans. Il avait continué à publier dans quelques revues de neurothéologie à son retour en France. Mais alors qu'au Canada il s'était senti parfaitement libre, il avait très vite compris qu'ici, il n'en serait pas de même. Après avoir essuyé plusieurs remarques acerbes de ses confrères, il avait fini par se faire plus discret et s'était concentré sur les maladies dégénératives cérébrales. Il n'avait pourtant rien oublié de ce qui l'avait tant passionné à Toronto.

Il se remémora le début de l'aventure en 2022. Alors qu'il étudiait les manifestations de l'épilepsie sur le cerveau, il avait eu la chance de collaborer avec les Américains auteurs de la première publication sur l'aire de la foi. Il s'était enthousiasmé pour le sujet qu'il avait pu explorer largement à l'Institut. Il se souvint de son émotion la première fois qu'il avait pu constater les effets de la transe mystique sur le cerveau d'un religieux qui avait accepté de se prêter au jeu. Il avait adoré échanger avec des chercheurs de toutes disciplines. Croiser les réflexions des archéologues, des anthropologues, des biologistes, des psychologues, des spécialistes de l'intelligence artificielle… avec les neurosciences avait été une aventure extraordinaire ! Mais après un problème avec un membre influent de l'équipe internationale, il avait décidé de ne pas solliciter le renouvellement de son contrat à Toronto. Il le regrettait souvent.

2025, déjà près de trois ans ! se dit-il, et voilà que la directrice des Laboratoires Lérôme m'interpelle à ce sujet ! Je ne sais pas si c'est une bonne idée d'aller parler de tout ça aux Auditions. J'ai réussi à me faire oublier, je n'ai pas envie que ça recommence. D'un autre côté, dire non aux Laboratoires Lérôme, ce ne serait pas très malin. Ce n'est pas avec les maigres subventions publiques que je vais financer mes recherches !

Un passant le regarda avec étonnement. Strocke s'aperçut qu'il réfléchissait à haute voix. Il s'exclama : on verra bien ! L'homme leva les yeux au ciel, encore un fou.

Sur le trajet du retour, Lise laissa son esprit vagabonder. Elle contemplait le paysage à travers la vitre avec la drôle d'impression que son cerveau fonctionnait au ralenti. Une idée se présentait puis repartait chassée par une autre : l'aire de la foi, la sérotonine, les Danois, les moines, Strocke, les 84 % de croyants, la ministre…

La ministre ! Elle se réveilla soudain de sa torpeur. Dire qu'elle venait de passer trois semaines à se concentrer sur un délire complotiste plutôt que sur les Auditions. Elle se mordit les lèvres d'inquiétude et attrapa son téléphone pour appeler Nathan. Il décrocha immédiatement et elle l'assaillit de questions. Combien de participants ? Et la ministre à quelle heure arrivait-elle ? Et les intervenants ? … Nathan lui répondit avec le plus grand calme. Cent soixante-quinze participants étaient attendus sur les trois jours. La ministre serait présente le deuxième jour à 14 h 15 et resterait jusqu'au vendredi midi. Les intervenants étaient calés. Tout se déroulait pour le mieux… et d'ailleurs ils avaient fait le point sur tout ça ensemble la veille.

Lise se sentit un peu ridicule, mais Nathan, qui avait l'habitude, des crises d'angoisse de sa patronne et amie, la rassura. Il restait plus d'une semaine pour finaliser les détails. Tout allait bien.

24
Marrakech — Maroc — 6 mai 2028

Jeudi soir, veille de la grande prière à la mosquée Koutoubia de Marrakech. Georgio et Hassan n'avaient pas eu de mal à se fondre dans la foule des touristes venus admirer l'édifice construit au douzième siècle. À l'heure de la fermeture, ils se dissimulèrent dans une cache, puis se dirigèrent vers le réservoir d'eau potable installé pour remédier aux coupures d'eau qui affectaient régulièrement la vieille ville. Ils savaient que beaucoup d'hommes iraient se désaltérer après la prière. C'était une opération risquée par son ampleur, mais les effets sur une foule importante devaient être mesurés. Ils sortirent le flacon et le déversèrent dans le réservoir.

Ils se mêlèrent le lendemain aux touristes musulmans venus prier avec les habitués. Avant de partir, ils versèrent discrètement un peu de sel dans la citerne. Si des analyses étaient réalisées, personne ne pourrait faire le rapprochement. Ils se présentèrent de nouveau le samedi à la mosquée non sans avoir oublié de changer d'apparence. Le week-end se tenaient des conférences théologiques très prisées des croyants. Ils s'assirent au fond de la grande salle et attendirent.

Le public était très clairsemé et les organisateurs manifestement à cran. Un groupe d'hommes, fait très rare dans un tel lieu, s'invectivaient. De là où ils se trouvaient, Georgio et Hassan n'entendaient pas distinctement leurs propos, mais la discussion semblait très virulente. Quelques minutes après, un responsable intervint au micro pour annoncer l'annulation de la conférence sans donner plus d'explications. Quelques fidèles, venus de loin pour écouter le discours d'un Imam très reconnu, protestèrent.

Georgio et Hassan en profitèrent pour se rapprocher du groupe rassemblé autour de l'Imam. Trois hommes le prenaient violemment à parti, l'accusant de charlatanisme. Ayant la confirmation qu'ils recherchaient, ils s'empressèrent de quitter la mosquée. Leur mission accomplie, ils devaient en informer le reste de l'équipe.

25
Veulettes-sur-Mer — 6 mai 2028

Après son retour de Paris, Lise était restée une bonne partie de la soirée à son bureau pour gérer les urgences. Elle arriva chez elle épuisée. Le quotidien des Laboratoires, les Auditions et puis cette enquête, cela faisait beaucoup. Elle ouvrit une bouteille de vin. Hésitant entre un anxiolytique et un somnifère, elle opta pour les deux, elle avait vraiment besoin de dormir. Elle alluma machinalement la télé, mais se sentant incapable d'affronter l'actualité, chercha une série, la plus banale possible.

Super ! Une bonne histoire de meurtre à la française. Dès les premières minutes, je saurai qui est le coupable et je pourrai me laisser porter par le scénario à deux balles. À coup sûr, il y aura un ou une capitaine de gendarmerie accompagné pour son enquête d'un acolyte du sexe opposé arrivé tout droit de la ville. Ils se disputeront puis finiront par coucher ensemble… Enfin, plutôt, par s'embrasser, on est à une heure de grande écoute ! Aucune surprise, aucune angoisse. Parfait ! L'intrigue se déroulait à Chartres. La caméra zooma vers le lieu du crime, la cathédrale. Un prêtre était pendu à sa chaire ! Oh non, même là je suis poursuivie ! Elle choisit de rire de la situation aidée par un troisième verre de vin, puis dès l'épisode terminé, rejoignit son lit. Demain, les détectives revenaient, elle devait reprendre des forces.

Malgré le vin et les médicaments, sa nuit fut agitée de cauchemars en tout genre. De guerre lasse, elle se leva avant l'aube et tourna en rond toute la matinée, incapable de se concentrer. Guillaume arriva en début d'après-midi. Il avait échangé avec Nathan qui lui avait raconté la petite crise d'angoisse de la veille. Il s'inquiétait et voulait voir Lise seule, avant que les autres ne les rejoignent.

— Comment vas-tu, ma belle ? lui demanda-t-il en l'embrassant.

— Très bien et toi ?

— Tu as l'air fatiguée, tu dors bien ?

— Oui, oui, très bien.

La réponse trop rapide de Lise renforça ses craintes. Il l'avait déjà connue dans cet état après le décès de Charles Lérôme. Elle avait parfaitement assuré côté Laboratoires, mais avait progressivement perdu pied. Quand elle s'était mise à reporter leurs déjeuners puis à ne plus répondre au téléphone, il s'était inquiété, à raison. Il ne l'avait plus lâchée jusqu'à ce qu'elle prenne un rendez-vous chez un médecin, qui avait diagnostiqué une dépression et un sérieux début d'addiction aux anxiolytiques. Elle s'en était sortie en veillant à ce que personne ne se doute de son état, mais Guillaume restait vigilant. Lise continuait à alterner des périodes d'exaltation et des moments de désespoir, où elle semblait au bord du précipice.

Invoquant une envie pressante, il se rendit aux toilettes et jeta un œil au passage dans la chambre de Lise. Ce qu'il découvrit sur la table de nuit confirma son pressentiment. Il la rejoignit et attaqua de front :

— Ne me dis pas que tu vas bien, j'ai vu les médicaments !

Lise s'emporta, l'accusa de fouiller dans ses affaires, de la traiter comme une enfant, d'intervenir dans sa vie alors qu'il n'en avait vraiment pas le droit… Guillaume l'ignora ostensiblement. Elle tenta alors de minimiser la situation en expliquant qu'elle y avait à peine touché. Mais elle comprit que c'était peine perdue et finit par admettre qu'elle avait recommencé à prendre des cachets depuis une quinzaine de jours, omettant de mentionner les très nombreux verres de vin.

— Tu n'ignores pourtant pas où cela va t'entraîner Lise !

— Je sais oui, mais entre le boulot et cette histoire d'enquête je n'arrive pas à dormir !

— Je ne vais pas te dire que tu as tort, moi aussi, ça m'interroge. Mais ce n'est absolument pas un motif pour replonger !

— Bien sûr, tu as raison. Je vais faire attention, ne t'inquiète pas. Tu savais que l'on compte 84 % de croyants dans le monde ?

Guillaume sourit. Lise comme d'habitude changeait de sujet quand quelque chose la dérangeait.

— Oui et d'ailleurs ce pourcentage augmente.

— J'ai vu ça. C'est pour partie dû à la progression démographique, mais pas uniquement. J'ai vraiment du mal à comprendre. On est quand même au 21e siècle !

— C'est sans doute parce que les gens ont besoin d'espoir pour affronter les difficultés de la vie.

— Tu ne trouves pas ça étrange ? Plus ils souffrent et plus ils croient en Dieu, alors qu'ils pensent que c'est lui qui a créé le monde et que c'est lui aussi qui régit leur quotidien. Je ne sais plus qui a dit *« Si Dieu existe, j'espère qu'il a une bonne excuse !»*, mais il avait raison !

— C'est Woody Allen.

Lise soupira.

— Ça donne un peu le vertige, tout ça.

Guillaume se leva.

— Je vais me faire un café ? Tu en veux un ?

Elle approuva d'un signe de tête. Tout en préparant les cafés, il regarda Lise par la verrière de la cuisine. Le visage éclairé par un rayon de soleil qui perçait à travers la porte-fenêtre, les yeux dans le vide, elle semblait perdue dans ses pensées. Il revint s'assoir avec les deux tasses fumantes.

— Raconte-moi, ma belle. Que trouves-tu de si vertigineux ?

— En fait, c'est deux choses. La première, c'est que 84 % des humains ont foi en quelque chose de totalement irrationnel. C'est énorme ! Je ne parviens pas à comprendre ce qui vous anime. Et la seconde c'est de savoir que j'appartiens à une toute petite minorité. Mais toi, dis-moi, tu es bien croyant ?

— Oui, je le pense.

— Tu n'en es pas sûr ?

— Nous en avons parlé souvent Lise. La foi n'est pas quelque chose de binaire. Elle relève à la fois de l'esprit et des émotions. Je peux rationnellement t'expliquer pourquoi croire fait partie de ma vie, pourtant je ne pourrais te décrire précisément mon ressenti.

— Et tu penses que les croyants comme toi sont plus heureux du fait de la décharge de sérotonine provoquée par la prière ?

— Je le dirai peut-être de façon plus poétique, mais oui, prier m'emplit d'émotions positives, d'amour, de gratitude.

— Tu sais à quoi ça ressemble ? dit Lise en riant. A de l'onanisme spirituel ! En fait, tu te branles à l'idée de Dieu !

Guillaume éclata de rire.

— Je n'avais jamais envisagé ça sous cet angle, Dieu fantasme d'amour… j'adore !

Lise se leva à son tour pour ouvrir les fenêtres. Elle se retourna vers lui.

— Sincèrement, tu crois vraiment à tous ces trucs ? Le Dieu sur son nuage qui a envoyé le fils qu'il a eu avec une vierge, pour le faire mourir sur une croix avant qu'il ne ressuscite ?

— Ça, c'est typiquement une interrogation d'athée ! Je ne me pose pas ce genre de question moi. La mort et la résurrection du Christ ce sont des allégories qui me permettent d'incarner l'amour de Dieu. Tu sais, que je n'ai jamais eu la foi du charbonnier !

— La foi du charbonnier ?

— Celle de l'homme simple, qui n'a pas besoin de tout un argumentaire philosophique ou théologique. Qui ne cherche pas à expliquer. Qui croit, c'est tout.

— Il n'y a pas une chanson de Brassens là-dessus ?

— Oui, c'est *Le Mécréant*. Il se mit à fredonner « *Est-il en notre temps rien de plus odieux, de plus désespérant, que de n'pas croire en Dieu ? J'voudrais avoir la foi, la foi d'mon charbonnier. Qui est heureux comme un pape et con comme un panier* ».

— En fait, tu regrettes de ne pas être con comme un panier ! dit Lise en riant.

— Ou heureux comme un pape, qui sait... Et toi tu ne crois en rien ?

— En tout cas, pour reprendre les paroles de Brassens, ne pas avoir la foi ne me désespère pas. Et non, je ne crois pas au vieux barbu et à toutes ces histoires qui depuis des siècles ont fait le malheur des hommes et surtout des femmes ! Pour moi la religion c'est une béquille, une béquille d'enfants devenus adultes qui ne parviennent pas à gérer leurs angoisses existentielles !

— Tu es dure ! Et tes médicaments, ce n'est pas une béquille ? répondit Guillaume, regrettant immédiatement ses paroles.

— Là, c'est toi qui es dur !

— Pardon, Lise, je ne voulais vraiment pas te blesser. Tu sais, je suis pour partie d'accord avec toi. La religion est un support, une aide pour beaucoup de gens. C'est aussi un vecteur de cohésion entre les membres d'un groupe qui se retrouvent dans leur foi commune.

— Et qui doivent obéir à une morale écrite dans un livre, soi-disant sous la dictée d'un Dieu ?

— Obéir je ne dirai pas ça, mais oui, ils partagent des valeurs d'amour, d'entraide, de générosité... Mais en quoi les principes, comme « *tu ne tueras point* », « *tu ne feras pas de mal à ton prochain* », seraient-ils mauvais selon toi ?

— Je ne dis pas que c'est mauvais, mais juste que ce n'est pas appliqué ! Tu ne peux pas faire abstraction des préceptes qui excluent les femmes, les homosexuels et plus généralement ceux qui n'adhèrent pas aux mêmes croyances ! Dans ta religion que je sache, toutes les autorités sont des hommes, du curé au pape ! Donc c'est OK pour les prochains, mais pour les prochaines pas vraiment c'est ça ?

— Je te l'accorde, c'est toute la complexité de notre humanité. Les religions sont un des fondements majeurs de nos civilisations et parfois elles sont aussi, dans leurs interprétations, la justification du pire. Bon, pour en revenir à toi et aux médicaments, je ne voulais pas être désagréable, mais si tu continues, tu risques de replonger. Et l'alcool n'aide pas non plus.

— Et si j'arrête les cachets, je peux garder le vin ? lança Lise en souriant.

— Oui, à condition que ce soit avec modération.

— OK, je vais faire attention. Tu sais, moi je n'ai pas

de vieux barbu sur un nuage pour me rassurer !

— Tu veux que je me laisse pousser la barbe ? S'il te plait, Lise, on est d'accord pour les médicaments ?

— Oui, cher imberbe ! Je vais m'en débarrasser et tant pis pour mes insomnies !

— Rappelle-toi comment tu les avais réglées.

— Oui, Docteur Guillaume, je me souviens de votre ordonnance : lire et marcher ! Allez, je te la prescris aussi ! Ils seront là vers 17 h 30, on va se faire un tour !

Le soleil avait attiré les familles. Les enfants jouaient sur la plage. Après une longue balade sur la digue-promenade, ils s'arrêtèrent à la boulangerie pour acheter des galettes au beurre et rentrèrent juste au moment où le reste de la troupe des détectives arrivait.

Lise présenta Jeanne qui avait l'air ravie de faire partie de l'aventure, puis ils passèrent en revue les nouveaux cas qu'Asanté avait ajoutés à la carte. Cent-sept en tout. Le phénomène prenait de l'ampleur. Jeanne posa mille questions puis Asanté évoqua plus en détail deux histoires repérées grâce à un ami togolais qui travaillait dans la même entreprise que lui. Lors d'une soirée, il l'avait habilement amené à parler de religion.

— Sans le mettre au courant de nos recherches, précisa-t-il tout de suite, en voyant Lise se raidir.

La première concernait une secte évangéliste à Lomé. Il se racontait que des fidèles étaient intervenus un dimanche au temple pour dénoncer les agissements du pasteur. Un pasteur qu'ils avaient même forcé à fuir, avant d'expliquer que c'était un charlatan. L'affaire n'avait pas remué les foules, dans une ville gangrénée par les sectes venues d'outre-Atlantique. Selon la mère de son ami qui en connaissait certains, ces fidèles très énervés avaient été victimes la veille d'une sorte de gastro qui n'avait pas duré, mais les avait beaucoup perturbés. Le Togolais, très remonté contre ces églises qui fleurissaient sur la misère, espérait que ça allait se reproduire et que tous ces faux apôtres seraient chassés. Il ne comprenait pas l'absence de réaction des autorités qui laissaient ce phénomène se déployer sans aucun contrôle.

La seconde histoire était encore plus étrange. Deux touristes anglais avaient assisté à une cérémonie animiste dans le village de l'oncle de son ami. Comme d'habitude, les villageois avaient surjoué le folklore, cela faisait partie du deal avec le tour-opérateur. Les visiteurs s'étaient montrés particulièrement intéressés, l'interrogeant longuement sur les rituels. Ce n'était pas la première fois qu'il échangeait de cette façon, mais la suite était plus étonnante. Le lendemain, les deux Anglais étaient revenus et avaient posé des questions étranges, demandant si des gens avaient été malades, s'ils avaient vomi, soufferts de maux de tête. Ils l'avaient de nouveau interrogé de façon insistante sur ses croyances animistes, en cherchant à savoir s'il s'en était détaché. L'ami d'Asanté lui avait expliqué que son oncle réfléchissait à d'autres solutions pour faire vivre le village. Il ne supportait plus ces touristes qui se croyaient tout permis.

À la fin de son intervention, Besat, le frère d'Asanté,

prit la parole.

— Tu es sur Asanté, que tu n'as pas inventé ces histoires ?

— Ben non, pourquoi ?

— Parce que je suis bien placé pour savoir que tu as pas mal d'imagination s'agissant de la religion !

Asanté eut l'air gêné.

— Je ne vois pas de quoi tu parles.

— Tu veux que je te rafraîchisse la mémoire ?

— Non, non, répondit précipitamment Asanté.

Besat poursuivit en s'adressant aux autres.

— Moi à votre place je me méfierais !

— Si ça ne te plait pas, t'es pas obligé de rester ! rétorqua Asanté, je n'ai raconté que ce que l'on m'a dit !

— C'est ça oui ! répliqua Besat, et tu as raison, je ne vais pas rester à discuter avec des gens qui s'amusent à dénigrer les religions alors qu'ils feraient bien d'abord de balayer devant leur porte !

Sur ce, il se leva et après avoir lancé un salut à la cantonade, s'en alla. Asanté sortit sur le balcon. Nathan le rejoignit.

— Il n'a pas l'air très content ton frangin !

— Disons qu'il ne me pardonne pas une connerie que j'ai faite quand on était plus jeunes.

— Qu'as-tu fait de si grave ?

— Pas grand-chose, mais les conséquences ont été plutôt lourdes. Tu sais que nos parents sont décédés peu de temps après notre arrivée au Congo, on s'est retrouvé avec Besat dans un orphelinat catholique à Goma. Quelques années après, pour rigoler alors que j'étais de service pour préparer la messe, j'ai mis du piment dans le ciboire.

— Dans le quoi ?

— Le ciboire, le truc pour les hosties. Je me suis fait attraper et j'ai raconté que c'était le diable qui m'avait poussé. Mais on m'a quand même viré.

— Et Besat ?

— Il n'a pas voulu me laisser partir seul, il est venu avec moi.

— Effectivement comme tu le disais vous l'avez payé cher ! Tu avais quel âge ?

— Quatorze ans et Besat seize.

— Vous n'étiez que des ados !

— Oui, mais on s'est quand même retrouvé tous les deux à la rue et on a galéré longtemps avant de trouver la solution pour arriver jusqu'ici. Je comprends que Besat m'en veuille encore.

— Ce serait bien quand même que tu t'assures qu'il ne se mette pas à parler de l'enquête à tout le monde

— T'inquiètes, il ne dira rien. On a l'habitude de s'engueuler, mais on finit toujours par se réconcilier.

Ils retournèrent tous les deux à l'intérieur. Guillaume était en train de parler.

— Les vomissements, les maux de tête, on retrouve exactement ça dans tous les témoignages comme ceux des membres de la secte aux Pays-Bas ! J'ai pu entrer en relation avec le directeur de l'hôpital universitaire d'Utrecht. Tu te souviens de lui Lise, il était présent aux Auditions 2026, on avait diné ensemble. On a quelques amis en commun.

— Oui, je me souviens, quelqu'un de très sympa. Et que t'a-t-il dit ?

— Une partie des fidèles de la secte se sont enfuis avant l'arrivée des autorités, certains sont morts, mais on en a retrouvé d'autres cachés dans les dortoirs. Tous, sauf les enfants, se plaignaient de céphalées et de nausées. On a immédiatement craint un empoisonnement collectif. On les a placés en observation le temps de pratiquer des examens. Ils partageaient la même colère. Ils ont expliqué qu'un matin ils se sont tous levés, malades, et que quelques heures après ils se sont mis à voir clair dans le jeu du gourou

— Et les résultats des analyses ?

— Négatifs, aucun poison ! Ils n'ont rien trouvé.

— Vous croyez que ces histoires sont liées ? s'exclama Lise, ce n'est pas encore un coup de notre effet de loupe ?

— Je ne sais pas, répondit Guillaume. Ce qui me semble étrange ce sont les similarités importantes entre les cas. Comme cet évêque, ce kamikaze birman, ce rabbin qui prononcent quasiment les mêmes mots « *il n'y a pas de sauveur* ».

— Le timing est aussi le même, ajouta Munira. Ça a l'air de se passer dans un temps très court ! Souvenez-vous de ce pasteur de l'Arkansas. La veille, tout allait bien selon les fidèles qui l'ont rencontré et le lendemain il se suicide. Et c'est pareil pour le Togo.

— Jeanne, tu nous as dit tout à l'heure que tu avais trouvé un cas de ton côté, tu nous en parles ? demanda Guillaume.

Jeanne commença à exposer ce qu'un ami polonais lui avait raconté. Lise l'interrompit.

— Vous avez discuté religion avec tout le monde ?

Un rire parcourut la petite équipe. Effectivement, ils menaient l'enquête avec détermination en introduisant habilement et avec discrétion le sujet dans leurs conversations.

L'ami de Jeanne avait eu vent par ses parents d'une étrange histoire survenue dans leur petite ville en Poméranie. Une cinquantaine de personnes étaient tombées malades, à la suite d'un banquet. Comme les enfants semblaient épargnés, on avait accusé la bière qui provenait d'un producteur local déjà connu pour des problèmes sanitaires. Ses parents, qui ne participaient pas à ce diner, avaient découvert l'affaire le surlendemain pendant la messe. Devant des bancs d'église clairsemés, le prêtre avait prononcé un sermon enflammé contre les paroissiens manquants à l'appel. Ils s'étaient laissés corrompre par le démon de l'ivresse, coupables de péché de gourmandise et de luxure. Des péchés qui les détournaient de Dieu comme le signifiait leur absence ! Ils ne méritaient que les enfers ! Ils avaient trouvé l'homélie bien excessive, mais comme certains des fidèles concernés fréquentaient leur cabinet médical, ils avaient fini par en savoir davantage. La plupart expliquaient être tombés malades le lendemain du banquet. Cela n'avait pas duré, mais ils semblaient victimes de séquelles qu'ils peinaient à définir. Certains évoquaient un état proche de la dépression, d'autres paraissaient surexcités, tous évoquaient le sentiment d'avoir perdu le contact avec Dieu. Les deux médecins doutaient vraiment qu'il puisse s'agir d'une intoxication même avec de la bière frelatée. Une telle affection ne se guérit pas en quelques heures et ne provoque pas des symptômes dépressifs. Ils penchaient plutôt pour une sorte de phénomène d'hystérie collective.

Son récit terminé, Jeanne se tourna vers Lise.

— Je ne sais pas si cette affaire correspond à vos attentes...

— Tout à fait Jeanne ! Mais tu dois me tutoyer maintenant, tu fais partie de l'équipe ! Pour en revenir à ces histoires, comment peuvent-elles être liées ? On parle de gens qui perdent la foi, aux quatre coins du monde sur plusieurs années, de différents cultes, de croyants qui se suicident, qui jouent de la musique ou qui deviennent fous !

— Pour moi, la question centrale, renchérit Nathan, c'est l'absence de réactions des autorités confessionnelles. J'ai passé en revue tous les communiqués des principales religions. On trouve bien quelques retombées, mais ça reste strictement local.

— Cela plaide plutôt pour l'effet de loupe, soupira Lise. Alors que fait-on ? On arrête ou on poursuit l'enquête ?

— Pas « on », précisa Nathan, nous on doit s'occuper des Auditions. Peut-être que Strocke va nous aider à y voir clair, qui sait...

Jeanne à la demande des autres membres du groupe présenta rapidement les travaux du chercheur qui alimentèrent la discussion jusqu'à l'heure du diner. Puis Guillaume donna le signal du départ. Sur le pas de la porte, il embrassa Lise.

— Surtout, n'oublie pas. Tu dois te reposer. Laisse un peu cette affaire de côté. Si tu veux le week-end prochain, nous pourrons faire une petite randonnée sur le chemin des falaises à Etretat. Mais d'ici aux Auditions, on ne parle plus de religion !

26
Fécamp — 9 mai 2028

Même si tout était parfaitement calé sous la coordination impeccable de Nathan, Lise et lui durent évidemment faire face aux imprévus de dernière minute à quelques jours des auditions. Un problème de visa pour un intervenant étranger que Lise résolut grâce à ses contacts à la préfecture, une crise entre Louis et Inès, toujours au sujet des Danois, un souci de matériel audio… mais à la fin de la semaine tout était maîtrisé.

Elle profita de l'invitation de Guillaume le dimanche. Accompagnés d'Hafida, d'Ajda, et de leurs enfants, ils firent une belle balade sur le chemin des falaises. Elle tenta bien de l'interroger sur la poursuite des recherches. Mais il se montra intraitable. Le sujet n'était pas à l'ordre du jour ! Lise le trouva crispé, l'hospitalisation du président le mettait, lui aussi, sous pression. L'état de ce dernier semblait stable, mais les médecins n'envisageaient pas encore de date de sortie, ce qui n'était pas vraiment rassurant.

Le mardi matin, elle peina à se lever. Malgré son engagement, elle n'avait arrêté ni les anxiolytiques ni les somnifères. Elle avait besoin de dormir, au moins jusqu'aux Auditions. Après, promis, elle s'en débarrasserait. En arrivant aux Laboratoires, elle croisa Pierre, le directeur des finances et des affaires juridiques.

— Lise si tu as un moment, je dois te parler de quelque chose.

— C'est à propos des Auditions ?

— Non à propos de la Fondation, les héritiers se réveillent.

Lise sentit le poids sur ses épaules s'alourdir. Elle lui proposa de la rejoindre dans son bureau en lui laissant quelques minutes pour qu'elle se fasse un café. Elle invita également Nathan à se joindre à eux.

Inquiète par avance de ce qu'elle allait découvrir, elle demanda.

— Alors c'est quoi cette affaire d'héritiers Pierre ? Je croyais qu'ils avaient disparu du paysage.

— Moi aussi, mais je viens d'avoir notre juriste au téléphone. Un de ses confrères, qui travaille pour eux, l'a contacté. Ils ont appris pour l'hospitalisation du président.

— Et qu'est-ce qu'ils ont à voir avec tout ça ?

— Ils n'ont pas du tout abandonné l'idée de récupérer les labos. Mais le mieux serait d'en discuter tous ensemble. Je viens de rappeler le juriste, il est disponible là maintenant pour une visio.

Ils s'installèrent autour de la table, le juriste apparu sur le grand écran.

— Bonjour Mme Bailly.

— Bonjour, alors que se passe-t-il ?

— J'ai reçu un appel d'un de mes confrères qui travaille pour les héritiers, ils sont en train de préparer un gros coup et manifestement l'hospitalisation du président les amène à précipiter les choses.

— Quel gros coup, de quoi parlez-vous ? Et d'ailleurs comment sont-ils au courant pour le président ?

— Je ne sais pas qui leur a donné l'information, mais toujours est-il qu'ils veulent lancer une OPA !

— Une OPA, mais c'est impossible ! Le statut de Fondation d'intérêt public nous protège non ?

— Absolument, tant que nous demeurons d'intérêt public, nous sommes à l'abri, mais…

— Quoi, mais ! s'écria Lise, je ne comprends rien, on est menacé ou non ?

— Aucune raison pour que nous le soyons. Mais quelque chose m'a alerté. Mon confrère m'a expliqué que les héritiers se sont alliés à un fonds de pension international en mesure de lancer une OPA hostile. Il s'est vanté de pouvoir parvenir à ses fins et m'a proposé d'opérer à l'amiable.

— Mais comment peuvent-ils faire ? Notre statut nous protège, oui ou non ?

— Oui, bien sûr, à condition de le conserver. Comme vous le savez, la puissance publique peut nous le retirer.

— Mais ça nécessite un motif sérieux et l'hospitalisation du Président ne remet rien cause ! réagit Pierre.

— Tu as raison, mais mon confrère s'est targué de disposer d'un argument imparable qui pourrait inciter la ministre à revoir notre statut. Le consortium financier auquel ils se sont alliés est contrôlé par un fonds de pension chrétien très influent. D'après lui, cela pourrait intéresser la ministre.

— Un fonds de pension chrétien ? Vraiment ?

— Oui, c'est un conglomérat de fonds dont le plus important est affilié à une communauté religieuse catholique. Ils se vantent de proposer à leurs clients une gestion éthique de leur capital.

— Ce ne sont pas les seuls à brandir cet argument non ? réagit Lise, et que je sache nous n'avons pas de leçons à recevoir s'agissant de l'éthique !

— Naturellement. Mais ils n'attribuent pas vraiment le même sens à l'éthique. Ils écartent les investissements qui vont à l'encontre de leurs convictions religieuses. Dans le secteur de la santé, ça concerne par exemple les Laboratoires qui produisent des contraceptifs ou la pilule abortive.

— Bien entendu ! s'exclama Lise

Pierre s'adressa au juriste.

— OK, les héritiers se sont alliés avec ce fonds de pension, mais tu penses que ça peut présenter un réel motif pour nous mettre en danger ?

— Non pas vraiment, répondit le juriste, même si tu sais comme moi que le statut de Fondation-actionnaire d'intérêt public constitue une exception en France...

Lise l'interrompit.

— Attendez que je comprenne bien ce qui se passe. Vous me dites que ces soi-disant héritiers veulent nous racheter avec un fonds de pension catho ? Et qu'ils auraient l'oreille de la personne qui décide de notre statut ?

— C'est en tout cas leur argument pour nous pousser à accepter une OPA à l'amiable avant qu'ils ne déclenchent les hostilités.

— Jamais de la vie ! réagit Lise. Qui est au courant Pierre ? Les membres du bureau de la Fondation ont été prévenus ?

— Non, juste nous quatre.

— Et tu en penses quoi toi ?

— À mon sens, les héritiers se trompent grossièrement, je ne vois pas le gouvernement nous lâcher pour vendre les Laboratoires à un consortium international.

— Et qu'est-ce que l'hospitalisation du président a à voir avec tout ça ? demanda Nathan

— Ils imaginent sans doute que cela va entraîner des mouvements au sein de la Fondation et que certains pourraient être tentés d'envisager un avenir plus lucratif, répondit Pierre, et là aussi bien évidemment ils font fausse route.

Lise interpela le juriste.

— Et vous pensez que nous devons nous inquiéter ?

— Selon moi, ils bluffent, mais mon rôle est de vous protéger en prévoyant le pire.

— Vous avez eu raison de nous prévenir.

Ils continuèrent à échanger puis Lise demanda au

juriste de les tenir au courant dès qu'il aurait du nouveau. La visio terminée, Pierre se tourna vers Lise.

— Je ne voulais pas t'alerter pour rien…

— Merci, Pierre, tu as bien fait. Mais si je m'attendais à ça ! Et tu dis que l'hospitalisation du président aiguise leur appétit ?

— C'est parfaitement ça, leur juriste a utilisé cet argument pour expliquer que nous ne devions pas tarder à répondre à leur proposition.

— Ce sont vraiment des ordures ! s'exclama Nathan.

— Oui, il n'y a pas d'autre mot !

— Tu es d'accord avec le juriste, Pierre ? Ils bluffent ? reprit Lise.

— Selon moi, oui. Après le décès de Charles, tu te souviens qu'ils ont été grassement indemnisés alors même que leurs revendications n'étaient pas recevables en tant qu'héritiers indirects. Ils ont profité du fait que Charles avait provisionné une grosse somme pour écarter toute difficulté éventuelle. Je pense qu'ils ont monté ce truc de toutes pièces pour essayer de récupérer une autre part du gâteau.

Lise le regarda, elle était loin de partager ses certitudes. Guillaume l'avait alertée au sujet de la ministre et de son appartenance à ce mouvement catholique. Pourtant, elle choisit d'aller dans son sens. Pas question de céder à la panique.

— Merci en tout cas de m'avoir rapidement prévenue. On reste vigilant.

— Merci, Lise, et bonne journée, enfin la meilleure possible.

Après son départ, Lise se tourna vers Nathan

— Un fonds de pension catholique, je n'en reviens pas ! Ils sont vraiment partout !

— Tu ne penses pas que nous devrions en parler à Guillaume ?

— Non, laissons-le pour l'instant en dehors de tout ça tant qu'on n'en sait pas plus. Les Auditions commencent demain, on verra après.

27
Chine — avril 2028

Cette fois, ils agiraient en équipe. L'opération était particulièrement risquée dans un pays où chacun, habitant ou touriste, faisait l'objet d'une surveillance permanente. Mais comment ignorer un terrain si fondamental ? La Chine et son milliard de croyants affiliés à la religion populaire taoïste ou au culte des dieux et des ancêtres. La Chine où l'on trouvait aussi de façon plus minoritaire, des bouddhistes plutôt en recul, des chrétiens en progression, des musulmans largement persécutés. La Chine et l'influence du confucianisme et surtout son étroit contrôle des différentes confessions sommées de se conformer à la société socialiste. Malgré les risques, ils devaient réaliser les tests pour évaluer l'efficacité sur cet ensemble éclectique de croyances issues des multiples traditions amalgamées au fil de l'histoire chinoise. Ils devaient savoir comment réagiraient les fidèles dans un pays où l'on voue un culte aux défunts, aux divinités protectrices, aux esprits, au seigneur du ciel, à l'empereur suprême…

L'organisation nécessita plusieurs semaines de travail. Pour chaque test, un système de relais fut mis en place. Un premier binôme agirait puis changerait de secteur, un second apprécierait les conséquences. On reproduirait le dispositif auprès de plusieurs communautés et dans différentes régions. Ainsi on ne risquait pas de se faire prendre.

Ils réussirent à réaliser une trentaine de tests, mais la suite ne se déroula pas comme prévu. Ils s'aperçurent très vite qu'ils avaient sous-estimé la difficulté à mesurer les effets. Alors qu'ailleurs, ils avaient pu identifier les conséquences concrètes par différents médias ou en entrant directement en contact avec les personnes, là, rien ne filtra. Tous ceux qu'ils essayèrent d'interroger se turent. Ils ne pouvaient pas prendre le risque d'insister et durent se contenter, quand ils le pouvaient, de l'observation des symptômes physiologiques.

Mais comment se résigner à ce résultat en demi-teinte ? Oui, cela semblait fonctionner auprès des adeptes des principales religions chinoises, pourtant ils ne pouvaient dire précisément ce qui en découlait comme effets. Ils en discutèrent longuement. Devaient-ils réitérer l'opération ? Décaler les échéances ? On ne pouvait tout de même pas se passer de retours sur un cinquième de l'humanité !

Ils optèrent pour une solution intermédiaire. Ils effectuèrent plusieurs expérimentations sur des adeptes de différentes confessions au sein des communautés chinoises installées en Europe et aux États-Unis. Tous montrèrent des résultats similaires aux tests réalisés sur les adeptes des autres religions.

28
Veulettes-sur-Mer — 16 mai 2028

En rentrant chez elle le soir, Lise s'installa sur le canapé avec un verre de vin. Elle devait absolument faire abstraction de cette affaire d'héritiers, les Auditions constituaient l'évènement le plus important de l'année pour les Laboratoires, elle devait rester concentrée. Elle alluma la télé. France 3 Normandie diffusait un reportage sur l'histoire des Laboratoires. Elle fut émue de revoir son ancien patron. La journaliste évoquait le drame qui l'avait affecté et le tournant qu'il avait fait prendre à son entreprise, elle parlait d'une exception dans l'industrie pharmaceutique. Elle ne mentionna pas l'hospitalisation du président de la Fondation, manifestement l'information n'avait pas encore filtré. Tant mieux, se dit Lise en se demandant de nouveau comment les héritiers avaient appris la nouvelle. La venue de la ministre était annoncée.

Lise se crispa en entendant évoquer sa présence. Ce serait la première fois qu'un membre du gouvernement participerait à la journée sérendipité. Même si la ministre avait eu l'air enthousiaste à l'idée d'y assister, elle devrait faire preuve d'ouverture d'esprit. Différentes innovations seraient exposées, avec, comme clou de la matinée, la présentation des Danois. Et même si Lise était tout à fait convaincue de l'intérêt de leurs travaux, la communauté scientifique demeurait sceptique. C'était d'ailleurs ce qui avait provoqué la nouvelle crise survenue la semaine précédente entre les deux directeurs. Lise passait son temps à jouer la médiatrice et ça commençait à la fatiguer. Si Inès partageait à 100 % l'esprit des Auditions, Louis, pour sa part, ne supportait pas que l'on puisse présenter des études non certifiées. En deçà de dix publications dans des revues de référence, aucune innovation n'avait grâce à ses yeux. Ce qui était particulièrement mal venu de la part du directeur du département recherche même si par ailleurs, il assurait ses fonctions de façon plutôt efficace.

Lise se dit pour la nième fois qu'elle devait agir. Mais Louis approchait de la retraite. Après le décès de Charles Lérome, elle avait gardé toute l'équipe, de l'ouvrier au cadre. Se séparer de Louis aurait été comme une trahison à la mémoire de son patron décédé. L'inimitié entre les deux responsables tenait sans doute au fait que c'était elle qui avait recruté Inès. Un traditionnel conflit entre anciens et modernes… Et puis c'était une femme, la réaction de Louis participait peut-être aussi d'un vieux fond de sexisme.

Elle alla se coucher à une heure raisonnable, mais tourna dans son lit sans parvenir à s'endormir. Une heure plus tard, elle se releva dépitée pour prendre des cachets.

Le premier jour des Auditions se déroula au mieux. Lise déjeuna avec ses homologues d'autres Laboratoires et dîna avec un plus grand plaisir, avec les intervenants. Le lendemain après-midi, elle accueillit la ministre qui la salua avec enthousiasme.

— Je suis ravie d'être ici !

Cette dernière prononça un court discours d'introduction puis s'installa dans la salle avec les participants et resta un long moment à écouter les conférenciers et à leur poser des questions. Décidément, elle ne ressemblait pas à ses prédécesseurs qui, sitôt leur allocution terminée, avaient l'habitude de s'éclipser.

À l'occasion d'une pause, Lise fit un point avec Nathan. Il avait l'air parfaitement serein. Son flegme la surprenait toujours. Elle l'interrogea sur le programme du lendemain. Les Danois étaient bien arrivés tout comme les autres intervenants à l'exception de Strocke qui serait à Fécamp dans la soirée. Nathan lui rappela son diner avec la ministre, comme prévu, à l'Aiguille Creuse. Guillaume serait aussi présent en tant que vice-président de la Fondation. Le repas se déroulerait en petit comité.

À 18 h 30, Lise clôtura la séance de l'après-midi et remercia les participants. Puis elle régla quelques questions et se dirigea vers le restaurant. Quand elle arriva sur la terrasse privatisée pour l'occasion, elle trouva Guillaume debout à l'extrémité du promontoire. Il contemplait la mer. Elle l'appela, mais il mit de longues secondes à se retourner.

— Ça ne va pas ? lui demanda-t-elle.

— Tout va bien, la ministre devrait être bientôt là.

— Tu es sûr ? Tu m'as l'air tendu. Tu as des nouvelles du président ?

— Oui, elles sont un peu plus encourageantes, le traitement semble faire effet.

— Alors qu'est-ce que tu as ?

— Je t'ai promis que nous ne parlons plus de notre enquête jusqu'à la fin des Auditions.

— OK, mais tu peux quand même me dire ce qui se passe !

— Tu te souviens de la secte néerlandaise ?

— Oui, tu nous as dit qu'ils n'ont rien trouvé qui puisse expliquer le fait que les adeptes soient tombés malades. Tu as du nouveau ?

— Je viens d'avoir au téléphone mon ami le directeur de l'hôpital d'Utrecht. Le légiste qui a autopsié deux des victimes a découvert quelque chose d'étrange, une sorte d'inflammation au niveau du cerveau.

— Et c'est ce qui a provoqué leur mort ?

— Non, on les a retrouvés pendus. Et il m'a assuré que cela ne pouvait pas être lié. Il n'avait jamais constaté cela auparavant. Ce qui est troublant, c'est qu'il a identifié les mêmes signes sur les deux victimes.

— Qu'est-ce que ça veut dire ?

— Il n'en sait rien, mais cela s'ajoute aux autres cas où on a relevé des maux de tête et des vomissements. Vraiment Lise, je commence à trouver ça inquiétant !

La ministre les rejoignit.

— Je vous cherchais. Vous étiez là à contempler la mer, vous avez raison, elle est magnifique avec cette lumière !

Lise dut se faire violence pour afficher le grand sourire que son interlocutrice attendait. Elle admira au passage la soudaineté avec laquelle Guillaume se mua en hôte attentionné et charmant. Il n'a rien oublié de ses réflexes de diplomate ! C'est d'ailleurs ce qui m'inquiète, pensa-t-elle. S'il est préoccupé, ce n'est pas bon signe. Il n'est pas du tout du genre à perdre son sang-froid. Elle le remercia intérieurement d'animer la conversation pendant la première partie du diner. Il échangea avec la ministre sur l'histoire des Laboratoires et de Charles Lérôme pour lequel elle avait une grande admiration.

Le repas était somptueux, une vraie ode à la Normandie. En attendant le dessert, la ministre aborda la journée du lendemain. Elle avait manifestement été informée du travail des Danois et se déclara très impatiente de les entendre. Lise prudente rappela la nature de la séance du vendredi. Les intervenants exposaient des recherches et des innovations à leurs prémisses. Pour s'assurer que la ministre en avait bien conscience, elle évoqua quelques souvenirs loufoques des années précédentes. Celle-ci acquiesça avec un léger geste d'agacement. Elle avait parfaitement compris !

Le dessert arriva fort à propos et la conversation se déplaça, sur le délicieux crumble à la gelée de cidre. Lise regarda discrètement l'heure. 21 h 30, elle avait hâte de rentrer chez elle et surtout de discuter avec Guillaume pour en apprendre davantage sur sa découverte. Pourtant les choses ne tournèrent pas comme elle l'espérait. La ministre reprit la parole.

— Je suis ravie de savoir que Jeanne May fait partie des intervenants.

— Oui, elle va exposer un sujet encore insuffisamment exploré à mon sens, le rapport culturel au traitement.

— C'est une jeune femme très compétente d'après ce que l'on m'en a dit, ajouta celle qui ne semblait pas du tout pressée de clore le repas. J'ai vu sur le programme que son ancien directeur de thèse interviendrait avec elle ?

À la seconde où elle parla du chercheur, Lise sentit le piège s'entrouvrir.

— C'est bien Thomas Strocke ? poursuivit la ministre avec l'air de savoir exactement où elle voulait en venir.

— Oui, tout à fait, souffla Lise sur la défensive.

— Et c'est bien le Thomas Strocke qui a publié des articles sur la dimension biologique de la foi ?

Lise ne répondit pas, jetant un regard désespéré à Guillaume qui semblait absent depuis le dessert. Elle essaya de s'écarter du précipice en proposant d'aller se reposer pour se préparer à la longue journée du lendemain, mais interlocutrice ne se laissa pas faire. Elle, qui avait été cordiale jusque-là, paraissait tout à coup beaucoup plus froide.

— Donc vous faites intervenir un neurothéologien !

Lise se sentit acculée. Que pouvait-elle dire ? Lui raconter que depuis trois semaines les choses partaient à vau-l'eau ? Lui expliquer qu'ils avaient constitué un groupe de détectives à la limite du complotisme dont Jeanne faisait partie ? Lui parler des étranges cas qui s'accumulaient ? La panique commençait à la gagner quand elle fut sauvée par le serveur venu proposer tisane, café ou pousse-café pour terminer le repas. Cet intermède lui permit de reprendre ses esprits avant de répondre.

— Nous avons invité Thomas Strocke, en tant que directeur de thèse de Jeanne, pour aborder les effets contextuels sur la santé. Vous savez, c'est un enjeu important pour l'efficacité des traitements.

La ministre ne se laissa pas détourner de son objectif. Elle poursuivit plus sèchement.

— Oui tout à fait, il a beaucoup étudié ces sujets et les autres également. D'ailleurs, je serai très heureuse de pouvoir l'entendre demain. Si, bien sûr, vous m'y autorisez.

Lise sentit concrètement la falaise s'écrouler sous ses pieds, la ministre et Thomas Strocke, au moment où les héritiers se réveillaient avec leur fonds de pension catho ! Elle n'eut pourtant pas le temps de trouver une solution pour tenter de la faire renoncer, Guillaume qui était sorti de sa torpeur la devança.

— Vous avez raison, moi aussi je suis impatient de l'entendre, tu es d'accord bien sûr Lise ?

Lise ne put qu'acquiescer avec un grand sourire qui masquait son énervement.

— Naturellement, Jeanne May sera ravie !

Sur ces paroles, la ministre, visiblement satisfaite, proposa d'aller se reposer. Elle se leva, les salua et quitta le restaurant suivie par son équipe. Lise était furieuse, elle venait de se faire avoir comme une bleue ! Guillaume chercha immédiatement à la rassurer.

— Ne t'inquiète pas, on va prévenir Jeanne et Thomas Strocke et tout se passera bien.

— La question n'est pas de savoir si je m'inquiète ou pas ! Tu ne m'as même pas laissée le temps de trouver une idée pour la convaincre de renoncer à son projet ! Ces recherches sur l'aire de la foi sont très controversées et je n'aurais évidemment pas invité Strocke si j'avais su pour la présence de la ministre ! La séquence sérendipité est là pour explorer de nouvelles dimensions et certainement pas pour qu'une politique fasse son sketch ! Et hors de question de l'annuler maintenant ce serait un énorme aveu de faiblesse ! Ce n'est pas du tout le moment alors qu'elle s'apprête peut-être à nous vendre à l'ennemi !

— De quoi parles-tu ?

— Eh bien, on a appris par l'intermédiaire de notre juriste que les héritiers sont en train de préparer un gros coup. Ils se sont alliés à un fonds de pension pour engager une OPA hostile sur les Laboratoires.

— Mais notre statut de fondation d'intérêt public ne nous prémunit pas contre ce genre d'attaque ?

— Si, mais ce fonds de pension est d'obédience catho, et si je me souviens de tes propos, cela pourrait tout à fait intéresser la ministre et l'inciter à nous retirer notre statut pour nous vendre à ses copains ! Donc tu comprends que ce n'est pas du tout le moment de l'énerver ! C'est la raison pour laquelle je voulais trouver un moyen de l'éloigner !

Guillaume chercha à en savoir plus, lui reprochant de ne pas lui avoir parlé plus tôt de la tentative d'OPA, mais Lise coupa court à la conversation.

— J'ai besoin de me reposer, on discutera de ça plus tard !

— Je suis désolé, Lise. Ça va aller, tu veux que je te raccompagne ?

— Non, je suis en voiture ! Et arrête de me prendre tout le temps pour une petite chose fragile ! Et surtout, cesse à l'avenir de décider à ma place de ce que je dois dire ou faire !

En rentrant, elle appela Nathan. Comme d'habitude, il réagit avec calme. Il allait prévenir Strocke et Jeanne pour qu'ils ne s'éloignent pas du cœur du sujet.

Le lendemain, Lise se leva de bonne heure et se rendit aux Auditions bien décidée à ne pas se laisser faire. Si cette ministre veut me mettre en difficulté, elle peut toujours essayer, se dit-elle. J'en ai maté de plus coriaces !

Cette dernière ne se montra qu'à dix heures trente pour la présentation des Danois. Un vrai succès ! Encore une fois, la séquence sérendipité portait ses fruits. Même Louis fut conquis, un véritable exploit ! La ministre quitta les Auditions en fin de matinée, annonçant qu'elle serait de retour un peu avant seize heures. Lise en profita pour déjeuner avec Strocke et Jeanne. Celle-ci, très inquiète, demanda à Lise, qui refusa, si elle souhaitait tout simplement annuler la séance. Le chercheur lui, se contenta d'expliquer qu'il avait l'habitude d'intervenir en milieu hostile. Ils convinrent de ne pas s'écarter du sujet et d'ignorer l'allusion aux appartenances religieuses. Lise se sentit un peu rassurée.

Elle se félicita de l'absence de la ministre en début d'après-midi lorsque se succédèrent des conférenciers toujours plus insolites, alliant IA et longévité, ou prétendant même avoir trouvé la clef de la cryogénie… Mais deux heures plus tard, son stress remonta en flèche. La ministre venait d'arriver pendant la pause. Souriante, elle serra la main de Lise. Plus rien ne restait de la dureté qui avait marqué ses traits à la fin du diner. Lise se dit qu'elle s'était peut-être inquiétée pour rien, quand elle aperçut un petit pendentif au cou de son interlocutrice. Cela ressemblait à un médaillon de baptême avec une vierge Marie. Elle ne se souvenait pas qu'elle le portait la veille au restaurant. Qu'est-ce que cela signifiait ? Elle se gendarma, elle perdait la tête ! La ministre avait bien le droit d'arborer sa médaille de baptême et puis c'était peut-être juste le portrait de sa grand-mère ! Et avec ou sans médaille, elle n'allait pas se laisser impressionner !

Jeanne et Strocke s'installèrent en tribune. La chercheuse resta centrée, comme convenu, sur les effets culturels. Strocke souligna l'intérêt majeur de l'anthropologie de la santé. Il expliqua que les thérapeutiques développées pour la plus grande part en Europe ou en Amérique du Nord sont adaptées au régime alimentaire occidental, mais ignorent les impacts potentiels d'autres pratiques. Pour illustrer son propos, il fit référence à la question du genre totalement sous-estimée pendant des décennies. Jusqu'à très récemment, on ne testait les médicaments que sur les hommes, en négligeant les réactions spécifiques aux femmes. Puis Jeanne et lui abordèrent le sujet de la perception des traitements par les patients. L'expérience des pandémies et du rejet des vaccins par une minorité agissante montrait qu'on ne pouvait méconnaître cette dimension psychologique qui pouvait complètement saper les stratégies sanitaires.

Les participants posèrent de nombreuses questions auxquelles Jeanne et Strocke répondirent avec brio. Ces échanges confirmèrent l'intuition de Lise. Les Laboratoires, qui exportaient vaccins et médicaments par-devers le monde, devaient s'emparer de cette question, réfléchir différemment, adapter la posologie aux modes de vie, repenser la manière de communiquer... À mesure que la séance avançait, elle commençait à se détendre. La ministre était restée muette. Elle s'était angoissée pour rien. Dans un quart d'heure, les Auditions seraient closes. Mais une nouvelle fois, les choses ne se déroulèrent pas comme Lise le souhaitait. Alors que Strocke évoquait à la tribune la prise en compte des origines ethniques dans les cohortes de santé, la ministre leva la main :

— Vous intégrez les appartenances religieuses dans vos analyses ?

Lise sentit son cœur cesser de battre. Elle supplia du

regard les deux chercheurs. Jeanne expliqua.

— Effectivement, c'est une donnée présente dans les panels nord-américains. Comme nous cherchons à intégrer les effets des modes de vie et notamment du régime alimentaire, des liens peuvent exister avec les interdits propres à certaines religions, cependant...

La ministre lui coupa la parole avec un sourire qui dénotait avec le ton cassant de sa voix :

— Je vous remercie de votre réponse, mais j'aurais aimé entendre le point de vue du professeur Strocke.

Ce dernier s'empara du micro.

— Je confirme les analyses de Jeanne. Nous cherchons à identifier comment le quotidien des patients agit sur l'efficacité des traitements. Que celui-ci relève d'une origine religieuse ou culturelle.

— Donc, cela n'a rien à voir avec vos travaux sur l'aire de la foi ? Je croyais que vous aviez cessé d'explorer cette voie, je me trompe ?

Un murmure parcourut la salle. Lise se maudit. Quelle idée avait-elle eu d'inviter Strocke ! Ce dernier ne parut absolument pas déstabilisé par la question. Il balaya du regard l'assemblée pour bien marquer le fait qu'il n'entrait pas dans une joute oratoire avec la ministre et se lança dans une longue réponse.

— Pour ceux qui n'ont peut-être pas eu vent des travaux évoqués par madame la ministre, elle fait allusion à une étude publiée en 2009 par des chercheurs américains. Ce sont les premiers à avoir localisé une zone du cerveau qui s'active lorsque les sujets prient. Au-delà de ces réflexions qui pourraient nous amener très loin sur un plan philosophique, ces travaux font écho à des investigations menées sur l'épilepsie ou sur la maladie d'Alzheimer par l'équipe que je coordonne. Nous avons montré que c'est une aire identique qui est concernée. Et pour revenir à la question initiale, tous les praticiens savent que l'état d'esprit des patients, leur qualité de vie, leur capacité à ressentir des émotions positives ont clairement des impacts bénéfiques à long terme. Même si nous n'avons pas encore trouvé la recette pour prescrire le bonheur !

La sortie du chercheur déclencha quelques rires et la ministre ne put bien sûr qu'approuver en souriant. Profitant de cet intermède, Lise se leva, marquant la fin de la session et de la journée. Elle convia la ministre et Guillaume à se joindre à elle pour clore les Auditions 2028. Cette dernière prononça un discours sans la moindre acrimonie. Elle félicita les équipes des Laboratoires et les intervenants, salua les participants et remercia Lise de son invitation, puis les trois responsables partagèrent avec l'auditoire leurs vœux de rétablissement pour le président.

La séance se termina par des applaudissements qui soulagèrent Lise. Mais alors qu'elle échangeait avec quelques personnalités, elle assista du coin de l'œil à une scène qui la surprit, Strocke en grande discussion avec la ministre. Malgré la récente altercation, ils semblaient se parler comme deux vieux amis. La ministre vint à sa rencontre.

— Merci de votre invitation Lise, j'ai passé deux jours excellents !

Lise la remercia également tout en se demandant, au vu des revirements de son interlocutrice, quel crédit elle pouvait accorder à ses paroles. Elle se promit de faire preuve de plus de prudence lors des prochaines Auditions.

Les participants partis, les équipes des Laboratoires, les membres de la Fondation et quelques partenaires se dirigeaient vers les jardins où se déroulerait la soirée de fin d'Auditions. Lise décida de s'offrir une petite pause et sortit sur la terrasse, épuisée par la tension de l'après-midi et des trois derniers jours. Elle s'accouda à la balustrade pour profiter de la vue, se réjouissant par avance de la soirée à venir. Cette fête de fin d'Auditions n'avait rien de protocolaire, on se retrouvait simplement pour manger, s'amuser, danser. Quelques minutes plus tard, elle entendit des voix et se retourna. C'était Guillaume accompagné de Nathan, Jeanne et Strocke, également à la recherche d'un peu d'air frais.

— Félicitations, Lise, c'était un très bon cru ! s'exclama Guillaume.

— Oh c'est Nathan qu'il faut remercier ! Et d'ailleurs Nathan, je voulais vraiment te féliciter pour cette magnifique organisation. Bravo !

Guillaume renchérit.

— C'était parfait ! Tout le monde a apprécié.

L'intéressé sourit avec modestie, manifestement, lui

aussi soulagé. Il s'adressa à Lise.

— Je me suis autorisé à inviter Thomas à la soirée.

— Tu as bien fait, lui répondit Lise.

Puis, se tournant vers le chercheur, elle poursuivit.

— Je vous ai trouvé particulièrement habile dans votre réponse à la ministre, Professeur !

— Je vous en prie, appelez-moi Thomas. Je dois vous avouer quelque chose. En fait, c'est une scène que nous avons déjà jouée. Qu'elle m'interpelle de nouveau à ce sujet m'a d'ailleurs étonné.

— Comment ça ?

— Eh bien, il y a quelques années alors qu'elle travaillait à l'OMS j'ai eu l'occasion d'échanger avec elle au cours d'un colloque. Lors de ma présentation, elle m'avait interrogée, sur le ton plutôt abrupt qui la caractérise. Mes publications sur la dimension biologique de la foi avaient suscité pas mal de critiques et j'étais à cran. Du coup, j'avais répondu sur le même ton et cela avait créé un certain malaise. Par chance nous avons pu poursuivre la conversation pendant le déjeuner et j'ai découvert qu'elle portait un regard très singulier sur la question. Contrairement aux responsables confessionnels en général, elle ne nie pas l'influence de l'aire de la foi, mais pour elle, dans la lignée des théologiens apologètes, sa présence constitue une preuve de l'existence de Dieu. Si notre cerveau dispose d'une telle aire, c'est que Dieu, qui a créé l'homme, l'a voulu.

— Apologète ? interrogea Nathan.

— Cela vient de l'apologétique, expliqua Guillaume, la science des preuves de la divinité dans le christianisme. Il y a plusieurs courants, qui cherchent tous à démontrer l'existence de fondements rationnels à la foi. La ministre est très impliquée dans les mouvements catholiques…

Lise lui coupa la parole pour s'adresser à Strocke.

— Pourquoi ne pas avoir dit que vous la connaissiez et que vous aviez déjà eu une telle discussion ?

— Je ne sais pas, je ne voulais pas vous inquiéter !

— Justement, vous m'auriez épargné bien des inquiétudes ! rétorqua Lise, furieuse.

Guillaume crut bon d'intervenir.

— Les amis, je ne pense pas que cette dispute ait un quelconque intérêt, au regard de la gravité de la situation concernant les croyants.

— De quoi parlez-vous ? demanda Strocke.

Guillaume se mordit les lèvres et se tourna vers Lise avec un regard coupable. La première tentation de Lise fut de l'envoyer balader. Elle lui en voulait encore d'avoir répondu à sa place à la ministre au restaurant et voilà qu'il recommençait ! Mais à le voir si préoccupé, elle se calma, la présence de Strocke ne serait pas de trop pour réussir à démêler les fils de cette histoire de fou. Elle expliqua.

— Nous avons identifié une série de cas qui laissent à penser qu'un phénomène étrange affecte les croyants.

— Un phénomène étrange ? De quoi parlez-vous ?

Entendant l'orchestre qui commençait à jouer dans le jardin, Guillaume proposa d'aller s'assoir. En chemin, il se fit confirmer par Lise qu'elle était bien d'accord pour embarquer Strocke dans leurs réflexions. Elle lui suggéra de le mettre au courant, le temps qu'elle aille saluer les employés et leurs familles. Il tenta de l'interroger sur ce qu'elle lui avait dit la veille sur les héritiers, mais elle esquiva la question en expliquant qu'il n'y avait pas de raison de s'inquiéter pour le moment.

Alors qu'elle se dirigeait vers le jardin, elle croisa Jeanne.

— Je m'en veux d'avoir demandé à ce que Thomas intervienne avec moi et de la tension que cela a créée avec la ministre.

Lise lui répondit en souriant.

— Ne t'inquiète pas Jeanne. C'était en réalité une bonne idée et il va peut-être pouvoir nous aider pour notre enquête. Tout va bien, profitons de cette soirée.

Quand elle rejoignit l'équipe un peu plus tard, elle les trouva en grande discussion. Strocke posait question sur question. Elle les interrompit.

— Vous ne pensez pas que l'on mérite de se détendre un peu ?

Chacun approuva, sauf le chercheur qui eut l'air particulièrement frustré. Nathan souffla à l'oreille de Lise.

— On l'invite à notre prochaine rencontre de détectives ?

– OK, OK, plus on est de fous… enfin s'il est dispo.

– Vu la manière dont il a réagi aux premières infos, à mon sens il se rendra disponible ! répliqua Nathan en souriant.

Le reste de la soirée fut occupée de façon festive. Lise avait bien l'intention d'en profiter. Elle trouva que Strocke, pardon Thomas, était tout à fait sexy à mal danser sur la piste et le murmura à l'oreille de Nathan qui approuva.

Ce soir-là, elle s'endormit presque sans difficulté, détendue pour la première fois depuis des semaines.

29

Marseille — 18 mai 2028

Manuel jeta pour la troisième fois un coup d'œil par la fenêtre. Dans la rue, toujours la même agitation, les terrasses étaient bondées. Les membres de l'équipe devaient arriver à partir de dix-huit heures, invisibles dans cette foule. Il piaffait d'impatience, six semaines qu'ils ne s'étaient pas rencontrés. Les informations codées échangées sur le darknet permettaient certes d'alimenter sa base de données, cependant par prudence les conversations étaient proscrites.

Il était tendu. L'immense majorité des tests n'avaient généré aucun écho. C'était sa mission de s'en assurer et au besoin de brouiller les pistes. Mais une dizaine d'entre eux avaient filtré récemment, dix de trop. Comme le Bouddhiste Birman, la secte aux Pays-Bas, les moines colombiens, les amish et cet évêque dont le courrier de démission avait fuité sans qu'il ne sache par quel biais… Il s'était employé patiemment à détourner l'attention en allumant des contre-feux sur les réseaux sociaux, avec un succès limité. Cela lui rappelait péniblement le début de leur mission et notamment les sept moines paraguayens. L'histoire avait tourné plusieurs semaines sans qu'il n'y puisse rien.

Il se souvint de sa rencontre avec le Coréen. Il terminait laborieusement sa thèse dans un laboratoire canadien, l'Institut du Cerveau, qui réunissait des chercheurs de tous horizons, spécialistes des neurosciences, de l'imagerie médicale, psychiatres, sociologues… L'interdisciplinarité c'était la grande force de l'Institut. Faire dialoguer entre elles les différentes disciplines, comprendre les parties pour comprendre le tout et vice versa, comme aimait à le répéter son maître de thèse et patron de l'Institut, Thomas Strocke.

Manuel travaillait à la modélisation des analyses. Il sortait justement d'un rendez-vous avec son directeur. La rencontre ne s'était pas bien passée. Il venait de se prendre une série de remontrances sous prétexte qu'il n'avançait pas assez ! Mais comment pouvait-il faire mieux ? On le cantonnait à l'exploration de pistes qui ne trouveraient sans doute jamais de débouchés concrets, ou pas avant des années. Enfant, il rêvait d'un grand destin. Issu d'une famille modeste, rien pourtant ne le prédestinait à des études de haut niveau. Mais il était brillant, éternel premier de la classe avec trois longueurs d'avance sur ses camarades. Le bac à seize ans avec dix-neuf et demi de moyenne, la prépa à Lisbonne, l'école d'ingénieur et la bourse pour réaliser un doctorat à l'étranger. Il aurait dû se réjouir, il n'y parvenait pas et se sentait en permanence frustré.

Son directeur venait de le menacer de rompre son contrat de thèse, tentant manifestement une autre stratégie que les encouragements qu'il lui prodiguait habituellement. La conversation s'était déroulée dans la bibliothèque. À quelques mètres d'eux se trouvait Jeong Chung. L'Institut pilotait une organisation internationale de recherche et le professeur coréen, éminent neuroscientifique, participait à une session d'échanges sur l'imagerie cérébrale. Manuel avait bien remarqué sa présence, mais dans sa situation c'était le cadet de ses soucis. À la fin de l'entretien, qui s'était soldé par une mise à l'épreuve de deux semaines au terme desquelles, il devrait produire un plan détaillé et argumenté de sa thèse, il était sorti furieux dans le jardin de la fac. Il n'en pouvait plus, mieux valait tout abandonner et trouver une autre voie où son travail serait enfin reconnu !

Pris dans ses pensées, il n'avait pas vu le Coréen arriver. Celui-ci s'était assis à ses côtés et lui avait expliqué qu'il avait entendu la conversation. Ils avaient discuté longuement. Puis le professeur lui avait dit qu'il recherchait des étudiants brillants comme lui pour un nouveau projet et l'avait invité à une réunion le soir même. Manuel avait accepté sans réfléchir en s'engageant par avance à respecter la confidentialité des échanges auxquels il allait participer. Au point où il en était, ça ne pouvait pas être pire. En début de soirée, il avait rejoint le lieu de la rencontre. Il connaissait la plupart des présents, une dizaine de chercheurs issus des différentes unités de l'Institut ou de l'équipe internationale et quelques thésards.

Ce qu'il découvrit ce soir-là changea le cours de sa vie. Ces gens étaient réunis autour d'un projet complètement dément. Ils voulaient prolonger les travaux de Strocke et d'autres neurothéologiens sur la dimension biologique de la foi, pour tout simplement l'éradiquer ! Il se demanda s'il n'était pas tombé dans une secte de fous furieux. Jeong Chung devança ses pensées.

— Je sais Manuel, tu dois te dire que tu nages en plein délire. Détrompe-toi, c'est une affaire tout à fait censée. Les religions depuis leur apparition n'ont fait qu'asservir les peuples. Elles produisent de tout temps des instruments de domination aux mains des puissants, qui utilisent l'appétence naturelle de l'être humain à être rassuré, pour le manipuler.

Manuel ne put s'empêcher d'acquiescer. Même si ce n'était pas pour lui un sujet majeur de préoccupation, il partageait leur point de vue sur les religions et n'en revenait pas d'entendre un tel propos au milieu de ce groupe de scientifiques tous plus brillants les uns que les autres !

Megan, une chercheuse en psychologie cognitive, poursuivit la présentation. Il devait apprendre quelques mois plus tard qu'elle s'était investie dans l'équipe par désespoir. Elle, qui se consacrait depuis près de quinze ans à l'analyse des inégalités femmes-hommes, ne supportait plus les retours en arrière, alimentés par les discours religieux.

— Nous avons trouvé un moyen de libérer l'humanité de cet asservissement et nous avons le devoir d'agir !

— Toutes les religions ont la même dimension biologique que vous évoquiez tout à l'heure ? demanda Manuel.

– C'est bien l'objet du programme de tests, répondit Megan.

– Vous allez les mener auprès de tous les cultes ?

– Tous, c'est impossible, on en compte près de dix mille. Mais oui, nous allons réaliser des expérimentations auprès des principaux courants confessionnels.

Manuel était abasourdi et terriblement excité. Il les écouta discuter entre eux. Mais ses connaissances en biologie étaient loin de lui permettre de suivre la plupart des échanges et au bout d'un moment, il commença à douter. Avait-il véritablement compris leurs intentions ? N'avait-il pas mal interprété leurs propos ? Profitant d'une pause, il se rapprocha de Jeong Chung.

– Professeur, vous voulez vraiment éradiquer la foi ? Au sens littéral du terme, c'est bien ça ?

La réponse de Jeong Chung ne lui laissa aucun doute, c'était bien leur objectif. Faire disparaître concrètement et définitivement l'aptitude à croire en Dieu. Les questions se bousculaient dans la tête de Manuel, il ne savait plus par où commencer. Il attendit quelques minutes pour retrouver ses esprits, puis il reprit la parole.

– Vous avez anticipé ce qui se passera quand ils auront perdu la foi ?

– Nous étudions différents scénarios, répliqua Megan. C'est également l'objet de nos tests, mesurer les effets sur des croyants affiliés à différents cultes.

– Et que faites-vous des autres croyances ? On peut croire que la terre est plate, croire aux extraterrestres ou au parti…

Jeong Chung répondit, heureux de constater que sa nouvelle recrue était aussi vive d'esprit qu'il l'avait pressenti.

— C'est une très bonne question qui a donné lieu à de nombreuses discussions entre nous. Il y a une différence fondamentale entre la foi religieuse et les autres types de croyances. La foi n'est pas basée sur la preuve, elle se réfère à quelque chose qui ne peut pas être prouvé, la soi-disant existence de Dieu. Alors que la croyance dans un dessein politique, par exemple, relève de la confiance dans une personne ou dans un projet, voire pour les régimes autoritaires d'une réaction de peur. Ce ne sont pas les mêmes mécanismes qui s'activent.

— Et le fait de toucher du bois, de collectionner les porte-bonheurs, de jouer au loto le vendredi 13 ?

Un jeune thésard en histoire qu'il avait croisé à l'Institut intervint.

— Pour les dirigeants religieux, la superstition est associée au paganisme, à l'idolâtrie, par opposition selon eux à la vraie foi, en un « vrai » Dieu. Mais qu'il s'agisse de la boule de cristal, de l'objet porte-bonheur ou d'un dieu, cela relève de la même tournure d'esprit magique. Toutes religions utilisent des ficelles identiques.

— Des ficelles ?

— Pour qu'une religion marche, pour qu'elle recrute suffisamment de fidèles, elle doit fournir quelque chose en échange. Elle doit pouvoir apaiser les peurs, consoler, donner de l'espoir, rassurer sur ce qui se passera après la mort... On appelle ça la dimension rétributive de la foi.

– On dirait un discours marketing !

– Tu n'es pas si loin du compte. La religion c'est un équilibre entre rétribution et punition, un simple calcul effort-bénéfice. C'est d'ailleurs de cette façon que les chrétiens ont étendu leur influence. Ils ont rendu plus accessible le cout d'entrée propre à la religion juive en diminuant les interdits, notamment alimentaires, le tout sans baisser la rétribution.

– Tu veux parler des miracles ?

– Oui, toutes les religions en font état, mais la logique de rétribution s'opère également au quotidien. Les croyants prient pour faire tomber la pluie, pour guérir d'une maladie ou pour gagner au loto. Quand ça marche, ils remercient Dieu. Dans le cas contraire, ils se disent que Dieu a estimé qu'ils ne méritaient pas sa grâce et ils recommencent la fois d'après.

Un autre membre de l'équipe que Manuel ne connaissait pas, poursuivit.

– Tous les cultes fonctionnent de la même façon. Ils doivent offrir des intermédiaires entre leur soi-disant Dieu et les hommes. Alors ils inventent des saints, des anges, des prophètes. Ils créent des rites dont l'observance va permettre au fidèle de se considérer comme un bon croyant et qui, surtout, vont servir à le manipuler. Ils construisent des temples, des églises, des mosquées, des synagogues, des édifices plus grands les uns que les autres, pour représenter matériellement la puissance de leurs Dieux. Et puis ils disposent tous d'au-delà, d'arrière-mondes, attirants ou menaçants.

— En fait, vous voulez priver les hommes de leur paradis… dit Manuel.

— D'un paradis fantasmé oui ! Pour qu'enfin ils comprennent, que seul « ici et maintenant » existe. On veut aussi les priver de l'enfer. Un enfer utilisé pour les contraindre à respecter leurs règles !

— Et vous prévoyez de réaliser des tests auprès de ceux qui croient dans la voyance par exemple ?

— Non pas spécifiquement. Certes, ces croyances, que l'on va appeler païennes, peuvent tout autant enfermer les hommes, mais à la différence des religions, elles sont plus rarement actionnées par des autorités pour contrôler les fidèles.

La conversation dura plus de trois heures. Manuel fut estomaqué de comprendre que le projet avait toutes les chances d'aboutir et hyper excité à l'idée de faire partie de l'aventure. Il avait trouvé la voie qu'il cherchait depuis toujours et se sentait très honoré que Jeong Chung, un professeur reconnu au niveau mondial, l'ait invité à rejoindre son équipe. Après cette rencontre, il se remit au travail, termina sa thèse et devint un maillon essentiel du projet, chargé de sécuriser les tests.

L'équipe s'était peu à peu étoffée pour parvenir aujourd'hui à une centaine de membres, issus de différents pays. Douze d'entre eux seraient présents ce soir à Marseille pour réaliser un point d'étape. Manuel avait découvert au fil du temps les motivations de ceux qui avaient choisi de s'engager dans l'aventure. Certains puisaient leur conviction dans la philosophie des

Lumières, d'autres dans la colère comme Megan, ou dans un drame personnel comme Jeong Chung. Tous partageaient la même certitude. La foi aliénait l'homme, ils avaient le devoir de le libérer.

À 18 heures, le professeur coréen arriva, il débarquait des États-Unis, en plein décalage horaire. Puis ce fut les membres du Nigéria, les Français, suivis par les Espagnols, les Japonais, les Anglais et un Canadien. Le colloque de neurosciences qui débutait le lendemain à Marseille offrait une couverture parfaite, comme cela avait été le cas un mois et demi auparavant au Cap. Ils partagèrent les avancées récentes. Ces dernières semaines, ils comptabilisaient plus de deux-cents tests, dont 90 % réussis.

Megan s'indigna.

— Vous intégrez aussi les morts parmi les réussites ?

— Nous n'y pouvons rien, répondit Jeong Chung, certains réagissent plus mal que d'autres ! Tu le sais bien, le nombre de décès diminue à mesure que nous contrôlons mieux le processus.

Mike, le Canadien renchérit.

— Et certains ne réagissent pas du tout ! Vous vous souvenez de cet archevêque ? Le lendemain, il siégeait aux côtés du pape.

— Il n'y a pas meilleure preuve de la duplicité de ces dirigeants religieux, s'exclama Megan, mais quand même ce pasteur lui, il s'est suicidé !

— Oui, répliqua Jeong Chung, mais combien de vies avons-nous épargnées en Birmanie !

La conversation se poursuivit, puis Alex prit la parole.

— On compte aussi des échecs comme les animistes au Togo. C'est le seul test que nous avons réalisé sur ce type de croyance et cela n'a pas fonctionné.

— Vous êtes certains d'avoir bien respecté le protocole ? réagit un des membres espagnols de l'équipe chargée de fournir le matériel.

Alex répliqua sur un ton vif.

— Oui, bien sûr ! On a versé la solution dans l'alcool de manioc comme avec la bière pour la secte à Lomé.

— Mais ce n'est pas du tout le même degré !

— Je croyais que seul le sel posait problème.

— Pourtant, nous avons bien précisé cet élément dans le protocole !

La discussion dura une bonne partie de la nuit. Megan accepta de laisser ses réticences de côté. Toutes les grandes révolutions génèrent leurs victimes innocentes, réussir à débarrasser le peuple de ses chaînes ne pouvait se faire sans dommages. L'histoire était enfin en marche. Ces quelques morts ne représentaient qu'un malheureux aléa, au vu de tous ceux qui seraient libérés. Ils firent le point sur les tests qui restaient à réaliser. Des mormons pour les comparer aux amish. Différents courants de l'Islam. Quelques cultes plus confidentiels, des dignitaires de différentes religions, de nouvelles sectes…

Une discussion eut lieu sur les enfants. Manifestement,

ils ne réagissaient pas aux expérimentations, mais on avait besoin d'évaluations complémentaires. Arthur un des plus jeunes membres du groupe présenta son plan pour tester des scouts dans la région de Toulouse. Un autre proposa de réaliser le test sur de jeunes shintoïstes et un troisième dans une école coranique. Ils firent le point sur l'approvisionnement et passèrent la soirée à programmer l'activité des semaines à venir. La prochaine rencontre aurait lieu à côté de Barcelone, elle réunirait l'équipe au complet. Chacun savait ce qu'il avait à faire, encore quelques tests et ils pourraient entrer dans une nouvelle phase.

Manuel se félicita de la sérénité que tous manifestaient. Aucun ne semblait inquiet de ce qui sortait dans les médias. Le plan se déroulait comme prévu.

Après leur départ, Manuel alla prendre sa douche. Il travaillait pour une entreprise de cybersécurité de la côte ouest-américaine, il devait pointer sur son ordinateur dans une heure. Oui, l'histoire était en marche et lui, le petit développeur portugais, rouage quasi anonyme du web en était un des protagonistes. Dans des siècles, on se souviendrait d'eux.

30
Marseille — 19 mai 2028

Jeong Chung arriva à son hôtel peu après minuit, satisfait des avancées de la soirée. Pourtant il le savait, le sommeil se ferait attendre et le décalage horaire n'arrangeait pas ses affaires, lui qui souffrait d'insomnies chroniques depuis le décès de ses enfants et de son ex-femme, victimes d'une abominable secte. Il en avait conçu une haine absolue à l'égard de tous les mouvements religieux. Puis un jour, il avait trouvé le moyen de convertir cette immense colère en combat. Il avait découvert dans une revue spécialisée les analyses de Strocke. Une révélation, qui changeait complètement les perspectives sur la question du libre arbitre des croyants.

Même si cette découverte suscitait un grand scepticisme dans la communauté scientifique, il en avait mesuré tout le potentiel, lui qui travaillait déjà sur les effets de l'épilepsie sur une zone similaire du cerveau. Très vite, il avait décidé d'intégrer l'équipe internationale pilotée par Strocke. Il s'était employé alors à repérer les scientifiques de toutes disciplines qui pourraient le suivre dans son projet et il avait commencé à constituer un petit groupe qui s'était étoffé au fil du temps, dans le plus grand secret.

Malheureusement, après une expérience qui avait mal tourné, il avait été contraint de quitter l'équipe internationale. Le projet était déjà bien avancé et les chercheurs qui y participaient, partageaient ses convictions et les portaient avec force. Mais privée de sa base canadienne, sa mise en œuvre allait exiger un effort de coordination bien plus important. Cet accident de parcours l'avait plongé dans le doute. Alors, avant de quitter Toronto pour rentrer en Corée, il avait décidé de prendre quelques jours de repos dans le Nord pour faire le point et profiter de la forêt qui avait revêtu sa tenue automnale.

Mais il s'était aperçu très vite que ce séjour solitaire ne lui apportait pas l'apaisement souhaité. Il tournait en rond. Un matin, après une nuit à chercher le sommeil dans un motel de Saint-Jean-de-Matha au nord de Montréal, il avait enfilé ses chaussures de randonnée, espérant que la marche lui remettrait les idées en place. Après quelques kilomètres en forêt, il s'était retrouvé devant l'abbaye Val Notre-Dame. Attiré par le son d'un orgue, il était entré dans l'église. Un édifice avant-gardiste construit entièrement en bois avec d'immenses baies vitrées donnant sur la forêt. Il s'était installé sur un banc pour écouter l'organiste. Ce dernier, un prêtre, était venu s'assoir à côté de lui à la fin du morceau. La fatigue et l'atmosphère aidant, Jeong s'était laissé aller à se confier à ce religieux et lui avait fait part du drame qui l'avait privé de sa famille. Quand il y repensait aujourd'hui, il se demandait vraiment ce qui lui avait pris.

Le prêtre avait d'abord fait preuve de compassion

gagnant peu à peu sa confiance. Mais au fil de l'échange, il en était arrivé à critiquer le divorce, laissant insidieusement entendre que la séparation, voulue par Jeong, constituait la faute originelle qui avait conduit sa famille à la mort. Il l'avait invité à se confesser devant Dieu. S'il se repentait sincèrement, le créateur, dans sa grande bonté, lui pardonnerait sa faute. Les paroles de cet homme, soi-disant incarnation de l'amour de Dieu, lui avaient fait l'effet d'un électrochoc. Il ne cherchait au final qu'à l'embrigader comme l'avait fait la secte coréenne avec sa famille. Hors de lui, Jeong s'était levé et avait quitté l'église se retenant de bousculer le prêtre.

En se retournant pour la centième fois dans le lit de son hôtel marseillais, Jeong se rappela comment il était rentré à son hôtel au pas de charge, empli de l'énergie de la colère, tous ses doutes envolés. Dans les semaines suivantes, l'équipe s'était réorganisée avec efficacité et avait continué à se développer. Le projet s'était concrétisé et les tests avaient pu commencer avec succès.

Vers deux heures du matin, il se leva pour prendre un somnifère, il devait vraiment dormir sinon il serait incapable d'intervenir le lendemain lors du colloque. Il entrouvrit le rideau. L'hôtel donnait sur le vieux port, les lumières se reflétaient dans le bassin. Il leva les yeux. Au loin la Basilique Notre-Dame de la Garde. Notre-Dame, comme au Canada ! La Bonne Mère protectrice pour les Marseillais. Le symbole lui apparut dans toute son absurdité. De quoi protégeait-elle les hommes ? Certainement pas de l'ignorance et de la misère ! Elle les maintenait à l'état d'enfants incapables de se révolter !

Il soupira. Les choses devaient changer et elles allaient changer !

31
Veulettes-sur-Mer — 10 juin 2028

Lise était de bonne humeur. Cet après-midi, elle accueillait l'équipe de détectives à laquelle se joindrait un nouveau membre, Thomas Stroke. Elle s'offrit une longue balade en bord de mer, profitant de la douceur du temps. La marche comme à l'accoutumée lui permit de faire le tri dans ses pensées. Quinze jours étaient passés depuis les Auditions et malgré la scène un peu pénible avec la ministre, l'édition 2028 avait été un vrai succès. Les intervenants de grande qualité, les participants toujours plus nombreux, les retours presse excellents… L'absence du président avait peiné tout le monde, mais les nouvelles étaient encourageantes. Lise l'avait eu au téléphone la veille au soir. Il n'avait bien sûr pas manqué de la féliciter pour les Auditions, puis, comme à son habitude, il avait tout fait pour la rassurer sur son état de santé, lui affirmant qu'il n'allait pas tarder à sortir de l'hôpital. Elle s'était laissée faire, heureuse de profiter d'un peu de légèreté, après la tension des semaines précédentes.

Du côté des Laboratoires, elle comptabilisait deux avancées prometteuses. Les pistes relatives à l'anthropologie du médicament tout d'abord. L'accueil très positif de l'exposé de Jeanne et Thomas, avant l'intervention de la ministre, confirmait tout l'intérêt de ces réflexions. Et surtout les travaux des Danois, qui avaient fait l'unanimité. Elle avait discuté avec les deux chercheurs après leur présentation et leur avait donné rendez-vous dans une quinzaine de jours pour envisager une collaboration. Elle n'allait clairement pas laisser passer cette opportunité. Deux pépites pour une session d'Auditions, Charles aurait été ravi ! se dit-elle. Lui qui ne cessait de répéter que face aux grands majors de l'industrie pharmaceutique, la condition de survie des Laboratoires résidait dans leur capacité d'innovation. Et puis sur le front des héritiers, Pierre ne paraît pas vraiment inquiet, je ne vais pas m'angoisser pour rien !

Bon, du côté des Labos ça va ! Maintenant, je vais pouvoir m'occuper de cette histoire de croyants ! Alors qu'est-ce qu'on a en magasin ? Près de cent-dix cas qualifiés de bizarres au dernier recensement. Un phénomène qui semble débuter il y a trois ans et qui concerne des croyants de cultes et pays différents. Des similitudes de symptômes, une équipe connectée au monde, une jeune chercheuse fort sympathique et un expert du domaine qui va dès cet après-midi rejoindre l'aventure. Quoi d'autre ? Ah oui, important aussi, une absence totale de réactions des autorités religieuses centrales, ce qui pourrait laisser penser que rien de tout cela ne sort de l'ordinaire, ou alors, si je vire complotiste, qu'elles se taisent soigneusement… Et enfin une directrice générale d'un Laboratoire pharmaceutique, complètement barrée de se passionner pour ce genre de choses alors qu'elle a déjà un agenda de folie ! conclut-elle en riant toute seule.

Avant de rentrer, elle fit un détour par la boulangerie. L'équipe s'élargissait, elle devait prévoir le ravitaillement.

Comme d'habitude, Guillaume arriva en premier suivi quelques minutes après du reste de la troupe à laquelle s'était joint Thomas. Lise fit les présentations, puis on passa au bilan de la situation. Asanté projeta la carte et Guillaume expliqua que de cent dix, on était parvenu à près de cent cinquante cas qui touchaient souvent plusieurs personnes et convergeaient sur différents points.

— Ils concernent une dizaine de courants confessionnels ou sectaires, se concentrent sur une vingtaine de pays et sont marqués par des traits de profil communs. Des croyants qui démissionnent ou quittent leur communauté comme l'évêque ou le couple amish. Se révoltent comme les étudiantes en Russie. S'en prennent à leurs autorités religieuses ou à leurs gourous, comme à Lomé, aux Pays-Bas ou au Maroc. Semblent devenir fous, comme les moines de Colombie ou le rabbin, ou même se suicident, comme le pasteur, voire se sacrifient, pour épargner des innocents comme en Birmanie.

Thomas réagit, surpris par l'ampleur de la recherche.

— C'est incroyable, vous avez accumulé toutes ces informations en si peu de temps ! Comment avez-vous fait ?

— On s'y est tous mis, dit Mahyar, qui poursuivit

l'explication. Ces nouveaux cas identifiés confirment nos précédentes recherches et sont tous associés à des réactions qui évoquent la perte de la foi. Ils apparaissent surtout depuis trois ans et semblent évoluer au fil du temps. Montre-leur la courbe Asanté.

Ce dernier afficha un graphique sur son écran. Ils avaient compilé tous les cas en remontant dix ans en arrière et en les triant selon leurs caractéristiques. On voyait très nettement leur quasi-absence pendant les sept premières années puis une forte augmentation à partir du deuxième semestre 2025. La progression se maintenait dans la durée, mais le nombre de suicides, important au départ, semblait se tasser par la suite. Après, on trouvait surtout des cas de démissions, des révoltes, des coups d'éclat.

— D'autres similarités existent, fit remarquer Munira. Dans quasiment tous les cas répertoriés, on note que les personnes se sont plaintes de nausées et de céphalées.

— Je le confirme également s'agissant de l'évêque de Palerme qui vient de démissionner, compléta Guillaume. J'ai pu échanger avec lui, il a évoqué les mêmes symptômes qui se sont estompés très vite. Il m'a parlé d'un grand vide et du sentiment d'avoir brutalement perdu la foi. Nous n'avons pas eu beaucoup de temps pour discuter, mais avons convenu de nous rappeler.

Nathan intervint.

— On a ce que l'on a trouvé, les cent cinquante cas, et ce que l'on n'a pas trouvé. On a épluché les communiqués de toutes les autorités religieuses. On note quelques rares réactions locales comme pour la Colombie, mais elles sont très limitées. Personne ne semble faire de liens !

— Ce qui, je le rappelle, plaide pour l'effet de loupe ! répondit Lise.

Tout le monde se mit à parler en même temps. La discussion alimentée par les questions de Thomas dura un long moment, on analysait le graphique, la diversité des pays, des cultes, la nature des symptômes. On s'interrogeait sur l'absence de réactions des autorités… Puis Guillaume, demeuré en retrait depuis quelques minutes, prit la parole :

— Je dois vous parler des autopsies.

— Quelles autopsies ? demanda Thomas.

Guillaume exposa les informations qu'il avait obtenues de son contact aux Pays-Bas. Puis il sortit de son sac une clef USB.

— J'ai récupéré une copie des comptes-rendus d'autopsie.

— Vraiment ? Je ne suis pas sûr que ce soit tout à fait légal ça ! réagit Nathan.

— Mais personne n'en saura rien, non ? rétorqua Guillaume.

Asanté entra la clef dans son ordinateur et afficha les échographies cérébrales réalisées lors de l'autopsie. Jeanne et Thomas analysèrent les clichés. Les deux victimes présentaient exactement les mêmes lésions.

— Comment sont-ils morts ? interrogea Jeanne.

— On les a retrouvés pendus, mais mon ami m'a affirmé que la pendaison ne provoque pas ce type d'effet.

— Alors de quoi ont-ils été victimes ? Des maladies peuvent entraîner ça ? demanda Nathan.

— Oui, par exemple l'accumulation de crises d'épilepsie, répliqua Jeanne. On connaît leur passé médical ?

— Ils étaient à priori en parfaite santé, répondit Guillaume.

— Et ils ont eu des nausées et des maux de tête ?

— On ne sait pas les concernant, par contre, les autres membres de la secte en ont tous fait état.

Depuis qu'Asanté avait affiché les clichés, Thomas ne les quittait pas des yeux. Il se taisait, l'air soucieux. Lise s'en aperçut et se dit qu'il était peut-être préférable d'en parler en privé avec lui. Avec cette histoire d'autopsie, l'affaire prenait une tournure plus dramatique. Elle proposa.

— Allez, on a tous besoin d'une pause, on va faire une balade et après on ouvrira la boite de pâtisseries que je suis allée chercher ce matin.

Tout le monde se dirigea vers la mer. Lise se rapprocha de Thomas suivie par Guillaume, qui lui aussi avait remarqué son air préoccupé.

— Thomas, tu n'as plus rien dit depuis une demi-heure, demanda Lise. C'est à cause de l'autopsie ?

— Je ne sais pas, cela semble complètement fou. La zone nécrosée dans le cerveau des deux personnes autopsiées c'est exactement celle où nous avons localisé l'aire de la foi !

— Tu en es certain ? réagit Guillaume.

— Pour l'être, j'aurai besoin de consulter l'ensemble des analyses.

Lise s'arrêta et se tourna vers Thomas.

— Attends, tu es en train de nous dire que ces deux personnes ont une nécrose au niveau de l'aire de la foi ?

— Je n'en suis pas certain, mais ça y ressemble ! répliqua Thomas de façon brusque.

— Tu n'es pas sur et pourtant tu affirmes des choses donc !

— N'est-ce pas ce que tu as fait toi, au départ de tout ça ?

— Tu veux dire quoi ?

— Tous ces soi-disant cas, c'est bien toi qui les as identifiés la première, je me trompe ? Et tu as engagé cette enquête en supposant un lien entre ces faits-divers non ?

Guillaume souffla. Il avait déjà assisté à la montée en gamme de ces deux-là, cela commençait à suffire.

— Bon, considérons pour l'instant que nous ne disposons pas d'assez d'éléments pour aller plus loin. Je vous propose de contacter mon ami et d'essayer d'en savoir plus. Je vois que tout le monde se dirige vers la maison, l'appel des pâtisseries, j'imagine !

Le goûter apaisa les tensions. En fin d'après-midi, une

partie de la troupe s'en alla, puis la conversation dévia vers des sujets plus philosophiques. Se souvenant de la scène avec la ministre et des inquiétudes concernant le risque de perte du statut d'intérêt public, Lise demanda.

— Au fait Thomas, comment réagissent les religieux ou les simples croyants à propos de l'aire de la foi ?

— La plupart d'entre eux rejettent tout en bloc, jugeant ces travaux hérétiques. Certains d'entre nous ont d'ailleurs reçu des menaces. Une minorité, au contraire, estime que la dimension biologique de la foi constitue une preuve de l'existence de Dieu.

— Ce sont les apologètes ? Comme la ministre ?

— Oui, elle ne nie pas l'existence de l'aire de la foi. Elle considère même que c'est l'œuvre de Dieu.

— Et toi Guillaume, tu en penses quoi ?

— Je n'en sais rien s'agissant du caractère biologique ou pas, mais pour moi, la spiritualité fait partie intégrante de notre espèce. Elle constitue le fondement de nos civilisations. Les historiens ont découvert des traces de croyance qui datent de plus de huit millénaires, au moment où l'homme passe de chasseur-cueilleur à cultivateur. Certains attribuent cela au fait que la sédentarisation va augmenter la taille des groupes humains et le besoin de partager des valeurs communes.

— Je suis d'accord avec toi, Guillaume, la foi est un trait d'union entre les hommes, compléta Munira.

— Oui et c'est aussi ce qui les asservit ! soupira Nathan.

Munira leva les yeux au ciel.

— Si ce que tu dis est vrai, pourquoi, lorsqu'on tente de priver les hommes de religion, ils y retournent dès que la pression baisse ? C'est exactement ce qui s'est passé avec l'Union soviétique qui a persécuté les croyants qui aujourd'hui reviennent en masse vers l'Église orthodoxe.

Lise ne put s'empêcher de faire part de la question qui l'obsédait.

— Vous évoquez l'histoire des croyants, mais que faites-vous des athées ?

— C'est un mystère, répondit Guillaume. Le doute a toujours existé certes, mais l'athéisme en tant que mode de vie est extrêmement récent.

— Alors c'est un accident ? Ou une déficience ? Nous sommes nés sans aire de la foi ou nous l'avons perdue en route ?

Munira intervint.

— Je ne sais pas si vous avez perdu l'aire de la foi. Toi tu as du mal à comprendre les croyants. Mais en réalité, c'est la même chose pour nous concernant les athées. Il m'arrive de vous plaindre. Je ne parviens pas à imaginer comment on peut vivre sans avoir la foi !

— Nous plaindre ? Mais de quoi ?

— Peut-être d'être enfermés dans une trop grande rationalité… Non, le mot est trop fort, je ne veux pas dire enfermé, mais je ne trouve pas mieux. Pour moi, vous manquez en quelque sorte d'horizon, d'infini…

Lise réfléchit. Est-ce qu'elle manquait d'horizon ? Est-ce qu'elle se contentait sans s'en rendre compte d'un univers trop limité ? Elle tenta de répondre à la difficile question de Munira.

— Comment pourrais-je me sentir privée de quelque chose que je ne parviens même pas à concevoir ? Ce que je ne connais pas ne peut pas me manquer ! J'avoue que c'est un mystère pour moi. Pourquoi y a-t-il des croyants et des athées ? Et si Dieu existe comme vous le pensez, pourquoi ne suis-je pas croyante comme 84 % de l'humanité ?

— Mais tu ne te questionnes pas Lise ? insista Munira. Je veux dire, sur le sens de tout ça, de l'univers, de notre condition humaine, de la vie après la mort ?

— Bien sûr que oui, je me questionne, comme tout le monde. Mais je n'ai pas besoin d'imaginer qu'un Dieu aurait tout orchestré. Ce qui compte pour moi c'est le sens que l'on donne à nos vies, aux relations que nous entretenons avec les autres. Je ne ressens pas non plus d'angoisse sur ce qui est supposé se passer après. Rien ne se passera selon moi, si ce n'est le souvenir que je laisserai peut-être à ceux qui m'ont connu !

Jeanne prit la parole.

— Je suis comme Lise. Nous avons tous des interrogations. Sur notre existence, sur l'absurdité de notre finitude. Nous n'y apportons simplement pas les mêmes réponses.

— C'est peut-être parce que tu es une scientifique, que tu ne crois pas, lui répondit Mahyar.

— Oui, mais toi, tu es étudiante en médecine et

pourtant tu as la foi.

— Le fait d'être scientifique n'est pas un critère, dit Guillaume. Au 18ᵉ siècle, la croyance en Dieu était universelle, y compris parmi les savants. Même Einstein utilisait le mot Dieu.

— C'était une métaphore, répliqua Thomas, il a toujours dit qu'il ne croyait pas en Dieu. Et surtout, on a progressé dans la compréhension du monde. On a trouvé des explications rationnelles à ce qui était considéré comme surnaturel et donc attribué au divin. Dieu, pour paraphraser Newton, est devenu une hypothèse superflue !

Cette dernière remarque fit grimacer Mahyar. Lise ne s'en aperçut pas et poursuivit.

— Et malgré tout, le nombre de croyants augmente. C'est paradoxal, non ? Tu te demandais tout à l'heure Munira si, en tant qu'athée, il ne me manquait pas quelque chose, en fait c'est le contraire. J'ai plutôt le sentiment d'un trop plein !

— Trop plein ? Que veux-tu dire ?

— Comment expliquer… tu sais que je ne dis pas ça contre toi, ou en général contre les croyants. Mais sincèrement, Dieu est partout ! Ce qui est pour moi fondamentalement irrationnel, non prouvé, non prouvable… est omniprésent dans notre quotidien et structure la totalité de nos vies. Il y a ces églises au cœur de nos villes et nos villages, ces temples, ces pagodes, ces mosquées… Ces noms de rue, ces saint-machin et saint-bidule, ces fêtes religieuses ! Ces enterrements en grande pompe dans des cathédrales où se presse toute la classe politique ! Ces mariages religieux, bien sûr à condition de ne pas être du même genre ! Et je ne parle pas des pays où en invoquant différentes religions on enlève des droits aux femmes… Au nom de Dieu, on fait la guerre, on se déchire, on exclut… et pourtant, vous dites que votre Dieu est amour ! Sincèrement, je ne comprends pas !

– Pour moi, c'est justement parce que nous ne parvenons pas à accomplir la volonté de Dieu ! répliqua Mahyar avec force. Ce serait trop facile de l'accuser ! Ce sont les hommes qui trahissent ses enseignements !

Nathan prit la parole.

– Je comprends le point de vue de Lise. Moi non plus je ne suis pas hostile aux croyants. Pourtant je ne sais pas si vous mesurez ce que cela représente pour ceux qui ne croient pas, qui n'ont aucune religion, qui ne pensent pas qu'un au-delà existe… Même notre calendrier fait référence à Jésus Christ !

– C'est vrai, dit Munira, ça doit être étrange pour vous. Je n'avais jamais regardé ça depuis le point de vue des athées. Mais comme Mayar, je trouve un peu trop facile de s'en prendre aux croyants qui essayent juste de respecter des valeurs d'humanité.

– Encore une fois, réagit Lise, je n'accuse personne surtout pas les croyants, je vous l'assure. Je respecte les préceptes des textes religieux quand cela ne vient pas exclure les autres. Ne pas tuer, protéger les plus faibles… Bien sûr, je partage tout ça. Ce sont des valeurs universelles. Mais je n'ai tout simplement pas besoin de croire en Dieu pour les respecter !

— Tu parles de besoin, dit Thomas et selon moi tu touches au cœur de la question. Je suis convaincu que croire est un besoin vital pour la plus grande partie de l'humanité et que c'est inscrit biologiquement en nous.

— Mais pas en nous tous manifestement, dit Mahyar. Si croire est biologique, comme tu l'affirmes Thomas, alors pourquoi certains ne croient-ils pas ? On en revient à la question de tout à l'heure. Est-ce qu'être athée est la conséquence d'une défaillance biologique ?

— Peut-être que c'est toi qui as raison, vu cette propension du cerveau, c'est le fait de ne pas croire qui me semble le plus étonnant. Même si je ne suis pas sûr que l'on puisse parler de défaillance.

— C'est vertigineux, s'exclama Lise. Avant que nous commencions à discuter de tout cela, je me considérais du bon côté. J'assimilais les croyants à des enfants ne parvenant pas à devenir adultes…

Elle s'interrompit en regardant Munira et Mahyar.

— Je ne veux vraiment pas vous offenser en disant ça, c'était juste la manière dont je voyais les choses ! Mais aujourd'hui que je sais que plus de 80 % de l'humanité est croyante et que cette proportion augmente, je n'en finis plus de m'interroger. Y a-t-il un bon côté qui serait le mien, celui de la rationalité, de l'athéisme ? Et est-ce que le monde serait meilleur sans les religions ?

La question de Lise bouscula tous les présents, les athées comme les croyants. La conversation s'interrompit quelques minutes puis Munira reprit la parole.

— Pour moi, un monde sans religion, ce serait un monde sans morale, où les hommes ne seraient plus reliés entre eux. Un monde sans aucune aspiration à faire le bien. Ce serait la barbarie !

— Oui, mais certains cultes ont disparu et l'humanité n'a pourtant pas sombré, remarqua Nathan.

— Tu as raison, répondit Guillaume, mais ces cultes ont toujours été remplacés par d'autres. C'est par exemple le cas du zoroastrisme.

— Zoroastrisme ! Ne me dis pas que cela a à voir avec Zorro !

— Ignare que tu es, bien sûr que non ! répliqua Guillaume en riant. Je parle du premier grand monothéisme qui fait référence au dieu Zoroastre ou Zarathoustra. C'est une religion qui a existé pendant mille ans. Elle est apparue six ou sept siècles avant notre ère en Perse puis a cédé la place à l'Islam lorsque la région est passée sous contrôle musulman. Les religions ce sont des manières de s'adresser à Dieu ou aux Dieux. Que ces langages évoluent dans le temps est tout à fait normal. Cela ne signifie pas que la foi disparaît !

Mahyar intervint.

— Pour en revenir à ta question Lise, je doute que le monde soit meilleur sans la foi. Je pense, comme Munira, que les hommes ont besoin de règles morales pour bien se comporter. Ils ont aussi besoin d'espérance.

— En France, moins de la moitié de la population croit

en Dieu, et pourtant la morale n'est pas absente ! répondit Lise.

— Oui, bien sûr, tu as raison. Pour reprendre tes mots, cette question est vertigineuse.

Lise se souvint de l'histoire du rapport entre croyance et santé et interpela Jeanne :

— Tu pourrais nous parler de tes découvertes sur le lien entre la foi et l'efficacité des traitements ? Si la foi agit véritablement sur la santé, ça change les perspectives, non ?

Jeanne partagea ses analyses en précisant que ce n'était que de premiers éléments de réflexions.

— En gros, dit Nathan, la foi serait un activateur de sérotonine et ça renforcerait donc la capacité à lutter contre les maladies ?

Jeanne se tourna vers Lise qui l'encouragea du regard.

— C'est un peu ça, même si encore une fois c'est vraiment une hypothèse de travail, l'étude devrait être élargie à différentes populations et à de nouveaux champs de la santé.

— Moi ça ne me semble pas si bizarre que ça, dit Munira, tout le monde médical le sait, si le patient va bien dans sa vie, il guérit mieux.

— Du coup, ça n'est pas lié exclusivement à la religion, répliqua Nathan, on peut aller bien pour d'autres raisons non ? Parce que l'on est amoureux, que l'on a des amis, qu'on a un bon boulot, ou parce qu'on a gagné la coupe du monde ? Et de toute façon, si on revient à ce que tu disais tout à l'heure Thomas, puisque croire est le propre de l'homme, l'idée d'un monde sans religion est impossible non ?

— Je ne sais pas si c'est impossible, dit Lise, mais si on pouvait garder les valeurs et se passer des religions, le monde ne serait-il pas meilleur ? Les êtres humains ne seraient-ils pas plus heureux sans les conflits entre les religions ? Ou si enfin on cessait de considérer les femmes comme des sous-hommes ?

— Tu crois réellement Lise, réagit Guillaume, que les hommes ne trouveraient pas d'autres raisons de se battre et d'autres manières de dominer celles et ceux qu'ils veulent dominer ?

— Je ne sais pas. Comme toi, je ne parierais pas sur le fait que l'être humain est bon par nature, pourtant je continue à penser que les religions sont un facteur d'exacerbation des conflits.

La réflexion de Lise alimenta la conversation pour le reste de la soirée. Mayar soutenait que c'était vraiment trop facile d'attribuer tous les malheurs du monde aux religions. Elle rappela que des États officiellement laïques pouvaient se comporter bien plus mal que des États relevant d'une autorité religieuse. Munira et Guillaume tentèrent pour leur part d'expliquer qu'en ciblant les religions, les athées ne faisaient que renforcer les branches les plus radicales.

Avant de se quitter, ils se donnèrent rendez-vous à la fin du mois de juin. Cela leur laisserait le temps de souffler et de glaner de nouvelles informations.

En allant se coucher, Lise se dit qu'elle ne pouvait plus s'appuyer sur l'excuse des Auditions et qu'elle devait maintenant de laisser tomber ses cachets. Elle se força à n'avaler qu'une demi-dose de chacun et ne se releva pas pour en prendre d'autres, même si le sommeil fut long à arriver.

32
Toulouse — 25 mai 2028

C'était le week-end de l'Ascension. Constance déposa ses trois ainés devant le presbytère. Ils partaient en camp scout. Elle échangea avec les autres parents. Tous étaient ravis que leurs enfants puissent profiter de ce séjour organisé par le père Michel. Ils connaissaient tous les encadrants passés eux aussi par les scouts. Un mouvement qui avait su garder de vraies valeurs.

Dans l'autocar, le prêtre entonna « *Peuple de Dieu marche joyeux »,* reprit en cœur par les quarante enfants et leurs accompagnateurs. Deux heures plus tard, arrivés à destination dans la Montagne Noire, ils furent accueillis par le fermier et son épouse qui leur prêtaient le champ où ils allaient camper. Le couple était accompagné de deux jeunes hommes, leur petit cousin Arthur et son ami Romain, tous deux étudiants en biologie. Ils faisaient une étape dans leur road trip à vélo et avaient décidé de rester quelques jours pour aider à la ferme. Ils proposèrent de donner un coup de main pour l'installation des tentes et du matériel. L'abbé Michel les remercia. La troupe était bien organisée, mais quatre bras en plus ça ne se refusait pas. Cet après-midi, ils iraient randonner puis après le repas, ce serait la traditionnelle veillée autour du feu de camp.

Les scouts partis, Arthur et Romain retournèrent à la ferme et aidèrent aux travaux quotidiens. Après le diner, ils montèrent dans le grenier au-dessus de la grange. Ils installèrent leur sac de couchage sur les bottes de foin et s'allongèrent. Arthur demanda à Romain.

— Tu n'as pas peur ? Ce sont quand même des enfants…

— Nous n'avons rien à craindre, tout a été préparé dans ce sens. Et puis on n'est pas les seuls à faire le test auprès des plus jeunes. D'ici à la fin de la semaine, nous aurons réuni tous les éléments.

— Je sais, je croise les doigts pour que tout se passe bien.

— Tu croises les doigts et tu crois que cela va avoir une influence sur le devenir de l'opération ? s'exclama Romain.

— Effectivement, c'est un peu incongru, j'ai gardé des tics de langage.

— Bon, nous devrions tout vérifier une dernière fois. Pas question de foirer notre coup.

Les deux jeunes hommes passèrent en revue tous les détails. Il avait convenu avec les fermiers que c'est eux qui amèneraient le lait frais au camp au petit matin. Si tout fonctionnait comme d'habitude, ils constateraient les effets le lendemain. Ils avaient prévu d'assister à la messe pour être aux premières loges.

Ils discutèrent jusque très tard dans la nuit. C'est Arthur qui avait intégré Romain dans le groupe. Pour sa part, il en faisait partie depuis sa création. Il s'intéressait depuis longtemps à l'influence néfaste des religions et avait immédiatement adhéré à cette mission de libération.

Issu d'une famille très catholique, il avait subi la totale : le baptême, la petite communion, la grande, la confirmation et les heures de catéchisme avec le père François. Le père François qui encadrait le groupe de scouts où ses parents l'avaient collé. Le père François qui chaque année se choisissait un jeune garçon. De la chair fraîche qu'il manipulait, dont il abusait et qu'il détruisait avant de la jeter pour sélectionner une nouvelle proie. Arthur n'y avait pas échappé. L'emprise totale puis la honte et le silence.

Heureusement, son père avait été muté, il n'avait plus revu ce salopard. Par un hasard bienvenu, juste après le déménagement, il s'était brisé les deux jambes en jouant le casse-cou à vélo. Trois mois d'immobilisation, un an de rééducation, il avait été définitivement exempté de scoutisme. Pour s'éloigner de ses parents qu'il supportait de moins en moins, il avait cessé d'étudier et accumulé les mauvaises notes. De guerre lasse, ils l'avaient envoyé en internat, par chance public. Libéré, il s'était remis au travail, avait repris la tête de la classe et s'était passionné pour un nouveau hobby, la neurothéologie. Il cherchait à comprendre l'emprise que cette ordure avait exercée sur lui et bien d'autres. Il avait lu tout ce qu'il avait pu dénicher sur le sujet. Puis major de promotion d'une université réputée, il avait réussi à décrocher une bourse d'étude à l'Institut du Cerveau de Toronto.

C'était là qu'il avait intégré le groupe et surtout rencontré Romain. Le coup de foudre avait été immédiat. Il lui avait raconté son histoire, c'était la première fois qu'il en parlait. Romain lui avait fait un bien fou. Il l'avait même réconcilié avec le vélo et l'avait suivi dans l'aventure, révolté depuis toujours par l'homophobie commune à toutes les religions.

Au petit matin, ils aidèrent les fermiers à traire, puis ils firent bouillir le lait dans la grande marmite, le laissèrent tiédir, y ajoutèrent le nécessaire avant de l'apporter au campement. Ils partagèrent le petit déjeuner avec la troupe en regardant les enfants et les adultes se délecter du lait frais. Puis ils travaillèrent à la ferme toute la journée, impatients de constater les résultats le lendemain matin lors de la messe.

Ils furent sur place dès 8 h 30. Le prêtre arriva suivi des jeunes scouts. Tous avaient l'air parfaitement normaux, mais Arthur et Romain notèrent très vite l'attitude de plusieurs animateurs qui échangeaient entre eux. Ils les entendirent expliquer qu'ils avaient été malades et ne se sentaient pas bien du tout. L'un d'entre eux s'exclama.

— On a dû manger quelque chose d'avarié !

L'abbé rétorqua.

— Nous avons mangé et bu la même chose et ni moi ni les enfants ne sommes malades ! Vous avez consommé de l'alcool, c'est ça ?

Les animateurs jurèrent que non, le prêtre ne sembla pas les croire. La discussion se tendit, les premiers menaçant de quitter le camp. Romain et Arthur se regardèrent d'un air entendu. Le test avait fonctionné.

Les enfants n'étaient pas affectés, comme l'avaient montré les précédents essais. Le prêtre, qui ne manifestait aucun symptôme, ne devait pas être très croyant, ce qui n'étonna pas Arthur. Quant aux animateurs, ils présentaient les réactions habituelles. Satisfaits, ils s'empressèrent de partir sans attendre la fin de la messe.

Ils rangèrent leurs affaires avant de saluer affectueusement les deux fermiers, puis reprirent leurs vélos pour boucler leur pseudo-randonnée jusqu'à la gare la plus proche.

33

Veulettes-sur-Mer — 28 mai 2028

Alors que Lise était sortie marcher le dimanche matin, forte de sa décision de se reprendre en main, son téléphone sonna. C'était Guillaume.

— Lise, le président est dans le coma ! Il a fait un AVC.

— Oh non ! Comment c'est possible ? J'ai échangé avec lui vendredi soir, il semblait aller mieux…

— D'après ce que j'ai compris, il a fait une mauvaise réaction au traitement.

Submergée par l'angoisse, Lise ne répondit pas. Une demi-heure plus tard, il arriva chez elle et la trouva en larmes. Il l'a pris dans ses bras.

— Ça va aller, ma belle. Il est solide, tu sais.

— Oui, c'est ce que j'essaye de me dire, mais je suis très inquiète.

— Je tente de te rassurer, mais je dois t'avouer que moi aussi.

Ils s'installèrent sur le canapé. Lise posa sa tête sur l'épaule de Guillaume. Cela faisait longtemps que cela ne lui était pas arrivé. Elle ferma les yeux. S'il goûtait avec bonheur ce moment empli de tristesse et de douceur, Guillaume était tendu. Il n'arrêtait pas de penser, depuis l'annonce du coma du président, à ce que Lise lui avait dit après le repas houleux avec la ministre. S'en voulant à l'avance de rompre la magie de l'instant, il se lança d'une voix hésitante.

— Lise, ce n'est vraiment pas le bon moment et tu vas peut-être mal le prendre, mais j'ai besoin d'en savoir davantage à propos de l'histoire que tu m'as raconté l'autre jour sur les héritiers.

Lise se dit qu'effectivement ce n'était pas très correct de parler avenir de la Fondation alors que le président était en train de lutter contre la mort. Son premier mouvement fut d'envoyer balader Guillaume. Mais elle se ravisa. En tant que vice-président, il devait être mis au courant. Et s'il y avait quelqu'un qu'on ne pouvait pas accuser de manquer d'humanité, c'était bien lui. Elle se redressa à regret et lui expliqua tout ce qu'elle savait. L'offre de rachat à l'amiable sous menace d'une OPA hostile. Le fonds de pension international contrôlé par une communauté catholique. Les investissements soi-disant éthiques, mais profondément réactionnaires. À l'énoncé du fonds de pension, Guillaume pâlit.

— Je connais ce consortium, ils sont alliés avec des mouvements pro-life aux États-Unis !

— Et la ministre, elle est pro-life ? Ou plutôt anti-femme, devrais-je dire ?

— Elle, personnellement, je ne sais pas, mais le parti auquel elle semble être affiliée est classé parmi les mouvements catholiques très conservateurs.

— Tu m'as expliqué la dernière fois qu'elle en était une des principales personnalités et là tu me dis qu'elle « semble être affiliée » ?

— J'ai fait quelques recherches, c'est un peu nébuleux, elle s'est défendue officiellement d'en faire partie, mais elle est régulièrement invitée à intervenir auprès d'eux et certains des dirigeants sont issus de son premier cercle.

— Et tu la crois capable de lâcher les Laboratoires en se débrouillant pour nous enlever notre statut d'intérêt public ? Le juriste et Pierre, eux, pensent qu'ils bluffent et qu'elle ne cédera jamais.

— Je n'en serais pas si certain moi. Les dirigeants du mouvement catholique en question, eux, n'hésiteraient pas ! Je comprends maintenant pourquoi tu n'as pas arrêté de dire que nous devions garder notre enquête secrète et surtout pourquoi tu voulais éviter la rencontre entre la ministre et Strocke !

Ils essayèrent d'imaginer comment les choses pouvaient tourner puis, en milieu de matinée Guillaume, à contrecœur, dut rentrer chez lui. Il serra Lise dans ses bras, regrettant de devoir la laisser seule. Elle fit bonne figure, mais dès son départ replongea dans l'angoisse. Elle avait tout fait foirer avec ses obsessions. Au lieu de s'occuper de ces foutus croyants, elle aurait dû se concentrer sur les Laboratoires. Charles lui avait confié la direction et voilà qu'elle le trahissait. Elle n'était plus à la hauteur, mieux valait céder sa place à quelqu'un d'autre.

Quand l'information du décès du président tomba à vingt-trois heures, elle ne répondit même pas aux appels de Nathan et de Guillaume. Elle se contenta de leur envoyer un SMS. La double dose d'anxiolytique l'avait plongée dans un coton salutaire qui lui épargnait toute angoisse. Il serait bien temps demain de retourner au front.

34

Région de Cholla — Corée du Sud — 14 juin 2028

Jeong Chung n'avait pas besoin de chercher les responsables de la secte. Il savait exactement où les trouver, mais ce n'était pas eux sa cible. Aucune dimension spirituelle dans ce qui les animait, juste un goût sans limite du pouvoir et de l'argent et une capacité hors norme pour embrigader les adeptes. Il avait choisi de viser, dans une région éloignée de la capitale, un groupe d'une quarantaine de jeunes fidèles réunis pour des cérémonies préparatoires à un mariage de masse. Il n'avait pas besoin de cet ultime test, tous les précédents avaient prouvé leur efficacité sur les adeptes d'organismes sectaires qui pullulaient sur la planète. Mais il voulait qu'aucun doute ne subsiste. Il prépara longuement l'opération avec un autre membre de l'équipe. Trop connu en Corée, il ne pouvait pas prendre le risque de se montrer. Dès le lendemain, il fut tenu au courant des évènements. Tous les jeunes avaient abandonné la secte.

Ceux-là étaient sauvés ! Il aurait dû s'en réjouir, pourtant cette réussite le replongea dans le désespoir. Si seulement il avait pu agir avant que sa femme et ses enfants ne disparaissent ! Leurs cris lui revenaient sans cesse à l'esprit. Il n'avait découvert le message que sa femme lui avait laissé qu'en ne les trouvant pas chez eux en fin de journée. Elle hurlait, expliquant que la secte s'était emparée de leurs enfants qu'il entendait pleurer derrière elle. Elle répétait qu'ils avaient été abusés, qu'elle devait les sauver. Ne réussissant pas à la joindre, il avait prévenu les secours, en panique. La voiture avait été retrouvée tard dans la soirée, au fond d'un ravin. Il ne restait presque plus rien des trois corps calcinés par l'incendie déclenché par l'accident. L'enquête ne montra aucune trace de freinage sur la route. La thèse du suicide fut privilégiée.

Comment avait-elle pu en arriver là ? Comment avait-elle laissé cette abominable secte s'emparer de leurs enfants ? Pourquoi ne les avait-elle pas épargnés ? Et surtout pourquoi n'avait-il pas entendu son appel… ? Il n'avait pas su les protéger… Ces questions le torturaient chaque nuit. Il avait tout tenté, porté plainte, rejoint une association de parents pour une action de groupe. Il n'avait rien pu prouver face à une armée d'avocats.

35
Fécamp — 20 juin 2028

Les obsèques du président devaient avoir lieu le samedi suivant. Au cours de la semaine, Lise reçut des appels de tous les dirigeants d'industries pharmaceutiques et de nombreux responsables politiques. Elle avait le sentiment de revivre ce qui était arrivé lors du décès de Charles Lérôme. La disparition du président, c'était un autre morceau de l'histoire qui s'en allait et la réapparition des héritiers avec leur menace sur le statut de la Fondation faisait encore monter la tension.

La ministre l'appela pour lui faire part de ses condoléances. Lise décrocha, fébrile. Comment lui faire confiance ? Le juriste avait bien dit que son confrère se vantait d'avoir des contacts au ministère et elle ne pouvait ignorer la proximité de la ministre avec les milieux catholiques. Et surtout, elle l'avait vu à l'œuvre lors du diner des Auditions, passant en quelques secondes d'un ton amical à la plus grande froideur. Après quelques échanges protocolaires sur la cérémonie des obsèques, Lise lança une perche pour vérifier si son interlocutrice avait eu vent de la menace d'OPA. Elle tenta de l'amener sur le terrain de l'avenir de la Fondation, mais sans succès. Elle n'osa pas insister au risque d'aller trop loin. Pas question, si la ministre n'était pas au courant, de lui donner envie de suivre le projet des héritiers.

Elle raccrocha, pas du tout rassurée, et se dit qu'elle devait en savoir plus. Cette fois, elle associa Guillaume. Avec Pierre et Nathan, ils rappelèrent le juriste. Ce dernier leur expliqua qu'il s'apprêtait justement à les contacter, les nouvelles n'étaient pas bonnes. Ce qu'il leur apprit ne fit qu'augmenter le niveau d'angoisse générale. Le conseiller des héritiers venait de renouveler la proposition d'achat à l'amiable, mais en ajoutant un ultimatum. Il leur laissait un mois pour accepter leur offre sinon la démarche serait déclenchée. Ils l'interrogèrent sur les supposés contacts au ministère, mais le juriste n'avait pas plus d'information. Il avait bien essayé de sonder son confrère, mais celui-ci s'était montré évasif, se contentant d'affirmer qu'il se faisait fort de convaincre la ministre. Lise trouva le juriste moins confiant que lors de leur précédent échange. Il lui confirma que la mort du président renforçait la menace sur les Laboratoires. Le bureau de la Fondation devrait être solide. À la fin de la conversation, Lise se tourna vers Guillaume.

— Tu en penses quoi ?

— Ce n'est vraiment pas rassurant. Surtout cette histoire de contacts au ministère, on devrait essayer d'obtenir plus d'informations.

— J'ai tenté d'interroger la ministre à ce sujet, mais je ne pouvais pas trop loin, si ça se trouve tout ça n'est que du bluff. Et les membres du bureau on peut leur faire confiance selon toi ?

— Bien sûr ! s'exclama Guillaume.

Puis il se tut un moment et se ravisa.

— Enfin, je voudrais en être assuré.

— Pourquoi dis-tu cela ?

— Eh bien, au moins pour une partie d'entre eux, je ne peux pas affirmer qu'ils ne cèderaient pas face à une proposition difficile à refuser.

— Tu veux dire si les héritiers leur proposaient un gros chèque ? renchérit Lise.

— Mais ils doivent tous leur nomination à Charles ! s'offusqua Nathan.

— Certes, mais tu connais la nature humaine, Nathan, répondit Guillaume.

Pierre prit la parole.

— Je suis d'accord avec toi, Guillaume, ce serait tout aussi présomptueux qu'imprudent de parier sur le fait que tous resteront fidèles et qu'aucun d'entre eux ne cèdera à la pression.

— Alors qu'est-ce qu'on fait ? demanda Lise.

— Pour moi, répondit Guillaume, nous devons garder le secret jusqu'aux obsèques. On a une réunion du bureau la semaine prochaine, on commencera à aborder le sujet à ce moment-là. On invitera le juriste pour nous aider à étudier les différentes solutions qui s'offrent à nous.

Chacun se rangea à l'avis de Guillaume et ils se donnèrent rendez-vous le lundi suivant pour faire le point et préparer la contre-attaque.

36
Sitges — Espagne — 21 juin 2028

Tous étaient présents pour réaliser le bilan de la première phase. Ils avaient loué pour deux jours un vieux village de vacances qui présentait l'avantage de disposer de nombreuses chambres et d'un espace où ils pouvaient se réunir pour travailler. La foule qui commençait à envahir la station balnéaire proche de Barcelone en ce premier jour de l'été leur permettait de passer incognito.

Dans un premier temps, ils partagèrent le relevé des tests qui venaient de se terminer. Au cours de la phase expérimentale de trois ans, ils en avaient réalisé plus de sept cents, pour un total de près de deux mille cinq cents personnes pour lesquelles ils avaient pu mesurer les effets.

On comptait une centaine de suicides. Certains cas avaient occasionné des dommages collatéraux comme en Birmanie, au Chili, à Dubaï ou en Turquie. Toutes les expérimentations effectuées sur les enfants avaient montré leur innocuité, leur aire de la foi insuffisamment développée pour être affectée. La diversification des cibles religieuses avait porté ses fruits, malgré l'échec concernant les animistes pour une erreur technique et le manque de données locales d'évaluation pour la Chine. Les résultats dépassaient largement leurs espérances.

Ils étaient parvenus à conserver la discrétion indispensable à l'opération malgré la multiplication des tests et quelques maladresses stratégiques, comme le fait d'avoir choisi deux monastères de même obédience en Amérique latine. Cette discrétion avait constitué une des conditions essentielles de la réussite du projet. Manuel avait parfaitement joué son rôle, même si certaines histoires avaient été médiatisées. Il avait effacé la plupart des traces sur les réseaux sociaux et à leur connaissance personne n'avait effectué de liens entre les cas. Les autorités confessionnelles étaient demeurées muettes. L'affaire des moines dominicains après celle survenue trois ans auparavant aurait dû les faire réagir. Mais comme toujours, l'Église se protégeait. Se taire évitait d'avoir à s'expliquer. C'était la même chose pour tous les autres courants confessionnels.

La situation internationale sur le front des religions continuait à se dégrader, rendant leur mission encore plus essentielle. Des pays basculaient dans l'obscurantisme alimenté par des dirigeants autoritaires qui utilisaient le pouvoir de la croyance en s'alliant avec les chefs des différents cultes. Les droits régressaient partout, surtout ceux des femmes, y compris dans les pays démocratiques. Les mouvements se radicalisaient, des peuples étaient massacrés par des fanatiques. La pauvreté ne reculait pas et on continuait à manipuler les foules en leur promettant des au-delàs meilleurs. Le nombre de créationnistes augmentait. Les données scientifiques devenaient une réalité parmi d'autres. On préférait les vérités alternatives et rien ne permettait de penser que ce mouvement pouvait s'inverser.

Les membres du groupe étaient demeurés soudés et plus résolus que jamais. Les cas de suicides et notamment ceux des moines paraguayens avaient généré d'intenses discussions. Plusieurs d'entre eux s'en étaient émus. Comment affirmer agir pour le bonheur de l'humanité et la voir mourir de désespoir ? Ils en avaient discuté longuement et avaient assumé ensemble ces inévitables pertes, communes à toutes les révolutions.

Jeong Chung prit le temps nécessaire pour s'assurer que tous partageaient l'objectif, ce furent deux jours d'échanges nourris. Une centaine d'esprits brillants, animés d'un amour profond de l'humanité et d'une infinie volonté de lui accorder la liberté dont elle était privée par des croyances orchestrées par ceux qui ne souhaitaient que la dominer. Rien de sectaire ou d'autoritaire dans le groupe, chacun pouvait s'exprimer, les décisions se prenaient collectivement. Tous mesuraient parfaitement les risques et les acceptaient en conscience, au nom de la mission qu'ils s'étaient fixée.

On repassa en revue toutes les hypothèses. Très tôt, ils avaient accueilli des historiens, des sociologues et des prospectivistes. Ils avaient travaillé ensemble de longs mois pour produire différents scénarios. L'exercice était particulièrement ardu. Ils ne pouvaient se baser sur aucune référence historique, jamais l'humanité n'avait été confrontée à ce qui se préparait. Contrairement aux expériences de politiques antireligieuses comme en Union soviétique, l'objectif n'était pas d'interdire les religions, mais de supprimer leur capacité de nuisance en annihilant l'aptitude à la croyance. Tous les scénarios envisagés comportaient une période de chaos plus ou moins importante et durable, mais tous annonçaient un chaos fertile à terme.

Les tests étaient terminés depuis juin. L'opération pour laquelle ils s'étaient rassemblés allait bientôt démarrer, ils y travaillaient ardemment depuis le début de l'année. Il ne restait que deux mois pour la finaliser. Et l'histoire s'écrirait.

Une discussion eut lieu sur l'opportunité de réaliser une ultime expérience en septembre, lors d'un congrès scientifico-religieux sur les affections du cerveau lié à l'âge, auquel devait participer une partie de l'équipe. Certains estimaient qu'à ce moment du projet, cette opération n'avait plus d'intérêt et qu'elle présentait trop de risques. Mais d'autres, dont Jeong, expliquèrent que même s'ils avaient accumulé suffisamment d'informations c'était une occasion à ne pas rater. Elle permettrait de mesurer les variations de réaction selon l'appartenance religieuse. Et surtout, l'exercice revêtirait une forte dimension symbolique du fait de la présence de représentants importants des différents cultes.

Au matin du dernier jour de la réunion, Jeong s'était installé en terrasse pour boire un café en profitant du soleil. Megan s'assit en face de lui.

— Tu as vu que Strocke était intervenu aux Auditions Lérôme ?

— Non, à quel sujet ?

— Sur l'anthropologie du médicament, il était avec une de ses anciennes étudiantes. Jeanne-May, tu te souviens d'elle ?

— Cela ne me dit rien. Mais en quoi ça nous concerne ?

— Ce n'est pas dans la publication officielle, mais j'ai lu un post d'un chercheur présent aux Auditions, il faisait état d'une passe d'arme entre Strocke et la ministre française de la Santé. Et tu sais à quel sujet ? L'aire de la foi !

— Eh bien ! Je croyais qu'il avait cessé ses recherches ! Je n'ai vu aucun article signé de sa main à ce sujet depuis des mois.

— En tout cas, il en a bien parlé aux Auditions !

Jeong resta un moment silencieux. Il avait souvent eu envie, depuis son départ de Toronto, de reprendre contact avec Strocke. Il aurait rêvé de pouvoir compter sur un esprit aussi brillant au sein du groupe. Il regarda Megan, l'air hésitant.

— Qu'est-ce qu'il y a, Jeong ? demanda-t-elle.

— Tu crois qu'on aurait dû l'impliquer ?

— Strocke ?

— Oui, tu sais autant que moi ce qu'on lui doit.

— Tu oublies Jeong, ce qu'il t'a fait en t'obligeant à quitter l'équipe internationale !

— Bien sûr, mais je regrette parfois qu'il ne soit pas avec nous.

— Tu as raison, cela nous aurait sans doute fait gagner

du temps, mais c'est trop tard là, tu le sais bien.
— C'est vrai… un jour peut-être…

37
Fécamp — 24 juin 2028

Le samedi matin, tous se retrouvèrent pour les obsèques du président. Un hommage était également prévu le lundi avec les équipes des Laboratoires. En arrivant à la maison funéraire, Lise salua les membres de la famille et les personnalités, dont la ministre. Il y eut quelques discours, dont celui particulièrement touchant de Guillaume. Puis ils sortirent dans le parc pour le vin d'honneur. Lise avait du mal à retenir ses larmes, elle s'éloigna un peu pour retrouver son calme. En revenant vers le petit chapiteau dressé pour accueillir les invités, elle découvrit deux hommes arrivés dans l'intervalle. Les héritiers ! En grande conversation avec la ministre !

Mais qu'est-ce qu'ils foutent là ! murmura-t-elle en manquant de s'étouffer. Elle vit que Nathan les avait également remarqués et se rapprocha de lui.

— Ils n'ont aucune honte ! s'exclama-t-il.

— Le corps du président n'est même pas froid qu'ils sont déjà en train d'essayer de récupérer les labos.

Guillaume les rejoignit, lui aussi rouge de colère.

— Vous les avez vus ?

— Oui, répondirent en cœur Lise et Nathan.

— Ce que l'on craignait est en train de se confirmer, souffla Guillaume.

Lise respira profondément, elle devait agir.

— Je ne vais pas me laisser faire ! Je vais parler à la ministre.

— Nous devons faire preuve de prudence, dit Guillaume, et en discuter d'abord avec les membres du bureau pour évaluer la meilleure stratégie. On ne peut pas se mettre à dos la ministre.

— Non ! C'est Lise qui a raison, s'exclama Nathan, plus on attend et plus ils auront le temps de se trouver des alliés !

Ils virent que les héritiers s'étaient éloignés, ils échangeaient maintenant avec le président d'un groupe pharmaceutique concurrent des Laboratoires. Lise tremblait de colère.

— J'y vais !

— Je viens avec toi, dit Guillaume.

— Non, laisse-moi faire. Si j'échoue, je jouerai le rôle de fusible et toi tu pourras continuer à agir !

Elle s'approcha de la ministre qui l'accueillit avec un regard triste.

— C'est une très sombre journée pour tout le monde

— Je n'en suis pas certaine, répondit Lise en désignant du regard les héritiers qui étaient en train de partir, je crois que nous devons parler.

— Assurément, j'avais d'ailleurs prévu de vous appeler dès lundi. Ce n'est pas le lieu ici pour en discuter, mais si vous êtes disponible, je vous propose que nous allions déjeuner ensemble avant que je rentre à Paris. Nous pouvons nous retrouver vers treize heures à l'Aiguille Creuse.

Lise la remercia et rejoignit Nathan et Guillaume pour leur faire part de l'invitation de la ministre. Guillaume insista de nouveau pour être présent, mais Lise l'en dissuada. C'était à elle d'agir. Elle fit le tour des invités et alla saluer les membres de la famille du président. Puis elle se dirigea vers sa voiture, bien décidée à défendre l'héritage de Charles Lérôme.

Sur le trajet vers Etretat, l'angoisse l'envahit. J'aurais dû être plus prudente avec la ministre. Quelle idée j'ai eu de la provoquer lors des Auditions en invitant Thomas ! Pourtant Guillaume m'avait dit de me méfier d'elle. Mais putain, qu'est-ce que j'ai fait ! Elle tremblait tellement qu'elle faillit sortir de la route. Elle s'arrêta sur le bas-côté.

Qu'est-ce que je vais bien pouvoir lui dire ! À tous les coups, ils lui ont déjà monté la tête avec leurs thunes de catho ! Elle aura les labos à sa main, elle pourra faire ce qu'elle en veut ! De toute façon, je ne suis pas de taille à assumer ce genre de responsabilité. Ma mère me l'avait bien dit ! Elle va se foutre de moi la ministre en me voyant trembler. Je vais appeler Guillaume et lui dire de se débrouiller ! Si ça se trouve, il sera bien heureux, lui aussi, de vendre les labos à des copains de son Bon Dieu !

Elle tapa avec ses poings sur le tableau de bord, incapable de se calmer. Bonne à rien, elle avait bien raison, ma mère. Une prétentieuse, une qui pète plus haut que son cul, voilà ce que je suis ! Elle plongea sa main dans son sac sur le siège à côté et attrapa la plaquette d'anxiolytiques. C'était tout simple, dans trente minutes elle serait apaisée. Elle tremblait tellement qu'elle peina à décapsuler les comprimés. L'un d'eux tomba entre ses pieds. Elle se baissa pour le ramasser et se cogna violemment la tête contre le volant. Elle se redressa en grimaçant et se vit dans le rétroviseur.

Son reflet lui fit l'effet d'un électrochoc. Mais qu'est-ce que je suis en train de foutre ? Une accro ! Charles a confié ses Labos à une toxico ! Elle regarda les médicaments, c'était si simple… Elle resta un long moment à contempler les comprimés au creux de sa main. Puis elle se secoua. Oh non, certainement pas, je ne vais pas retomber dans cette merde ! Tant pis, je dois résister et arrêter de bouffer ces saloperies ! Elle ouvrit sa vitre et jeta de toutes ses forces les anxiolytiques à l'extérieur. Avant de regretter son geste, elle démarra en trombe et parcourut une longue ligne droite en appuyant à fond sur l'accélérateur.

À l'entrée d'un village, elle freina brutalement. Elle tremblait de tous ses membres. Elle se gara sur une place. Elle respira profondément pour essayer de se calmer. Tu sais ce que c'est, c'est juste une crise de panique, comme après la mort de Charles. Elle ferma les yeux, cherchant à se souvenir des conseils que lui avait prodigués son psy à l'époque. Respire, doucement. Ça va aller. Tu as déjà fait de grandes choses. Ça aussi tu peux le faire. Tu en es capable. N'écoute pas ceux qui te disent le contraire. Tu vas réussir. Comme il lui avait appris à le faire, elle se projeta au bord de la mer. Ça va aller. Elle passa de longues minutes à respirer profondément. Petit à petit, elle sentit son cœur ralentir, ses mains cesser de trembler. Respire. Doucement, tu peux le faire. Si Charles t'a confié les Laboratoires, c'est parce qu'il savait que tu en étais capable.

Elle ouvrit les yeux et découvrit où elle s'était garée. Sur la place de l'église ! Elle se sourit à elle-même dans le rétroviseur. Oui, elle allait y arriver ! Elle n'allait pas laisser les Laboratoires se faire racheter par une bande de cathos intégristes ! Certainement pas !

Elle attrapa sa trousse à maquillage. Regarde comme tu es jolie. Tu ne le dois qu'à toi-même. Tu vas réussir. Elle avait cessé de trembler. Elle mit du rouge à lèvres, se recoiffa, masqua ses cernes puis brancha son téléphone sur la voiture et ouvrit la playlist qu'elle écoutait quand elle allait marcher. La voix de Rihanna emplit l'habitacle. *Kamikaze if you think that you gon' knock me off the top...* T'es un kamikaze si tu penses me faire descendre du sommet. Oh oui ! Elle démarra et se dirigea vers Etretat. 12 h 50, pas question d'être en retard !

Elles échangèrent quelques mots sur le président, en attendant leur commande, puis Lise engagea la discussion sur ce qui avait motivé l'invitation.

— Je vous ai vu tout à l'heure avec ceux que nous appelons entre nous les « héritiers », les deux membres très éloignés de la famille de Charles Lérôme.

— Oui, ils sont venus me faire une proposition.
— J'imagine tout à fait !
— Vous êtes au courant ?
— Oui. Je suppose qu'ils vous ont demandé de retirer le statut d'intérêt public de la Fondation pour qu'ils puissent effectuer une offre d'achat ?
— Exactement ! Ils m'ont expliqué qu'un fonds de pension était prêt à investir une très grosse somme pour donner une dimension plus internationale aux Laboratoires.
— Et ils vous ont précisé le type de fonds concerné ?
— Oui, ils ont tenté de me convaincre en me parlant de la congrégation catholique qui le pilote.

Lise respira profondément et demanda sur le ton le plus neutre possible.

— Et qu'allez-vous faire ?

La ministre fit une légère pause. Puis, regardant Lise droit dans les yeux, elle s'exclama.

— Je ne vais certainement pas faire ce qu'ils espèrent et je le leur ai clairement signifié !

Lise poussa un soupir de soulagement qui fit sourire son interlocutrice.

— Je pense, reprit cette dernière, qu'ils se sont trompés sur mes convictions. Et peut-être vous aussi. Non ?
— Je dois avouer que oui, je sais que vous êtes proche des milieux catholiques.
— Oui, je suis croyante, mais je n'adhère absolument

pas à la branche la plus conservatrice, celle qui utilise la religion pour nourrir ses aspirations réactionnaires ! Vous avez l'air étonné Lise.

— En effet, j'avais cru comprendre que vous étiez un des piliers du nouveau parti catholique en cours de création.

— Je m'y suis intéressée au début, j'ai même participé à quelques réunions. Mais très vite, les plus conservateurs l'ont noyauté et je m'en suis éloignée. Vous n'avez rien à craindre pour les Laboratoires Lise. Jamais je n'utiliserai ce pouvoir de retirer le statut public pour mes intérêts personnels. Jamais je ne laisserai de tels escrocs mettre en danger votre entreprise.

— Je vous remercie infiniment !

— C'est moi Lise qui vous remercie pour le travail que vous effectuez avec toute votre équipe. Et je vous garantis qu'ils ne reviendront pas à la charge !

— Vraiment ?

— Oh oui ! Ce que vous ne savez pas, c'est que j'ai eu vent de cette affaire avant-hier par un membre de mon cabinet. Je ne voulais pas vous en parler avant les obsèques du président, mais j'ai fait réaliser quelques recherches à leur sujet. Ils sont loin d'être tout blanc. Lorsqu'ils sont venus me voir tout à l'heure, je les ai informés des éléments que j'avais en ma possession, ça les a calmés définitivement.

— Je suis soulagée ! souffla Lise, sans chercher à en savoir plus sur les informations que détenait la ministre.

— Moi aussi ! Et si vous en êtes d'accord, je vous

propose de ne pas ébruiter cette affaire. Cela ne fera de bien à personne. C'est également une leçon pour moi au final.

— Je suis d'accord avec vous, nous allons garder cet épisode secret. La Fondation a besoin de sérénité, tout comme les Laboratoires.

— Et savez-vous qui va prendre la place du président ?

— C'est au Conseil d'administration d'en décider. Mais cela devrait à priori être le vice-président Guillaume.

— J'ai cru comprendre que vous êtes très proches, non ?

Lise sourit.

— Décidément, vous êtes bien renseigné !

— Disons que j'ai mes informateurs, répondit la ministre en riant.

— C'est effectivement un grand ami et surtout ce sera un excellent président pour la Fondation.

La suite du déjeuner se passa plus légèrement. Lise découvrit une personnalité très attachante bien loin de l'image que lui avait laissée leur premier repas ensemble. Par de nombreux aspects, elles se ressemblaient, dirigeantes dans un monde d'hommes, forcées sans cesse de prouver leur autorité.

En rentrant, Lise appela Guillaume, Nathan et Pierre pour les rassurer et convenir avec eux de garder secrète toute cette affaire. Puis, arrivée à la Villa, elle fit le vide dans son armoire à pharmacie et jeta à la poubelle toutes les boites d'anxiolytiques et de somnifères. Prudente, elle ferma même le sac et le descendit dans le bac extérieur.

Dans les semaines qui suivirent, elle reprit son rythme effréné aux Laboratoires. Elle n'eut aucun mal à convaincre les Danois de rejoindre le département d'intelligence artificielle pour développer leur IRM. Elle fit également le nécessaire pour que Jeanne puisse disposer d'une bourse Lérôme de postdoctorat pour poursuivre aux Laboratoires ses travaux sur l'anthropologie du médicament. Cette dernière lui témoigna de toute sa reconnaissance.

Son sommeil s'améliorait tout doucement. Elle avait repris contact avec son psy, allait marcher tous les jours, passait du temps avec Hafida. Elle continuait ses séances de zapping sans rien trouver d'intéressant à se mettre sous la dent. Elle en venait à douter de l'existence même de cette affaire. Asanté et Mahyar lui avaient dit qu'ils restaient en relation avec Jeanne et qu'ils poursuivaient l'enquête avec peu de succès. Prise par le tourbillon de la succession, elle n'avait pas cherché à approfondir. Elle reporta à la rentrée la réunion des détectives.

Comme prévu, Guillaume fut nommé à la tête de la Fondation. Les Laboratoires étaient entre bonnes mains. Mi-août, elle put enfin se reposer. Elle partit quinze jours dans le sud de l'Italie chez sa petite nièce.

38

Veulettes-sur-Mer — 9 septembre 2028

L'été n'avait pas encore tiré sa révérence. Les touristes avaient quitté Veulettes et Lise profitait presque seule de la mer. Elle alla se baigner dans la matinée. En début d'après-midi, l'équipe de détectives au grand complet débarqua. Tous se réjouissaient de se retrouver. Après quelques minutes passées à évoquer les souvenirs de vacances, Lise, impatiente, se tourna vers Asanté et Jeanne.

— Alors on en est où ?

— Nulle part ! répondirent-ils en cœur. On n'a rien trouvé de nouveau depuis la mi-juin. Pas un seul cas en trois mois ! Pas une démission, pas une révolte, pas un suicide, rien du tout !

— Et vous avez cherché partout ?

— Oh oui ! s'exclama Jeanne, on a tout fouillé, toutes les religions, tous les pays, mais rien de nouveau. On a aussi essayé de repartir en arrière pour voir si on pouvait repérer des affaires que l'on n'aurait pas détectées avant l'été. On n'a découvert que deux situations étranges et encore pas vraiment concluantes.

— Et d'ailleurs, ajouta Asanté, c'est silence radio. Les réseaux sont muets. Les moines, les amish, la secte… plus personne n'en parle !

L'équipe marqua le coup. Tous se réjouissaient de reprendre l'enquête et cette annonce semblait sonner la fin de l'aventure. Lise demanda.

— Et que doit-on en tirer comme conclusion selon vous ?

— On a trois options, répondit Guillaume, soit le phénomène pour une raison inconnue s'est brusquement arrêté, soit il a fait une pause pendant l'été, soit plus vraisemblablement ce n'était que notre fameux effet de loupe.

La discussion s'anima.

— On a quand même les cent cinquante cas ! s'écria Nathan, on ne peut pas les oublier sous prétexte qu'on ne trouve plus rien depuis trois mois !

— Certes, mais je te rappelle que c'est nous qui avons constitué cet assemblage, dit Guillaume. Il n'existe peut-être que dans notre esprit, nous nous sommes sans doute un peu trop emballés.

— Tu veux dire que JE me suis emballée ! réagit vivement Lise.

— Je ne dis pas ça Lise. Cela nous a tous passionnés et moi le premier. Nous n'avons pourtant rien trouvé qui pourrait justifier un lien entre ces affaires.

— Pour moi, l'explication est liée au mouvement général de recul des religions, dit Munira. Peut-être que nous assistons simplement au début d'un phénomène qui va prendre de l'ampleur à l'avenir.

— Ça m'étonnerait, réagit Lise. D'après ce que j'ai lu, le pourcentage de croyants s'accroît d'une manière générale et va continuer à augmenter.

— C'est vrai, répondit Guillaume, dans la dernière partie du vingtième siècle, de nombreux penseurs avaient évoqué la fin des religions, en se basant sur des études européennes. On constate pourtant que ce phénomène de sécularisation était une exception. La tendance est en réalité au retour du religieux, y compris dans le monde occidental.

La conversation se poursuivit sur la manière dont on devait interpréter l'absence de nouveaux cas. Les uns considérant que cela remettait en cause les recherches, les autres défendant le contraire. Lise reprit la parole.

— Je partage le point de vue de Nathan, on ne peut pas dire que rien ne s'est passé, sous prétexte que nous ne trouvons plus de nouveau cas depuis trois mois. Nous avons réuni suffisamment d'indices concordants pour écarter le simple fait du hasard ou de l'effet de loupe.

— Ou alors on change de loupe ! ajouta Nathan en riant. Guillaume, tu disposes de toute une collection de lunettes grossissantes dans ton bureau ! Oh pardon, ton cabinet de curiosité !

Sa remarque détendit l'atmosphère et la discussion reprit de façon plus apaisée. Tout le monde se mit d'accord pour laisser passer un peu de temps. On verrait si la situation évoluerait. Comme pour souligner cette conclusion, Hafida s'exclama.

— Alors on va marcher ?

Ils se levèrent tous enthousiastes, on n'allait pas changer les traditions sous prétexte que l'enquête marquait le pas !

À la fin de la balade, Guillaume salua tout le monde et les autres firent de même. Lise resta seule avec Thomas et lui proposa d'aller diner. Elle avait noté qu'il s'était peu exprimé pendant l'après-midi. Dès qu'ils furent installés, elle l'interrogea.

— Je ne t'ai pas beaucoup entendu tout à l'heure. Pourtant, lors de notre dernière rencontre en juin, tu avais l'air très intéressée par notre enquête.

Thomas prit son temps pour répondre. Il avait confiance en elle, mais ce qu'il avait à dire était tellement surprenant, qu'il hésitait. Lise perçut sa réticence. Elle se concentra sur son assiette pour lui laisser le temps de rassembler ses idées. Il décida de se lancer, il avait besoin de partager ses interrogations.

— En fait, je n'ai pas arrêté de réfléchir depuis juin. J'ai repris tous les éléments que nous avions en notre possession et j'ai surtout réétudié les clichés des autopsies, que Guillaume m'a transmis.

— Tu partages donc ma conviction, ce n'est pas juste notre enquête qui crée ce phénomène ?

— Oui, tout à fait ! Tu te souviens de mes travaux sur l'aire de la foi. J'ai commencé mes analyses à l'Institut de Toronto. Grâce à l'équipe internationale, nous avons produit une modélisation extrêmement précise du cerveau. C'est ainsi que nous avons pu identifier cette zone qui s'active lors de transes mystiques et des crises d'épilepsie. C'était d'ailleurs une de nos pistes initiales de recherche. Tenter de la contrôler, avec des neurobloquants, pour éviter les crises d'épilepsie.

Lise l'interrompit.

— Si je me souviens bien, vous n'avez pas poursuivi vos travaux à ce sujet. C'est grâce à ça que j'ai pu récupérer les deux chercheurs qui bossaient à l'Institut et développer le nouvel antiépileptique. Pourquoi me parles-tu de ça maintenant et pourquoi d'ailleurs n'aviez-vous pas continué vos travaux ?

— C'est à cause des autopsies. En réétudiant les zones nécrosées dans le cerveau des deux victimes de la secte, cela m'a fait penser à l'imagerie produite par Jeong Chung lors de son expérimentation à Toronto.

— Jeong Chung, le professeur coréen ? Je l'ai entendu à la télé il n'y a pas longtemps. Tu travaillais avec lui ?

— Oui, mais disons que j'ai fait ce qu'il fallait pour qu'il quitte l'équipe.

— Pourquoi ? Que s'est-il passé ?

— Eh bien, alors qu'il travaillait sur les effets des crises d'épilepsie, il a réalisé une expérience totalement en dehors des clous sur un patient sévèrement atteint. Il prétendait que si l'on parvenait à l'acmé de la maladie, le moment où les symptômes sont les plus importants, cela pourrait générer un processus inverse. Et du coup, il a délibérément provoqué une crise d'épilepsie chez un patient pour mesurer en direct les effets sur son cerveau et il a augmenté les doses jusqu'à mettre cet homme en grave danger. Celui-ci n'a été sauvé que grâce à l'intervention d'une infirmière.

— Et c'est quoi le rapport avec notre enquête ?

— En reprenant les clichés de l'autopsie, je me suis

souvenu de l'imagerie cérébrale de ce patient sur lequel Jeong Chung avait réalisé son expérience. Il y avait la même inflammation au niveau du lobe temporal gauche.

— Tu en es certain ?

— Je ne peux pas le certifier. J'aurai besoin pour cela de retrouver les images de l'époque et je ne suis pas du tout sûr que quelqu'un les ait conservées, mais la ressemblance est vraiment troublante !

— Et qu'est-ce qui s'est passé avec Jeong Chung ?

— J'ai eu vent de cette affaire et je suis allé le trouver. Notre discussion a très mal tourné, il a tout nié en bloc, n'a même pas reconnu avoir mis le patient en danger. Je lui ai demandé de quitter l'équipe en menaçant de le dénoncer. Ça a stoppé net les travaux sur l'épilepsie et c'est pour ça que les deux jeunes chercheurs dont tu parlais sont partis.

— Ce n'était pas un peu excessif de ta part ? Il tentait de trouver un remède, non ?

— Tu le sais aussi bien que moi Lise ! Primum non nocere, avant tout ne pas nuire ! On ne peut pas sacrifier des patients pour en sauver d'autres !

— Tu m'as l'air très remonté contre lui.

— Oui, parce que cette affaire n'est pas la seule ! C'est un personnage particulier, en guerre contre les religions. Dans tous nos échanges, il prenait un parti extrême. Il n'arrêtait pas de dire que la présence de l'aire de la foi permettait aux religieux de dominer les croyants.

— Je ne suis pas loin, tu sais, de partager son point de

vue.

— Mais tu n'en fais pas état dans ton travail ! Tu n'organises pas, que je sache, les recherches de tes Laboratoires dans cette optique… Eh bien lui, si ! Il mélangeait tout, sortait du cadre scientifique, s'enflammait dans les discussions. Je crois qu'il a perdu sa famille à cause d'une secte, mais cela n'excuse pas tout.

— Si je comprends bien, selon toi, ses études sur l'épilepsie pourraient être liées à l'aire de la foi, c'est ça ?

— Oui ! Et c'est ça qui m'obsède depuis des semaines.

— Et tu penses qu'il a pu réitérer ses expériences ?

— Je ne sais pas. Je suis rentré en France juste après cette affaire, je n'ai pas demandé le renouvellement de mon contrat et je n'ai plus eu l'occasion d'échanger avec lui.

— En tout cas, ça ne l'a pas empêché d'acquérir de la notoriété !

— Oui et ça m'énerve profondément ! À l'époque, je lui avais promis de me taire s'il quittait l'équipe. Parfois, je le regrette.

— En y réfléchissant, on tient peut-être une piste avec cette histoire de thérapie contre l'épilepsie. Tu m'as bien dit que ce sont des zones identiques du cerveau ? Et si ces comportements étranges de croyants étaient liés à des crises d'épilepsie ou à un surdosage de traitement. Mais comment ce serait possible ? On a des gens qui se suicident, d'autres qui démissionnent, se saoulent ou jouent de la guitare ! C'est complètement dingue !

— C'est bien la raison pour laquelle je tourne tout ça en boucle dans ma tête. Sans compter qu'on ne trouve plus de cas depuis juin. Tu comprends maintenant pourquoi je n'ai rien dit tout à l'heure. Plus on avance et plus on s'enfonce dans le brouillard.

— Je ne crois pas à cette succession de coïncidences, pour moi cette affaire n'est pas close, surtout avec ce dont tu viens de me parler. Nous devons essayer de rassembler plus de données. Peut-être que Guillaume pourrait convaincre l'évêque de passer des examens, on peut aussi tenter de retrouver d'autres membres de la secte pour savoir s'ils ont un problème d'épilepsie. Nous avons besoin de réfléchir, de prendre du temps, de voir comment les choses évoluent.

Lise fit dévier la conversation sur l'anthropologie du médicament. Elle expliqua à Thomas son intention d'investir dans cette direction et lui proposa de construire un partenariat entre les Laboratoires et son équipe. Il en fut particulièrement ravi. Ils convinrent de se retrouver avant la fin du mois de septembre pour en reparler.

39
Navire Belle des Mers — 15 septembre 2028

Ce serait leur générale, comme au théâtre. Ils avaient embarqué sur le navire de croisière où se tenait le congrès sur la prise en charge du grand âge. Y participaient des scientifiques et des responsables de différents cultes. Un bateau de croisière, l'archétype de l'absurdité ! Une tonne de CO_2 serait produite par personne, on discuterait de vieillesse et de religion en continuant à détruire la planète !

Étaient présents, Jeong Chung en tant que spécialiste renommé des affections liées au vieillissement du cerveau, Megan, la psychologue, Josépha, une neurobiologiste et Tom, un professeur suisse expert de la thérapie génique de la maladie d'Alzheimer. Ils devaient intervenir lors de divers ateliers pour parler traitement et résilience.

Les deux premiers jours se déroulèrent sans incident. Ils participaient aux travaux entourés d'éminents chefs religieux. Les tables rondes se succédaient sur la manière de prendre en charge le vieillissement. Malgré l'enjeu, aucun membre du groupe ne laissait paraître la moindre crispation. Ils discutaient cordialement avec ceux qui, bientôt, perdraient leur capacité à priver l'homme de son libre arbitre.

Ils se retrouvaient parfois tous les quatre sur le pont pour échanger discrètement. Le lien entre le sujet du congrès et son caractère interreligieux leur apparaissait dans toute sa puissance. Il ne faisait aucun doute pour eux que l'évolution démographique influait sur la prégnance des religions. Le monde vieillissait et plus il vieillissait, plus il devenait facile de manipuler les foules inquiètes de leur finitude ! Voilà pourquoi le nombre de croyants augmentait et continuerait à augmenter. Et c'était sans compter avec les bouleversements climatiques. Plus la situation deviendrait catastrophique et plus les hommes se tourneraient vers leurs chimères.

En milieu d'après-midi, le 18 septembre, ils versèrent la solution dans le circuit d'eau potable du navire. Ils passèrent la soirée à échanger entre eux sur le pont. Tom les quitta quelques minutes et revint avec une bouteille.

— Je n'ai pas osé le champagne, par contre je me suis dit que l'on méritait un bon vin, dit-il en remplissant les verres.

— Tu as bien fait, lui répondit Josépha. D'ailleurs, tous les vignerons vont nous adorer, quand l'interdiction de boire de l'alcool sera levée !

— Trinquons alors, s'exclama Jeong en riant, si la demande augmente, ce nectar risque de devenir rare !

— Ce n'est pas le seul secteur économique que l'on va révolutionner ! poursuivit Mégan sur le même ton. On aura des gagnants comme tes vignerons Josépha, mais aussi des perdants. Imagine tous les prétendus chamans, les voyants, les marabouts en tout genre qui te promettent de trouver l'amour à condition que tu alignes les billets ! Au chômage, tous ces vendeurs de rêve !

Tom se leva pour resservir tout le monde.

— Les producteurs d'hosties au chômage ! Idem pour les fabricants de cierges.

— Et pour les créateurs de hijabs ! renchérit Megan.

Josépha se mit debout à son tour.

— Les prêtres, les rabbins, les imams, les moines… en stage de reconversion !

— Les compagnies aériennes sur la paille avec la suppression des pèlerinages. Lourdes en faillite ! ajouta Jeong en levant son verre.

— Des salles de spectacles dans les cathédrales, des logements pour les sans-abris dans les monastères ! relança Tom.

Ils poursuivirent leur joyeuse énumération une bonne partie de la soirée avant de revenir à des sujets plus sérieux. Tous étaient intimement convaincus de l'importance de leur mission. Libéré des religions, l'homme se réveillerait. Il comprendrait que seul ici et maintenant existe. Il serait débarrassé des chimères, des arrière-mondes, des au-delàs. Il pourrait enfin se consacrer à l'essentiel : préserver l'avenir de l'humanité, éradiquer la pauvreté plutôt que de l'exploiter en promettant des mondes meilleurs après la mort, inverser le cycle mortel de l'anthropocène…

Ils étaient impatients…

40
Navire Belle des Mers — 19 septembre 2028

Quand il se réveilla dans sa cabine, Guillaume avait une migraine épouvantable. Une nausée l'envahit, il se précipita dans la salle de bain pour vomir. Il revint en titubant s'allonger sur son lit et tomba dans un état semi-comateux dont il émergea au bout de longues minutes.

Qu'est-ce qui m'arrive ? Il essaya de se souvenir de son repas de la veille au soir, mais s'arrêta immédiatement. Je connais ces symptômes ! Oh non ! Non ! Voilà que cela m'arrive à moi aussi ! Il plongea en lui-même, cherchant la présence de Dieu. Je deviens fou, c'est sûr, c'est une intoxication alimentaire ! Qu'est-ce qui m'arrive ? Mon Dieu…

Il ressentait un profond et brutal sentiment d'absence. Il passa un long moment à s'introspecter. Il n'y avait malheureusement pas de doute. C'était exactement le vide que lui avait décrit son ami évêque. Il respira lentement pour se calmer. Progressivement, la migraine s'estompa. Il se replia dans son temple intérieur et fit appel à ses outils de franc-maçon, qui eux n'avaient pas disparu. Le compas pour ouvrir son esprit, l'équerre pour ne pas perdre la clarté de son raisonnement, le fil à plomb pour trouver la voie juste. Il se sentait empli d'une émotion étrange. Un mélange d'une infinie tristesse et d'une intense curiosité. Lui qui avait sans cesse combattu le doute venait de le voir disparaître. Non, il ne doutait plus. Seule demeurait la certitude de l'absence.

Vers neuf heures, il décida de se rendre au restaurant pour déjeuner. Les ateliers devaient commencer une heure après, il voulait savoir s'il était le seul dans cet état. Il comprit tout de suite qu'il n'en était rien. Dans la salle à moitié vide, il nota la présence de la plupart des scientifiques, mais de nombreux religieux manquaient à l'appel. Les conversations habituellement nourries étaient rares. Il s'assit avec trois hommes de foi qu'il avait rencontrés lors des ateliers. Ils déjeunaient silencieusement, l'air préoccupé. Il essaya de discuter, s'enquérant tout d'abord de leur état de santé. Il apprit qu'eux aussi avaient été malades au réveil et qu'ils se sentaient très fatigués. Il tenta d'alimenter l'échange, mais très vite le silence retomba. Chacun semblait plongé dans ses pensées. Rejoignant les salles de travail, il se souvint du drame survenu aux sept moines du monastère paraguayen. Évidemment, c'est ce qui leur est arrivé. Ils ont perdu Dieu et ne l'ont pas supporté ! Ce n'était pas un accident, ils se sont donné la mort ! Voilà pourquoi on les a retrouvés tous ensemble dans le réfectoire. Je dois tout faire pour que cela ne se reproduise pas !

Nombre de passagers ne se montrèrent pas aux ateliers. Il circula de groupe en groupe cherchant à engager la discussion. Presque tous lui firent part des mêmes symptômes, mais il ne sut comment aller au-delà. Je ne peux quand même pas leur demander s'ils croient encore en Dieu ! se dit-il en soupirant. La situation était vraiment particulière. Comment ces responsables de tous pays et toutes confessions pouvaient-ils parler de ce qui leur arrivait ? À qui pouvaient-ils oser dire ce qu'ils ressentaient au plus profond d'eux ?

En début d'après-midi, il croisa le médecin de bord. Celui-ci était informé de la nausée et des céphalées qui avaient affecté nombre de passagers à leur réveil. Il en avait examiné plusieurs, notamment les plus âgés, et n'avait rien identifié qui puisse expliquer leur état, d'autant que cela ne concernait pas tout le monde. Par acquit de conscience, il avait réalisé quelques tests simples sur le repas de la veille, mais sans rien trouver à redire. Constatant que les symptômes s'étaient vite dissipés, il avait fini par attribuer la situation au coup de vent essuyé pendant la nuit. La houle avait forci et malgré sa grande stabilité, le navire s'était mis à tanguer. Il avait d'ailleurs prescrit des médicaments contre le mal de mer même si le temps s'était calmé.

Guillaume essaya de le convaincre de prévenir les autorités sanitaires, le médecin s'emporta, lui expliquant qu'il connaissait son travail et que tout était sous contrôle. La situation est lunaire, se désespéra Guillaume, on nage en plein délire ! Presque tous les passagers sont malades et ce charlatan n'y trouve rien à redire ! OK, il ne peut sans doute pas mesurer les effets sur la foi, mais quand même, autant de personnes qui ont des nausées et sont affectées par une grande fatigue ! Cet homme est un abruti ! Comment peut-il prétendre que c'est le mal de mer ?

Il sortit sur le pont et s'installa sur un fauteuil. Il avait besoin de réfléchir. À côté de lui, un homme silencieux regardait l'horizon. Il l'avait croisé dans un des ateliers. C'était un prêtre-ouvrier belge comme on en voit presque plus, membre des Jésuites en Milieux Populaires. Il avait partagé l'expérience menée dans un quartier de La Louvière au cœur du bassin houiller. Il y avait développé avec des associations et un collectif de jeunes architectes, une nouvelle forme d'habitat pour les plus âgés, que ceux-ci soient de confession chrétienne ou musulmane ou ne pratiquent aucune religion. Sur le modèle des béguinages, ils transformaient des rez-de-chaussée d'immeubles en logements avec jardins et services communs. Une petite salle de prière œcuménique avait même été aménagée. Cela avait suscité quelques incompréhensions au départ, mais ses relations excellentes avec l'imam avaient permis de les surmonter. On apprenait les uns des autres.

Se tournant vers lui pour le saluer, Guillaume vit que le prêtre pleurait en silence. Cela lui serra le cœur. Il engagea la conversation doucement. Lui demandant tout d'abord s'il avait été malade. Pour le mettre à l'aise, il lui fit part de son propre état. Le prêtre eut l'air particulièrement surpris. Il n'avait pas du tout imaginé que d'autres puissent ressentir ce qui l'affectait. Guillaume fit de son mieux pour le rassurer. Il lui parla de sa générosité, de son ouverture d'esprit, de sa mission auprès des plus pauvres, s'efforçant de lui montrer que rien de tout cela n'avait disparu. L'abbé le remercia puis murmura.

— Mais tout cela, je le puise dans l'amour du Christ ! Comment vais-je faire maintenant, tout seul ?

Guillaume ne savait que répondre à cette question qui le traversait tout autant. Il tenta de le convaincre que tout ce que le Christ lui avait apporté était en lui désormais. Et que cet amour lui permettrait de continuer son chemin. Le prêtre lui sourit doucement puis replongea son regard dans l'océan.

Guillaume se sentait désarmé. Que pouvait-il faire ? Il poursuivit son tour pour entrer en relation avec d'autres religieux. Le désespoir se répandait sur le navire. Beaucoup espéraient que la situation n'était que provisoire. Tous étaient impatients de rentrer chez eux. Il finit par aller trouver le commandant de bord.

— Commandant, vous avez une épidémie sur le bateau !

— Oui, je sais, certains passagers ont été indisposés, mais tout est rentré dans l'ordre. Et selon le médecin de bord, ce n'est pas du tout une épidémie, mais plutôt une réaction à la houle. Cela arrive parfois. Même si j'ai trouvé étrange que certains membres de mon équipage soient également affectés. Tout va bien heureusement maintenant.

— Détrompez-vous, la situation est bien plus préoccupante qu'il n'y paraît !

Le commandant masqua avec peine son irritation.

— Vous êtes médecin ?

Guillaume soupira. Comment expliquer la situation à ce commandant qui manifestement ne ressentait rien des troubles qui affectaient la plupart des passagers et une partie de son équipage ?

— Non, je ne suis pas médecin, mais je préside la Fondation des Laboratoires Lérôme.

Le commandant marqua le coup, il se souvenait évidemment du vaccin Lérôme. Il changea de ton.

— Vous pensez vraiment qu'il y a matière à s'inquiéter ?

— Oui, tout à fait commandant. Vous devez avertir les autorités sanitaires et mettre le bateau en quarantaine.

— Cela ne se décide pas ainsi ! Je vais les prévenir et ce sont eux qui estimeront la marche à suivre. Je vous remercie, Monsieur.

En fin d'après-midi, Guillaume retourna sur le pont supérieur et s'accouda au bastingage. L'immensité de l'océan le plongea dans la mélancolie.

Il se résolut à appeler Lise. Il avait eu envie de le faire depuis son réveil, mais un vieux réflexe d'égo l'en avait empêché. Être celui qui assure, qui soutient… ne jamais se plaindre, ne pas demander de l'aide. Mais là, il avait besoin d'elle.

41

Veulettes-sur-Mer — 19 septembre 2028

Elle revenait d'un rendez-vous quand elle reçut l'appel de Guillaume.

— Lise…

Elle perçut immédiatement au ton de sa voix que quelque chose n'allait pas.

— Guillaume, où es-tu, qu'est ce qui se passe ? Tu rentres toujours demain ?

Elle ne l'avait pas revu depuis leur rencontre début septembre. Il lui avait raconté qu'il devait participer en tant que haut responsable franc-maçon et depuis peu, président de la Fondation Lérôme, à une grande conférence interreligieuse qui traiterait du vieillissement et de la fin de vie. Elle s'était un peu moquée de lui quand elle avait appris que le congrès se tiendrait sur un navire de croisière.

— Je suis sur le bateau. C'est terrible Lise, je me suis réveillé ce matin avec un fort mal de tête et des nausées !

— Un mal de tête, des nausées ? Oh merde ! Comment te sens-tu maintenant ?

— Lise, j'ai perdu la foi ! Je suis vide ! Je ne ressens plus rien, c'est terrible !

— Je suis là, Guillaume, je suis là. Où es-tu exactement ?

— Sur le pont du bateau.

— Tu n'es pas tout seul j'espère ! Surtout Guillaume ne fait pas de connerie !

— Ne t'inquiète pas Lise, je ne vais pas me jeter par-dessus bord, même si certains ont sans doute eu envie de le faire.

— Il y a d'autres malades ?

— Oui, de nombreux passagers. J'ai tenté d'alerter le médecin, c'est un âne qui ne veut rien entendre ! Le commandant de bord a eu l'air plus à l'écoute, il m'a dit qu'il allait contacter les autorités sanitaires, mais je n'ai pas eu de nouvelles depuis.

— Je vais les appeler !

— Oui, si tu peux les convaincre. Nous devons accoster demain matin au Havre, il faudrait mettre le bateau…

La conversation s'interrompit. Lise tâcha plusieurs fois de rappeler Guillaume. Elle commença à paniquer, puis à son grand soulagement, reçut un SMS quelques minutes plus tard alors qu'elle arrivait sur le parking des Laboratoires. « Le réseau est trop instable, je t'appelle dès que je peux. Essaye de convaincre le ministère de mettre le bateau en quarantaine. »

Elle lui répondit, puis se dirigea vers son bureau. Guillaume qui perd la foi ! J'espère qu'il va tenir le coup ! Elle demanda à Nathan de la rejoindre et lui raconta ce qu'elle avait appris.

— Oh non, pas Guillaume ! Tu veux que j'essaye de savoir où on en est la démarche de quarantaine ?

— Oui d'après lui, le commandant a transmis l'information après le déjeuner.

Alors que Lise expédiait une réunion téléphonique qu'elle ne pouvait pas reporter, Nathan passa quelques coups de fil. Il revint dépité dans le bureau de Lise.

— Désolé, je n'ai rien obtenu de clair, le dossier est en cours de traitement. J'ai l'impression qu'ils ne sont pas du tout affolés et n'ont pas l'air de considérer que cela mérite une quarantaine.

— Bon, je dois appeler la ministre, c'est trop grave.

— Tu veux que je joigne sa directrice de cabinet pour savoir si elle est disponible.

— Oui merci, ce sera plus simple.

La ministre rappela Lise une heure plus tard.

— Bonjour, Lise, comment allez-vous, Françoise m'a dit que vous aviez un souci important ?

— C'est à propos de Guillaume, le président de la Fondation, il participe à un congrès médical sur un navire de croisière et une épidémie semble s'être déclarée, qui nécessiterait une mise en quarantaine pour réaliser des analyses.

— Une épidémie ? Où est ce navire ? Mes services ont été prévenus ?

— Il devrait accoster au Havre demain matin et oui vos services ont été avertis, mais ils n'ont pas l'air convaincus de l'urgence de la situation.

— Et cette épidémie se manifeste comment ?

— De nombreux passagers ont eu des céphalées et des

nausées.

— Et le président va bien ?
— Oui sur le plan physique, mais…

Lise hésita. Devait-elle expliquer toute l'affaire à la ministre ? Elle lui avait démontré qu'on pouvait lui faire confiance, mais ils n'avaient encore rien de tangible. Elle choisit de rester évasive.

— Les symptômes physiologiques se sont estompés très vite, mais les passagers semblent très affectés psychologiquement. Je vous demande de me croire, des analyses doivent être réalisées avant de les laisser quitter le navire.

— Bon OK Lise, je vous suis. C'est votre domaine et je sais que vous n'êtes pas du genre à m'alerter pour rien. Si vous pensez qu'il y a motif à s'inquiéter, nous n'allons pas prendre de risques. Je fais le nécessaire et vous tiens au courant.

— Merci beaucoup Mme la ministre.
— Ne me remerciez pas Lise, vous avez eu raison de me prévenir. Nous verrons les résultats.

Lise se tourna vers Nathan.

— Bon, ça devrait le faire maintenant.

Une heure plus tard, l'information tombait. Le bateau serait mis en quarantaine à son accostage au Havre, le temps de réaliser des analyses.

Lise appela Guillaume pour lui apprendre la nouvelle. Il eut l'air soulagé, mais sa voix était emplie de tristesse. Elle tâcha de le rassurer, ils en sauraient plus dès que l'équipe sanitaire serait intervenue. Elle ne l'avait jamais senti dans cet état de désarroi, et regrettait de ne pas pouvoir être à ses côtés. Elle lui conseilla d'essayer de dormir.

42

Navire Belle des Mers — 20 septembre 2028

Le lendemain matin, à six heures, le navire accosta au Havre. Les passagers eurent ordre de rester à bord, mais comme rien ne laissait penser à une épidémie, que les symptômes semblaient avoir disparu et qu'ils n'avaient pas été confinés jusque-là, ils furent autorisés à circuler sur le navire. Les équipes sanitaires arrivèrent peu de temps après pour procéder aux analyses. Les résultats seraient connus dans la soirée ou tôt le jour suivant.

Après une nuit à chercher en vain le sommeil, Guillaume alla réaliser ses prélèvements puis fit un tour sur le bateau. Il échangea avec de nombreux passagers. L'arrivée des autorités sanitaires faisait grand bruit. Tous espéraient que la quarantaine serait de courte durée. Les représentants de toutes les confessions recommençaient à discuter ensemble, comme ça avait été le cas depuis le début du congrès.

On avait là des femmes et des hommes incroyablement ouverts d'esprit. Voilà pourquoi Guillaume participait depuis longtemps à ces rencontres œcuméniques, des rencontres où on ne s'envoyait pas à la figure ses dogmes et ses croyances. Où, l'on pouvait débattre simplement sur le sens de la vie, sur la spiritualité. Où, on osait aborder des sujets difficiles comme la place des femmes, les tentations radicales… et où on partageait en réalité les mêmes valeurs. Même s'il trouvait Lise bien excessive dans ses propos, il ne niait pas les effets délétères des religions quand elles étaient instrumentalisées par des gens mal intentionnés. Mais entouré de ces religieux-là, il se sentait à sa place. Il rêvait souvent que le climat qui régnait dans ces assemblées se répande à travers le monde. Qu'il se substitue au repli sur soi, au durcissement des antagonismes qui caractérisaient, à son grand désespoir, cette première partie du 21e siècle.

Sur le pont, il retrouva le prêtre belge avec qui il avait échangé la veille. Il discutait avec une rabbine et un imam. Il avait entendu ce dernier parler de la prise en charge du grand âge dans les populations d'origine immigrée. L'imam expliquait combien elles vivaient mal la manière dont on traitait les personnes âgées en Europe. Écartées de la cellule familiale, inutiles. Guillaume s'approcha et s'assit avec eux. Ils étaient en train de partager leur ressenti, un même sentiment de vide, d'absence.

— Vous avez prévenu vos proches ? demanda la rabbine. Vous leur avez raconté comment vous vous sentiez ?

L'imam secoua la tête.

— Non bien sûr ! Je les ai tenus au courant de mon retard, mais qu'est-ce que je peux leur dire de plus ? Et vous ?

Les deux autres religieux confirmèrent qu'eux non plus n'avaient rien dit. L'imam demanda.

— Vous pensez que cela pourrait être définitif ? Que nous allons perdre Dieu à jamais ?

Guillaume songea à son ami évêque ou plutôt ancien évêque. Il avait échangé avec lui plus longuement juste avant le congrès. Non, il n'avait pas retrouvé la foi ! Dieu n'était plus là pour lui. Son ami lui avait expliqué qu'il s'était d'abord senti perdu et très abattu. Il avait continué à exercer son ministère pendant près de deux mois comme si de rien n'était. Puis, évoquant une grande fatigue, il s'était retiré à la campagne, dans l'espoir que les choses rentreraient progressivement dans l'ordre. Après quelques semaines, il avait dû se rendre à l'évidence, il n'avait plus la foi. Il pouvait encore prier bien sûr, mais il ne ressentait plus la présence de Dieu. Alors il avait fini par envoyer sa lettre de démission au Pape. Lettre divulguée sur les réseaux sociaux, sans qu'il ne sache par qui. Ce qui l'avait fortement affecté. Et puis le temps était passé. À son grand étonnement, il n'avait pas sombré. Il s'était replongé dans les textes théologiques. Il y avait trouvé un nouvel intérêt philosophique. Sa tristesse se dissipait doucement.

Le prêtre prit la parole.

— Notre foi n'est jamais acquise, non ? Nous doutons, parfois pendant des semaines, des mois. Nous en voulons à Dieu, ou nous nous sentons indignes de lui. Peut-être n'est-ce qu'une mise à l'épreuve que Dieu nous envoie ?

— Comme il l'a fait avec Job, dit la rabbine, quand il a cherché à éprouver sa foi en le soumettant à toutes sortes de tourments.

— Et Dieu a finalement récompensé sa persévérance, renchérit l'imam.

Guillaume pensa douloureusement, mais là, nous ne doutons plus non ? Il se souvint des mots d'un poème « *je préférerais toujours le tremblement du doute au faux confort de la certitude* ». Aujourd'hui, le tremblement du doute lui était refusé et il ne trouvait aucun confort dans la certitude de l'absence. Il se tut pour ne pas désespérer ses compagnons.

La rabbine s'exclama soudain.

— Tsimtsoum !

— Comment ? demanda le prêtre.

— Tsimtsoum. Dans la Kabbale, c'est l'idée que Dieu nous laisse de la place. Il nous cache sa lumière, pour que nous puissions faire nos propres choix. Mais il demeure présent au sein même de cette dissimulation, il est même encore plus présent par son absence.

— Vous pensez, dit l'imam, que c'est ce qui est en train de nous arriver ?

Ils échangèrent longuement à ce sujet, chacun partageant l'espoir que l'analyse des kabbalistes se confirme.

Dans l'après-midi, Guillaume continua à sonder les réactions des uns et des autres. Passant par le bar, il vit quelques religieux, pourtant très pieux, se saouler consciencieusement. Il essaya de discuter avec eux, mais renonça. Le mélange alcool et perte de la foi, ne faisait pas bon ménage.

En fin de journée, il reçut un appel de Lise, elle était avec Nathan. Ils venaient d'avoir des nouvelles de la part du ministère.

— Guillaume, nous disposons de premiers retours sur les analyses. Ils ne trouvent rien. Tous les examens s'avèrent négatifs à part quelques taux de cholestérol un peu hauts et un sérieux degré d'alcool dans le sang de certains passagers.

— Je te le confirme, le bar marche à plein régime ! Et les prélèvements sur la nourriture et les boissons ?

— Rien non plus de ce côté. Les derniers résultats devraient tomber demain matin, mais je crains que la quarantaine ne soit rapidement levée.

— Pourtant il se passe quelque chose d'anormal ! s'exclama Guillaume, j'ai eu vent d'au moins une trentaine de passagers victimes des mêmes symptômes que moi et je n'ai pas discuté avec tout le monde !

— Oui, répondit Lise. Mais les analyses ne donnent rien et les équipes n'ont détecté aucun symptôme d'une quelconque affection.

— Donc si je comprends bien, cela accrédite la thèse d'une épidémie de mal de mer ? J'ai perdu la foi parce que l'océan était agité ? C'est n'importe quoi !

— Bien sûr que non ! Espérons qu'il sortira quelque chose des dernières vérifications.

Ils discutèrent quelques minutes puis Guillaume mit fin à la conversation. Il peinait à garder son calme. Que ce soit l'équipe sanitaire ou même Lise et Nathan, ils sont incapables de prendre la mesure de ce qui se passe, se dit-il. Comment pourraient-ils savoir ce que ça fait, de perdre Dieu ? C'est abstrait pour eux tout ça. Il se dirigea vers le bar, un verre ne lui ferait pas de mal et peut-être l'aiderait à dormir.

43

Fécamp — 21 septembre 2028

Lise et Nathan se retrouvèrent aux Laboratoires aux premières heures.

— J'espère qu'il a pu dormir un peu, dit Nathan, tu as eu des nouvelles depuis hier ?

— Il m'a envoyé un SMS vers 23 h pour me dire de ne pas m'inquiéter.

— Je l'ai trouvé vraiment à cran hier, tu l'avais déjà entendu parler comme ça ?

— Non, c'est la première fois depuis que je le connais que je le vois perdre son sang-froid.

— Ça doit être terrible pour lui, même si je ne parviens pas à concevoir ce qui lui arrive.

— Comme toi, Nathan, je ne comprends pas, mais je suis triste pour lui. J'espère qu'on va en savoir plus avec les dernières analyses !

Ils tournèrent en rond, incapable de travailler. Vers dix heures, ils apprirent que les derniers résultats étaient tombés, tout aussi négatifs que les premiers. Il n'y avait aucune trace d'agent pathogène susceptible d'expliquer les symptômes ressentis par une partie des passagers. Par acquit de conscience, la quarantaine serait prolongée d'une journée, mais elle serait levée samedi matin. La thèse retenue pour expliquer la situation demeurait le mal de mer. Ils appelèrent Guillaume pour l'avertir. Il était dépité et épuisé, il avait à peine dormi.

En début d'après-midi, Lise reçut un message de Thomas la prévenant qu'il aurait un peu de retard.

— Merde ! J'ai oublié, on avait rendez-vous pour parler du partenariat avec son équipe sur l'anthropologie du médicament ! Je fais quoi ?

— De toute façon, c'est trop tard pour annuler, répondit Nathan. Et puis, peut-être qu'il pourra nous aider.

À son arrivée, Lise et Nathan expliquèrent à Thomas la situation.

— C'est quoi cette croisière ? demanda-t-il.

— Attends, je te montre, dit Nathan.

Il afficha les informations sur son ordinateur. Il s'était chargé de l'organisation du voyage de Guillaume en tant que président de la Fondation.

— C'est un congrès œcuménique sur le vieillissement. Il réunit une centaine de responsables de différents cultes et des chercheurs, des médecins, des sociologues, des philosophes.

Thomas parcourut le programme et s'exclama.

— Ce n'est pas vrai ! Ils ont invité Jeong ! Qu'est-ce qu'il vient foutre dans ce truc, lui qui vomit sur toutes les religions ?

— Manifestement, il intervient sur le vieillissement du cerveau.

Lise se rapprocha d'eux.

— C'est le même professeur dont tu m'as parlé l'autre

jour ?

— Oui, répondit Thomas.

Il expliqua à Nathan le profil du personnage.

— Tu crois qu'il est impliqué dans tout ce bazar ?

— Je ne sais pas, mais la coïncidence est vraiment troublante.

Nathan se tourna vers Lise.

— Tu ne penses pas que nous devons en parler à Guillaume ?

Elle essaya de le contacter en vain. Inquiète, elle lui envoya un message lui demandant de l'appeler dès qu'il le pouvait, ce qu'il ne fit qu'en toute fin d'après-midi après qu'elle ait tentée à deux reprises de le joindre de nouveau. Elle échangea quelques minutes avec lui, il était toujours aussi tendu. Elle lui expliqua que Thomas était avec eux et mit le haut-parleur.

— Bonjour, Guillaume, as-tu eu l'occasion de croiser le professeur Chung pendant le congrès ?

— Oui, il est intervenu très brillamment lors de plusieurs tables rondes sur le vieillissement du cerveau. J'imagine que tu le connais, c'est un neuroscientifique reconnu.

Thomas fit une grimace

— Oui, je le connais et pas en bien !

Il expliqua en quelques mots l'affaire du malade épileptique.

— Pourquoi tu me racontes ça ? demanda Guillaume

— Je me demande si sa présence sur le bateau n'est

pas liée à ce qui t'arrive à toi et aux autres passagers !

— Que veux-tu dire ?

— Eh bien, c'est un spécialiste du cerveau, il sait comment s'y prendre !

— Tu penses qu'il nous a envoûtés ou quoi ?

— Non, évidemment, mais c'est la même zone qui s'active pendant la prière et pendant les crises d'épilepsie.

— Je ne comprends rien à ce que tu me dis !

— Est-ce que tu as eu par le passé, des hallucinations, des troubles de la parole, des convulsions ?

— Qu'est-ce que tu racontes ? Je ne suis pas épileptique, non de Dieu ! répliqua brutalement Guillaume.

— Bien sûr, je voulais juste…

Guillaume le coupa.

— Bon, j'ai d'autres chats à fouetter que discuter avec vous de ces conneries. Plein de gens ici ne vont pas bien ! Et que je sache, eux non plus ne sont pas épileptiques ! Rappelez-moi quand vous aurez une vraie information à me donner !

Puis il raccrocha. Nathan, furieux, se tourna vers Thomas.

— Tu n'étais pas obligé de l'inquiéter avec cette histoire ! Mets-toi à sa place un peu ! Tu imagines dans quel état il est ! Et toi tu l'embrouilles avec ce truc sur l'épilepsie auquel je ne comprends rien moi non plus. OK, tu as eu un problème avec ce Coréen, mais pourquoi tu mêles tes histoires perso avec tout ça ?

Thomas encaissa les critiques avec amertume. Il ne faisait qu'essayer d'aider ! Il se défendit.

— Je voulais juste tenter d'en savoir plus, mais j'aurais dû faire preuve de plus de prudence, tu as raison.

— On ne parle pas de prudence, on parle de compassion ! lui rétorqua Nathan. Au-delà d'être le président de la Fondation, Guillaume est notre ami, on s'inquiète pour lui et c'est avant tout ça qui compte pour nous !

— OK, OK, je me tais !

Lise intervint.

— Allez, ça ne sert à rien s'emporter. Thomas ne faisait qu'essayer d'aider, même si, dit-elle en se tournant vers le chercheur, Nathan a raison, tu aurais pu faire preuve d'un peu plus de délicatesse. Bon et maintenant, tu peux nous dire ce qui se passe ?

— Eh bien, je me demande s'il n'a pas trouvé une solution pour s'attaquer à l'aire de la foi !

— Tu parles bien de Jeong Chung ? Comment aurait-il fait ? Les passagers s'en seraient rendu compte non, s'il avait fait comme avec le malade épileptique à Toronto.

— Je ne sais pas comment il a fait. Mais, je ne crois pas du tout à cette succession de coïncidences. Je suis persuadé qu'il est impliqué. Et je vous assure. Cela n'a rien à voir avec le conflit que j'ai eu avec lui ! Malgré ce que tu sembles supposer Nathan.

Ce dernier se leva, il peinait à recouvrer son calme. Il

dit à Lise qu'il devait passer chez lui et qu'il les rejoindrait à la Villa un peu plus tard. Lise et Thomas se retrouvèrent seuls. Manifestement affecté, il lui présenta ses excuses, lui assurant qu'il avait un très grand respect pour Guillaume et qu'il n'avait vraiment pas voulu lui faire du mal.

— Pas de souci Thomas, Nathan est sur les nerfs, il s'inquiète pour Guillaume.

— Cette histoire me rend fou, je suis désolé.

— On est tous dans le même cas Thomas. Comment imaginer que quelqu'un ait trouvé le moyen de priver les gens de leur foi !

— J'ai du mal à y croire moi-même. Pourtant cela me semble la seule explication rationnelle à ce qui se passe sur le bateau. Jeong Chung répétait tout le temps, à Toronto, que le problème c'était les responsables des cultes qui manipulaient les peuples par l'intermédiaire de l'aire de la foi.

— Et tu penses que cela pourrait s'appliquer aussi aux autres cas que l'on a trouvés ?

— Je ne sais pas Lise, soupira Thomas. Je suis partagé entre deux points de vue et ça me rend fou. D'un côté, je ne peux pas me défaire du sentiment que Jeong est impliqué et qu'il a réussi, par je ne sais quel moyen, à s'attaquer à l'aire de la foi. Et de l'autre, toute ma raison scientifique me dit que c'est impossible.

— Écoute, je te propose qu'on aille chez moi, Nathan nous y rejoindra. Si tu veux, tu pourras prendre la chambre d'ami pour cette nuit.

Arrivée à Veulettes, Lise laissa Thomas s'installer et passa voir Hafida pour la tenir au courant et discuter un peu avec elle. Puis elle retrouva Thomas et Nathan qui venait d'arriver. Manifestement, ils avaient fait la paix. Ils échangèrent longuement sur la situation sans trouver d'issue. Elle tenta de nouveau d'appeler Guillaume, mais il ne lui répondit pas, se contentant de lui envoyer un message pour lui dire que ça allait et qu'il avait besoin de dormir.

44

Navire Belle des mers — 21 septembre 2028

Jeong et les autres chercheurs se retrouvèrent sur le pont en fin de journée pour faire le point. L'opération avait parfaitement fonctionné même s'ils avaient fait preuve d'un manque d'anticipation s'agissant de la mise en quarantaine. Depuis la veille, tous les quatre avaient circulé dans le navire à l'écoute des réactions des passagers.

— Vous avez constaté des différences en fonction de l'appartenance religieuse ? Parce que moi, non, dit Tom.

— Rien non plus en ce qui me concerne, répondit Josépha, ils ont tous l'air un peu abattu, mais pas tant que ça en réalité.

— Au final, compléta Jeong, cela ne fait que confirmer ce qu'on savait déjà, peu importe le culte, les comportements sont identiques.

— C'est bien ce que j'avais dit, cette opération ne nous sert à rien, s'exclama Megan, je continue à penser qu'on a fait preuve d'imprudence !

Elle faisait partie de ceux qui avaient plaidé pour l'annulation de leur participation au congrès et l'arrivée de l'équipe sanitaire l'avait plongée dans l'angoisse. Même si elle était certaine qu'ils ne trouveraient rien, le circuit d'eau fonctionnant en continu avec du stockage très limité dans la durée, elle avait accueilli avec soulagement l'annonce des résultats négatifs et surtout la levée de la quarantaine.

— Je comprends que cela t'ait occasionné beaucoup de stress, Megan, mais pense à la dimension symbolique, cette croisière demeurera dans l'histoire comme un précurseur. Un précurseur discret, mais annonciateur de grandes choses !

— Te voilà bien inspiré par la religion Jeong, répliqua Tom en riant. Précurseur, tu sais que c'est le nom que les chrétiens donnent à Saint-Jean-Baptiste au motif qu'il aurait annoncé la venue de Jésus.

— De mon côté, je préfère la référence aux précurseurs de la science-fiction, dit Josépha et notamment à *Fondation*, d'Isaac Asimov.

Une longue discussion s'en suivit sur les rapports entre la SF et les religions. Ils passaient le temps, mais tous s'impatientaient de pouvoir enfin quitter le navire.

45

Navire Belle des Mers — 22 septembre 2028

Le vendredi matin, Guillaume se réveilla en meilleure forme. Il avait réussi à dormir à peu près correctement. Il fit un tour sur le navire pour échanger avec les uns et les autres. Tout le monde se réjouissait de la levée annoncée de la quarantaine. Demain, ils pourraient enfin rentrer chez eux. À l'heure du déjeuner, il retrouva les trois religieux et s'installa avec eux. Il fut heureux de les voir parler ensemble et se soutenir. Des trois c'était le prêtre qui avait l'air le plus affecté. Ils se mirent à discuter tous ensemble, cherchant à comprendre le sens de ce qui leur arrivait. Guillaume ne résista pas à l'envie d'aborder avec eux les réflexions sur la dimension biologique de la foi, sans faire état de l'enquête qu'ils menaient depuis plusieurs semaines.

— Que pensez-vous de ces chercheurs en neurothéologie qui prétendent que nous disposons dans notre cerveau d'une aire de la foi, une zone qui s'active lorsque l'on prie ?

Il découvrit sans surprise qu'aucun d'entre eux ne considérait que ces travaux relevaient du blasphème. Même si leur relation avec Dieu était rompue, ils réagissaient en apologètes. Si l'aire de la foi existait, c'est que le Dieu l'avait voulue. L'imam fit allusion à un verset du Coran mentionnant le toupet du menteur et du pécheur, qui correspond à l'aire préfrontale du cerveau responsable de nos actions bonnes ou mauvaises. Il expliqua également que la lecture du Coran contribue à stimuler les neurones, qu'elle apporte à l'homme réconfort et apaisement. La rabbine de son côté évoqua des travaux menés sur le judaïsme et les neurosciences. Elle insista sur le fait que les savoirs scientifiques et religieux peuvent s'éclairer mutuellement. Elle interpela Guillaume.

— Toi, en tant que franc-maçon, comment vis-tu tout ça ? Est-ce que ça t'aide ?

— La franc-maçonnerie incite à l'introspection. Nous suivons l'injonction de Socrate, *connais-toi toi-même et tu connaîtras l'univers et les Dieux*. J'essaye de me dire que l'expérience que nous vivons est un pas de côté sur ce chemin de connaissance. Comme une bifurcation pour nous inviter à explorer cette aire de la foi dans notre cerveau qui est peut-être aussi le siège de nos passions. Mais comment pourrions-nous être que raison ?

Le prêtre soupira.

— Je ne sais pas si cette aire de la foi existe vraiment, mais ce dont je suis sûr c'est qu'elle est bien silencieuse...

Sa remarque plongea les autres dans la mélancolie. Ils continuèrent à échanger, se demandant de quoi seraient faits leurs lendemains.

Après le déjeuner, en passant par le bar, Guillaume vit, installés à une table, le professeur coréen et trois autres scientifiques qu'il avait croisés lors des ateliers. Thomas semblait fortement le soupçonner d'être au cœur de cette affaire, il s'approcha d'eux sans plan précis.

— Comment allez-vous ? Tout le monde a hâte que la quarantaine prenne fin.

— Tout à fait, répliqua le Coréen, qui avait repéré depuis la veille le manège de Guillaume, se rendant de groupe en groupe.

Pendant quelques minutes, la discussion tourna autour des analyses effectuées et des causes possibles de ce qui avait affecté les passagers. Tout en parlant, Guillaume se demandait comment il pouvait faire évoluer la conversation, puis il se dit qu'il n'avait d'autre choix que d'aborder le sujet frontalement. Il se lança.

— Avez-vous été malades vous aussi ?

Les scientifiques répondirent non de la tête. Le coréen lui renvoya la question, de façon innocente.

— Et vous ? Qu'avez-vous ressenti ?

Guillaume comprit qu'il devait le provoquer davantage s'il voulait en savoir plus.

— Je pense que vous n'ignorez pas ce que j'éprouve !

Le professeur se redressa, soudain plus attentif.

— Non, je vous l'assure, je n'en ai aucune idée !

— Eh bien, j'ai eu une profonde migraine et des nausées, mais cela n'a aucune importance. Le plus fondamental est que, depuis lors, je me trouve amputé de ce qui donne depuis toujours du sens à ma vie. J'ai perdu la foi, j'ai perdu le contact avec Dieu !

— Comme je vous l'ai dit, je ne suis pas en mesure de

comprendre votre ressenti. Je n'ai pas la foi, je ne peux donc pas savoir ce que signifie de la perdre, tout comme je ne reconnais pas l'existence du divin.

— Re-co-naître, renaître avec, le mot est approprié. La rencontre avec Dieu est une deuxième naissance, spirituelle.

Le professeur répliqua.

— Une deuxième naissance étroitement contrôlée alors. Le croyant ne décide pas de croire, il y est conduit, voire contraint !

— Vous considérez que la plus grande partie de l'humanité est asservie ? Vous avez une bien piètre opinion du genre humain !

— Oh, certainement pas ! Il serait trop facile d'accuser les victimes. Le problème ce sont les institutions religieuses qui font œuvre de les maîtriser !

— Ainsi l'homme se laisserait dominer sans résister ?

Le coréen sourit sans rien dire. Guillaume poursuivi.

— Pourquoi choisissez-vous de ne présenter que la face sombre du tableau ? Vous êtes un scientifique, vous avez choisi d'intervenir dans ce congrès et vous ne pouvez pas ignorer que pour appréhender un phénomène aussi complexe, on doit prendre en compte l'ensemble de ses dimensions. La foi, c'est également ce qui unit les hommes autour de valeurs communes !

— Si je ne vois que le pire dans les religions ? Assurément ! Les bénéfices supposés qu'elles apportent ne sont rien au vu des malheurs qu'elles occasionnent !

– Pourtant, leur apparition remonte à plus de 8000 ans. L'homme aurait donc été incapable, au fil des millénaires, de se débarrasser de ce qui ne lui amènerait, selon vous, que de la souffrance ?

– Pas encore, non.

– Et vous pensez qu'il le devrait ?

Le Coréen plongea son regard dans celui de Guillaume.

– Sans nul doute !

– Donc vous ne doutez pas ! Voilà un trait surprenant pour un scientifique non ? Et que resterait-il à l'homme s'il était débarrassé de Dieu comme vous semblez le souhaiter ?

– Il retrouverait son libre arbitre, son humanité. D'ailleurs, vous m'avez bien dit que vous avez perdu la foi ? Et pourtant vous n'avez pas l'air si désespéré que cela !

– Parce que si j'ai perdu ce qui me relie à Dieu, je n'ai rien perdu de ses enseignements, des valeurs que j'ai acquises et cultivées dans la prière.

– Donc, vous voyez bien que vous n'avez pas besoin de Dieu ! rétorqua le Coréen, déclenchant l'approbation des autres scientifiques, tout comme les hommes n'ont pas besoin qu'on les prive de leur liberté !

Sur ces mots, il expliqua que la quarantaine bousculait leur programme, qu'ils devaient s'organiser. Il s'excusa de devoir interrompre la conversation, le salua et quitta le bar avec son groupe.

Guillaume resta assis, dépité. Il aurait voulu aller plus loin dans l'échange et se sentait frustré qu'il se soit arrêté ainsi. Mais quel con je suis ! J'aurais dû lui poser des questions plus directes au lieu d'engager une discussion philosophique sur les religions ! Cet homme n'est pas clair, je ne sais pas de quelle manière, mais il est impliqué dans tout ça sinon il ne serait pas là ! Mais quel crétin je suis ! Je n'ai vraiment plus toute ma tête ! En fin d'après-midi, il appela Lise, elle était avec Nathan et Thomas qui avait insisté pour rester jusqu'à la fin de la quarantaine.

— Thomas, dit Guillaume, j'ai discuté avec Jeong Chung. Il était avec trois autres chercheurs, j'ai noté leurs noms, tu les connais aussi ?

Thomas confirma que deux d'entre eux avaient également fait partie de l'équipe de recherche internationale qu'il animait à Toronto.

— Le personnage est vraiment particulier. Tout dans son attitude montre qu'il en sait plus qu'il le prétend. J'ai essayé de le faire parler, en vain. Je me suis laissé embarquer dans la discussion comme un idiot. Et dire que demain il va partir et nous n'aurons pas avancé d'un pouce ! Ça me rend fou !

Guillaume se tut pendant un moment. Lise s'en préoccupa immédiatement.

— Ça va Guillaume, on ne t'entend plus ?

— Oui, oui, ne t'inquiète pas Lise, je réfléchissais. Je crois que je dois retourner voir le commandant pour tâcher de prolonger la quarantaine. Thomas, tu me confirmes bien que tu soupçonnes Jeong Chung et ses acolytes ?

— Je ne crois pas aux coïncidences. S'il a choisi de participer à cette croisière alors qu'il a un sérieux problème avec les religions, ce n'est pas pour rien. Il a travaillé, je suis bien placé pour le savoir, sur l'aire de la foi et il a essayé d'agir dessus au détour de ses expériences sur l'épilepsie, j'en suis persuadé ! Et il est justement sur ce navire où des religieux sont tombés malades, cela ne peut pas être simplement un hasard.

— D'accord, je vais tenter de le convaincre. Si nous gagnons un peu de temps, nous pourrons peut-être en apprendre davantage sur le lien entre ce professeur coréen et ce qui arrive. Je vous tiens au courant.

— Je doute que tu réussisses Guillaume, ce n'est pas lui qui décide, dit Lise.

Mais il avait déjà raccroché.

Une heure plus tard, il rappela.

— Lise, je n'ai pas de bonnes nouvelles. Le commandant m'a dit qu'il ne pouvait rien faire ! Qui sait, peut-être avons-nous inventé tout ça, peut-être, que c'est juste un phénomène d'hystérie collective, comme en Pologne !

Il s'interrompit un moment puis reprit.

— Je ne parviens pas à concevoir que cela soit arrivé Lise. Quand nous en parlions ensemble, cela me semblait lointain. Cette recherche me passionnait, mais au fond de moi je n'abandonnais pas l'option de l'effet de loupe. Mais là…

— Guillaume, ça va aller, tu es toujours toi-même, tu es toujours cet homme érudit, généreux, plein d'idées, ouvert d'esprit… !

— Oui, Lise. C'est si étrange. Je suis triste, j'ai parfois envie de me pincer pour me réveiller.

— Tu ne peux rien faire d'autre, tu dois essayer de te reposer. Demain, nous serons sur le quai pour t'accueillir à ta sortie du bateau, tu n'es pas seul Guillaume, on est là, je suis là.

— Oui, je sais. À demain Lise.

46

Port du Havre — 23 septembre 2028

À huit heures, Lise, Nathan et Thomas se retrouvèrent sur le quai du port de croisière. Ils virent les passagers descendre, Guillaume arriva parmi les derniers. Lise le serra dans ses bras.

— Comment vas-tu, Guillaume ?

— Ça va, ça va. Mon cerveau est encore embrumé, mais j'ai dormi cette nuit et je me sens un peu mieux.

Alors qu'ils échangeaient tous ensemble, le professeur coréen et les trois chercheurs sortirent du bateau. Passant à proximité, il reconnut Thomas et s'adressa à lui avec un grand sourire :

— Bonjour Thomas. Ça fait longtemps. Tu t'intéresses aux croisières ?

— Bonjour, Jeong. Pas autant que toi, manifestement !

Lise réagit immédiatement. Pas question de laisser la discussion s'envenimer et que Jeong Chung en profite pour se barrer. Elle avança vers le Coréen, la main tendue.

— Bonjour, Professeur. Je suis Lise Bailly, la directrice des Laboratoires Lérôme.

— Bonjour, madame Bailly, je vous reconnais bien sûr. J'avais le plus grand respect pour Charles Lérôme que j'ai eu la chance de rencontrer il y a quelques années.

— Guillaume m'a expliqué que vous et votre équipe

avez réalisé des interventions remarquées tout au long du congrès, cela devait être tout à fait passionnant, même si cette mise en quarantaine a gâché la fin du voyage.

— Oui, vous avez raison.

Elle poursuivit, tentant de trouver une idée pour l'accrocher.

— J'ai entendu parler de vos travaux sur l'imagerie cérébrale. Savez-vous que nous venons d'accueillir deux chercheurs danois qui développent l'intelligence artificielle d'une nouvelle génération d'IRM ?

— Effectivement, cela paraît très prometteur ! Ils ont opéré une avancée majeure d'après ce que j'ai lu.

Contrairement à Thomas, qui manifestait par sa mine renfrognée tout le mépris qu'il ressentait pour le Coréen et à Guillaume qui semblait ailleurs, Nathan comprit tout de suite le manège de Lise. Il s'immisça dans la discussion.

— Et si nous allions boire un café pour en parler ?

Jeong Chung parut hésiter. Il regarda Thomas. Il n'ignorait pas, bien sûr, qu'il était à l'origine de son départ de l'Institut. Il avait le plus grand respect pour lui et pour la manière dont il avait dirigé les travaux de l'équipe internationale sur l'aire de la foi, sans lui, il n'aurait jamais pu mettre son plan à exécution. Il ne savait pas comment il aurait réagi à sa place, quand il avait réalisé son expérience sur le patient épileptique, Thomas l'avait couvert et en avait payé le prix. Son avion pour Séoul partait en fin d'après-midi, il se dit que ce serait sans doute la dernière occasion d'avoir une discussion avec lui. Il répondit.

— Nous avons un peu de temps devant nous, ce sera avec plaisir.

Ils se dirigèrent tous ensemble vers la terrasse d'une brasserie sur le quai. Pendant que le professeur coréen s'organisait avec son équipe pour récupérer la voiture louée pour rejoindre Paris, Lise se rapprocha de Thomas et Guillaume et leur souffla.

— Nous avons peut-être une occasion d'en savoir plus. Thomas, tu dois faire un effort !

Ce dernier acquiesça avec un sourire crispé. À peine installé en terrasse, Guillaume choisit de lancer la conversation. Il avait réfléchi une bonne partie de la nuit. Il s'en voulait toujours de n'avoir pas réussi à prolonger l'échange au bar.

— Professeur Chung, nous n'avons pas terminé notre discussion sur le bateau, vous vous souvenez ?

— Oui, très bien, vous m'interrogiez sur les religions.

Thomas intervint sous le regard vigilant de Lise.

— Si je me rappelle bien Jeong, tu as toujours eu un point de vue très critique à ce sujet !

— Effectivement. Mais je voulais d'abord profiter de cette occasion Thomas, pour te prier de me pardonner pour le tort que je t'ai causé. J'ai appris que tu avais quitté l'Institut après cette malheureuse affaire.

— Malheureuse affaire ! On n'était pas loin de la faute grave non ?

Lise posa sa main sur le bras de Thomas. Jeong Chung,

qui avait noté le geste de Lise, réagit plus posément.

— Oui, Thomas, je ne le nie pas. Par chance, le patient s'en est remis, mais je n'en suis pas fier !

— Et donc, Professeur, demanda Lise, qu'avez-vous répondu à Guillaume lorsque vous étiez sur le bateau ?

Le Coréen eut un petit sourire. Cette Lise Bailly avait l'air de savoir exactement où elle voulait aller.

— Je lui ai simplement exposé une réalité scientifique. Les religions et ceux qui les dirigent exploitent une particularité biologique, l'aptitude à produire chez le croyant une récompense sous forme d'une décharge de sérotonine.

— Un tropisme que l'évolution a renforcé au fil des millénaires, ajouta Megan la psychologue.

— Si elle s'est maintenue et consolidée au fil du temps, c'est donc bien qu'elle est utile à l'homme ! rétorqua Guillaume.

Thomas ne put s'empêcher de répondre sous le regard approbateur de la chercheuse.

— Certes, l'évolution a pu favoriser les croyants, du fait de leurs aptitudes individuelles et collectives, mais c'est un phénomène complexe. Contrairement à l'idée répandue par la médiatisation des travaux de Darwin, on n'est pas allé de l'inférieur au supérieur. Mais de l'organisme ancestral à l'ensemble des organismes actuels.

— Du coup, cela pourrait expliquer que certains soient athées et d'autres croyants ? interrogea Lise, toujours obsédée par sa question. Nous serions simplement des branches différentes de l'évolution, c'est ça ?

— Je ne pense pas que l'on puisse attribuer l'athéisme à l'évolution, répondit Thomas, c'est plutôt le produit de l'histoire récente.

— Je partage ton analyse, dit Jeong, cependant tu négliges le facteur le plus influent, le poids des religions et de ceux qui les ont créés et les maîtrisent.

— Vous parlez des responsables confessionnels ? demanda Guillaume.

— Oui d'hier et d'aujourd'hui.

— Je te retrouve Jeong, dans ce qui t'animait lorsque nous travaillions ensemble, dit Thomas. Tu n'as pas perdu ta conviction selon laquelle les religions exploitent la soif de croire des êtres humains.

— C'est exactement ça et je ne suis pas loin de penser que tu partages mon point de vue !

Thomas fit une grimace et s'apprêta à répondre, mais Guillaume le devança.

— Donc pour revenir à la conversation que nous avons eue sur le bateau, vous estimez que les religions font le malheur des hommes ?

Tom le chercheur suisse, prit la parole.

— Pour le moins, la somme des potentiels bénéfices est largement inférieure aux malheurs qu'elles créent.

— Comment parvenez-vous à ce calcul ? À quelles données faites-vous référence, si ce n'est pas juste une opinion maquillée de science ? On en revient toujours à la même question. Si ce que vous dites est exact, pourquoi les hommes continuent-ils à croire ?

— Parce que, répliqua le professeur coréen, les religions et ceux qui les dirigent sont extrêmement puissants. Ils ont appris depuis des millénaires à activer le phénomène d'addiction aux croyances. Ils savent comment proposer un produit séduisant qui répond aux angoisses des hommes et les rend plus dociles.

— Et vous pensez que c'est dû à l'aire de la foi ? demanda Lise.

Jeong Chung marqua le coup, étonné de la voir employer cette notion, mais ne put s'empêcher de répondre.

— Oui ou plus généralement à la propension biologique à la croyance.

— Et donc les athées n'auraient pas d'aire de la foi ?

— Elle est, plus vraisemblablement, inactive.

— Et vous préféreriez, dit Guillaume, qu'il en soit de même pour tout le monde ?

— Je ne peux pas nier que je le pense, oui.

— Donc vous vous réjouissez du fait que certains d'entre nous ont perdu la foi sur le bateau ?

— Je ne sais pas ce qui vous est arrivé sur ce plan, l'équipe sanitaire a attribué les symptômes à la houle qui a indisposé certains passagers qui d'ailleurs avaient l'air en pleine forme quand ils ont quitté le bateau ce matin. Mais pour en revenir à cette question de la foi que vous auriez perdue, n'avez-vous pas le sentiment d'une liberté retrouvée ?

— Cela vient juste d'advenir, je suis incapable de répondre à une telle question !

Lise réfléchit. Si ce qu'avait dit Thomas était vrai, Jeong Chung pouvait tout à fait être impliqué dans les autres cas qu'ils avaient identifiés. Pourtant il n'avait aucune preuve et elle ne pouvait pas ignorer son fort ressentiment à l'égard du Coréen. Devait-elle courir le risque de se fâcher avec un personnage aussi influent ? Elle prit le parti d'intervenir, sans certitude quant aux conséquences.

— Nous avons évoqué les passagers du bateau qui ont perdu la foi, mais connaissez-vous, professeur, d'autres cas similaires ? Des situations où des croyants n'ont pas eu l'occasion de profiter de la liberté dont vous faites état ?

— Que voulez-vous dire ?

— Vous avez peut-être entendu parler de ce pasteur dans l'Arkansas qui s'est suicidé, en laissant en guise de témoignage le célèbre « Dieu est mort » de Nietzsche ? Ou de cet évêque et ce rabbin niant l'existence d'un sauveur ? De ces adeptes d'une secte aux Pays-Bas qui se sont révoltés contre leur gourou, certains en perdant la vie ?

Jeong sursauta intérieurement. La question venait confirmer l'impression qu'il avait depuis le début de la conversation. Elle ne l'avait pas invité par hasard à prendre un café. Il répondit d'un air détaché.

— Jamais entendu parler. Les violences au sein des

religions sont un lieu commun, vous savez.

— Vous avez sans doute raison, professeur. Mais on note quand même de sacrées similitudes entre ces cas et ce qui s'est passé sur le bateau. Et je me demande si vous êtes vraiment étranger à tout ça !

Jeong tenta de détourner la conversation en revenant sur le sujet de l'IRM, mais elle ne le laissa pas faire et insista.

— Vous prétendez n'avoir rien à voir avec cette affaire ?

— Évidemment, répondit Jeong en haussant la voix, de quoi nous accusez-vous ?

— D'être impliqué dans ce qui est survenu sur le bateau et sans doute au-delà ! asséna Lise.

— Madame Bailly, reprit Jeong avec vigueur, je ne sais pas sur quoi vous vous appuyez pour proférer de telles accusations !

Lise sentit la colère l'envahir. Que pouvait-elle dire ? Elle répliqua en coréen, espérant le déstabiliser.

— Je ne vous laisserai pas faire !

Jeong, surpris, rétorqua dans sa langue natale.

— Trouvez des preuves !

Il mourrait d'envie de poursuivre la conversation pour comprendre comment elle avait fait le lien, peut-être même pour tenter de la convaincre et savoir aussi pourquoi elle parlait si bien coréen. Mais voyant l'inquiétude monter dans les yeux de ses partenaires, il revint à la raison et se tourna vers Guillaume et Thomas.

— Nous n'allons malheureusement pas pouvoir en discuter plus longuement, nous devons prendre la route. En tout cas, je vous remercie pour cet échange et je te renouvelle mes excuses Thomas pour ce qui est arrivé à Toronto. J'ai appris beaucoup à tes côtés et je regrette que tu aies dû subir les conséquences de mes erreurs.

Puis il se leva, suivi par le reste de son équipe, marquant brusquement la fin de la conversation, comme il l'avait fait sur le bateau. Lise et ses compagnons n'eurent d'autre choix que de les saluer également. Deux minutes après, ils étaient partis. Ils se rassirent frustrés.

— Tu parles coréen ! s'exclama Thomas, que lui as-tu dit ?

— Entre autres langues, oui, répondit Lise excédée. Je lui ai dit qu'on ne le laisserait pas faire, mais il s'est foutu de moi en me répliquant que je n'avais qu'à trouver des preuves.

— Il nous a baladés ! souffla Thomas, même moi, avec ses excuses, je me suis fait avoir !

— Et on n'a rien appris de plus, ajouta Guillaume dépité, on aurait dû les retenir.

— Comment voulais-tu faire ? s'exclama Nathan. On n'a rien de concret contre eux.

— Et bien sûr, juste au moment où j'aborde les autres cas, il se barre, soupira Lise. Si au moins on avait trouvé quelque chose sur le bateau, on aurait des arguments ! Tu es sûr, Guillaume, qu'ils ont réalisé toutes les investigations ?

— Oui ! Analyse d'urine, prise de sang sur tout le

monde, plus le test sur la nourriture et la boisson. Et rien, pas la moindre trace de quoi que ce soit. Pour eux, la situation est revenue à la normale et il n'y a rien à craindre.

— Et pourtant aucun d'entre nous ne croit à la thèse de l'épidémie de mal de mer ou à la crise d'hystérie collective ! Je pense à un truc Thomas. Et si on tâchait d'aller plus loin dans les analyses ? On a à notre disposition la nouvelle IRM, on pourrait peut-être faire des examens complémentaires ? Ils ont modélisé toutes sortes de virus, de parasites...

— Je ne sais pas si on découvrira autre chose, mais ça vaudrait le coup au moins d'essayer.

— Comment voulez-vous faire ? Les passagers sont partis ! s'exclama Nathan.

— Oui, mais moi je suis là ! répliqua Guillaume et si cela peut nous éclairer, je veux bien passer toutes les IRM de la terre !

— OK, laissez-moi les appeler pour vérifier s'ils sont disponibles, dit Lise.

Elle téléphona aux deux Danois. Ils ne posèrent aucune question. Elle avait besoin d'eux, ça suffisait.

— C'est OK, on peut faire ça à quinze heures. Guillaume, je te raccompagne chez toi pour que tu te reposes un peu. Puis on se retrouvera aux Laboratoires pour l'IRM avant d'aller à Veulettes. Je crois que tu ne pourras pas y couper. Tout le monde s'est inquiété et te réclame !

Alors qu'elle conduisait, Lise vit que Guillaume piquait du nez. Le regardant assoupi, elle se demanda de nouveau ce que l'on pouvait ressentir quand on perdait la foi. Je n'arrive pas à l'imaginer ce que ça fait. Peut-être que c'est comme quand on perd un amour. C'est comme s'il s'était fait plaquer par Dieu, ça doit être dur ! Plongée dans ses pensées, elle ne remarqua pas que Guillaume s'était réveillé et sursauta quand il prit la parole.

— Je suis heureux que tu sois là Lise. J'ai eu ma femme au téléphone hier soir. Tu sais qu'elle est dans la Drôme chez notre fille qui va bientôt avoir son deuxième enfant ?

— Je me souviens, tu vas de nouveau être grand-père. Tu as pu la tenir au courant ? Elle devait être inquiète !

— Oui, je l'ai eu plusieurs fois pour lui parler de la quarantaine puis pour la rassurer sur son dénouement.

— Et comment a-t-elle réagi pour ce qui est de la foi, je crois qu'elle est très pieuse, non ?

— Oui, elle l'est, et non, je ne lui en ai pas parlé.

— Comment vas-tu faire alors ?

— Je ne sais pas. On parle peu ensemble de ces choses-là. Elle me connaît bien, elle s'apercevra certainement que quelque chose ne va pas. Mais elle ne dira sans doute rien, elle attendra, comme elle l'a toujours fait.

— Je suis là si tu as envie de parler. Surtout, tu n'hésites pas. Vraiment !

— Je sais Lise.

Ils arrivèrent devant chez lui.

— Tu veux que je vienne te chercher tout à l'heure pour aller aux Laboratoires ?

— OK Lise, j'ai pris un coup au cerveau ! Mais je peux encore conduire ! dit-il en riant.

Sa réaction soulagea Lise. Si Guillaume riait, c'est qu'il n'allait pas si mal que ça.

47
Veulettes-sur-Mer — 23 septembre 2028

En rentrant chez elle, Lise croisa Hafida. Elle lui apprit les dernières nouvelles concernant Guillaume.

— Comment va-t-il ?

— Il va bien physiquement même si je pense que cela doit être plus dur que ce qu'il montre !

— Oh oui ! Je n'ose pas l'imaginer ! J'espère qu'on en saura plus avec les nouvelles analyses. Tout le monde ici s'inquiète pour lui.

— Justement, je me disais qu'on pourrait se faire un petit goûter à la maison vers dix-sept heures avec toute l'équipe. Tu peux leur expliquer la situation ?

— Tu penses que c'est raisonnable pour Guillaume ?

— Oui, je crois même que ça va lui faire du bien.

— OK, je m'occupe de les prévenir. On fera attention de ne pas le fatiguer !

— Merci, Hafida, à tout à l'heure.

Lise appela Jeanne, qui venait de déménager à Fécamp et qu'elle avait tenue au courant de la situation. Cette dernière insista pour les rejoindre pour l'examen.

À quinze heures, ils se retrouvèrent aux Laboratoires. Les deux chercheurs danois étaient là, manifestement heureux de pouvoir apporter leur aide, même s'ils n'en mesuraient pas toutes les implications. Lise leur dit seulement qu'ils voulaient savoir si leur IRM pouvait identifier des informations au-delà de celles recueillies sur le bateau. Guillaume se prêta à l'examen qui ne dura que quelques minutes et les résultats s'affichèrent. Ils se présentaient sous la forme d'une image 3D de l'ensemble du corps, accompagnée d'un impressionnant tableau de virus, microbes et autres agents pathogènes, affectés par un niveau de présence.

Ils balayèrent le document en passant en revue la liste, à la recherche d'un élément pouvant expliquer les symptômes de Guillaume et des autres passagers. Ils ne trouvèrent aucune trace de virus à l'exception d'une petite verrue plantaire au pied droit. Un élément attira pourtant l'attention de Jeanne. Elle demanda aux deux chercheurs.

— C'est bien la Naegleria fowleri ?

— Oui, on l'a rentrée cet été dans l'algorithme, à la suite d'une résurgence de cas aux États-Unis.

— Vous êtes sûr ?

— Aucun doute, nous avons pu récupérer toutes les données grâce aux partenariats des Laboratoires. Mais attention, ce ne sont que des traces infimes. Sans la sensibilité de la nouvelle IRM, on ne l'aurait pas décelée.

— La quoi ? dirent en cœur Nathan et Guillaume.

— La Naegleria fowleri, répéta Jeanne, on l'appelle aussi l'amibe mangeuse de cerveau.

— C'est un virus ? demanda Nathan, c'est contagieux ?

— Non, c'est une amibe et elle n'est pas contagieuse, répliqua Jeanne.

— Elle n'a rien à faire là ! dit Thomas. Guillaume, tu n'es pas allé te baigner ces derniers jours dans un lac américain ?

— Assurément, non ! Voilà presque une semaine que je suis sur ce foutu navire et je te promets qu'on ne s'est pas baigné !

Lise se dit qu'il n'était peut-être pas malin d'embarquer les deux chercheurs danois dans leurs histoires. Elle les remercia chaleureusement, récupéra la clef USB avec les analyses et proposa à tout le monde d'aller chez elle pour poursuivre la discussion.

À peine arrivé à Veulettes, la conversation reprit là où elle s'était arrêtée.

— Bon, c'est quoi cette Naegleria machin, Thomas ? demanda Guillaume.

— Naegleria fowleri. C'est une amibe très rare présente dans l'eau douce surtout en Amérique du Nord, dans les lacs, les étangs. Elle est particulièrement dangereuse. Elle pénètre dans le système nerveux central par le nez, traverse les muqueuses nasales et parvient jusqu'au cerveau. Et là, elle phagocyte les cellules nerveuses, d'où son nom de « mangeuse de cerveau ». Elle provoque une méningo-encéphalite dans neuf cas sur dix mortelle.

— C'est la raison pour laquelle tu voulais savoir si j'étais allé me baigner ?

— Oui, c'est de cette façon que les gens sont infectés.

— D'où vient-elle alors ? dit Jeanne. Tu penses, Thomas, qu'elle pouvait se trouver dans l'eau utilisée sur le bateau ? Elle provient d'où cette eau d'ailleurs ? Tu le sais, Guillaume ?

— Elle est produite grâce à un circuit de désalinisation de l'eau de mer, l'équipe qui a fait les prélèvements en a parlé. Ils ont effectué tous les tests et n'ont rien trouvé.

— Alors, c'est impossible, répondit Thomas, la Naegleria fowleri ne survit pas dans l'eau salée.

— Et si j'avais cette amibe dans mon cerveau avant de monter sur le bateau ? demanda Guillaume.

— Tu aurais développé une méningite foudroyante et on ne serait pas là pour en discuter ! répliqua Thomas

— Et surtout, elle n'est pas présente en France métropolitaine, ajouta Jeanne. J'ai regardé, le dernier cas recensé date de plus d'une dizaine d'années et c'était en Guadeloupe. Tu n'es pas allé aux États-Unis ou en outremer récemment ?

— Non, je n'ai pas bougé d'Europe depuis que j'ai quitté mes fonctions d'ambassadeur. Jeanne, tu as parlé de méningite foudroyante. Ça ressemble à quoi ? Je dois m'inquiéter ?

— Cela commence par les symptômes d'une méningite classique, céphalées, fièvre, nausées, vomissements…

— Mais ce sont les mêmes symptômes qu'on a trouvés pour tous les cas ! s'écria Lise, vous croyez qu'ils ont tous été…

Guillaume, soucieux pour sa santé, interrompit Lise.

— Jeanne et après ces maux de têtes et nausées, il se passe quoi ?

— Les patients sont pour la plupart victimes d'hallucinations puis tombent dans le coma et dans près de 95 % des cas décèdent. Attention, on ne doit pas compter plus de quatre cents morts à l'échelle mondiale depuis cinquante ans, principalement en Amérique du Nord.

— Et en combien de temps meurt-on ? réagit Guillaume, je suis en danger ?

— En fait, on parle de méningite foudroyante parce que les symptômes se déclarent quasi immédiatement puis les décès surviennent très rapidement.

— Autrement dit, ajouta Thomas, si cette méningite vous avait affecté, vous seriez tous hospitalisés aujourd'hui et très peu d'entre vous en auraient réchappé. Ça ne peut absolument pas être ça ! Et surtout, te concernant, on en aurait vu les signes de la méningite à l'IRM.

— Tu me rassures ! J'ai quand même eu mal à la tête, des nausées, comme les autres passagers et d'ailleurs l'évêque aussi…

Lise intervint.

— Et tu as eu des hallucinations ?

— Moi non, et à ma connaissance, les autres non plus. Sauf si on assimile la perte de foi à des hallucinations.

Peut-être a-t-on juste l'impression de l'avoir perdue. Thomas, ceux qui survivent à cette mangeuse de cerveau gardent-ils durablement des hallucinations ?

— Non pas du tout, elles sont dues aux très fortes poussées de fièvre. Quand la fièvre baisse, elles disparaissent.

— Je ne crois pas avoir eu de fièvre, les autres n'en ont pas parlé non plus. La piste des hallucinations pour expliquer notre état n'est manifestement pas la bonne.

— Mais la présence de cette foutue amibe dans ton cerveau ne peut quand même pas être une simple coïncidence ! soupira Lise.

Un silence suivit son intervention. Tous avaient le sentiment qu'à chaque avancée correspondait une impasse. Thomas, demanda à Lise.

— On pourrait revoir les imageries de l'IRM ? Peut-être que quelque chose nous a échappé.

Elle installa la clef USB sur son ordinateur et afficha les clichés. Jeanne s'approcha pour les regarder avec Thomas. Ils confirmèrent à Guillaume qu'il n'y avait aucune trace de méningite foudroyante. Jeanne pointa du doigt une zone sur l'écran.

— Thomas, tu ne vois pas quelque chose de particulier au niveau du lobe temporal ?

— C'est vrai, même si c'est très léger.

— Qu'est-ce que c'est ? s'inquiéta Guillaume.

— En fait, ça ressemble à une très légère inflammation, comme une trace d'un ancien traumatisme. As-tu eu un accident cérébral par le passé ?

— Non, pas à ma connaissance. C'est grave ? Je dois voir un spécialiste ?

— Pas du tout, tu n'as aucune raison de t'inquiéter. C'est vraiment infime. Cela pourrait même être dû à la qualité de l'examen lui-même, cette méthode d'IRM est encore en phase de prototype. Tu pourras bien sûr effectuer des examens complémentaires, mais aucune raison de s'alarmer, vraiment je te l'assure.

Guillaume soupira.

— Même si ce n'est rien, j'avoue que ça me fait bizarre de vous voir tous en train de scruter mon cerveau. C'est un poil indécent, non ?

Il se leva et sortit sur le balcon pour respirer l'air de la mer. Depuis qu'il avait ressenti les premiers symptômes sur le navire, un sentiment persistant d'être dans une autre dimension l'habitait, et cette histoire d'imagerie cérébrale renforçait cette impression. Les évènements s'enchaînaient, le malaise sur le bateau, la découverte des passagers, malades eux aussi, ce professeur coréen, l'IRM… il n'avait pas le temps de réfléchir à ce qui lui arrivait. En réalité, ce n'était pas pour lui déplaire, il craignait par-dessus tout le moment où il allait se retrouver seul face à lui-même. Quand Lise l'avait déposé chez lui, après la discussion sur le port, il espérait pouvoir dormir un peu et faire le point. Mais il avait tourné en rond. Il avait appelé sa femme et sa fille et leur avait juste expliqué que la quarantaine s'était terminée. Il se sentait incapable de leur parler de son état. Il avait été soulagé de ne plus être seul lorsque l'heure était venue de rejoindre Les Laboratoires pour passer l'IRM.

Lise le rejoignit sur le balcon.

— Tu veux faire une pause Guillaume ? On n'est pas obligé de continuer cette discussion, tu sais.

— Non, ça va, Lise. Je suis juste bousculé par ces échanges autour des images de mon cerveau. Je me sens un peu comme un cobaye que l'on examine. Ce n'est pas grave, nous devons absolument poursuivre. Et puis je suis mieux ici avec vous que tout seul chez moi.

Après quelques minutes à regarder la mer en silence, ils rentrèrent. Les trois autres étaient encore en pleine discussion. Jeanne demanda à Thomas.

— Tu sais s'il existe des amibes de la même famille que la Naegleria fowleri, mais moins virulentes ?

— À ma connaissance, non, à quoi penses-tu ?

— Et si quelqu'un avait trouvé une solution pour la rendre moins létale ?

— Tu veux dire qu'ils auraient modifié l'amibe ? Cela me semble très difficile, voire impossible ! Mais vu que l'on a franchi toutes les limites de la raison, si une équipe a pu faire ça, c'est bien celle de Toronto, dans laquelle on comptait, puisqu'on est plus à une coïncidence près, Josépha, la neurobiologiste qui travaillait à l'époque sur les méningites et qui était sur le bateau !

— Du coup, s'exclama Nathan, si je vous comprends bien, des scientifiques auraient pu modifier cette amibe pour qu'elle fasse perdre la foi aux gens. Mais ça expliquerait tout !

— Je ne sais pas Nathan, répondit Thomas en se levant, je me demande si on n'est pas en train de tordre la science pour trouver la solution à notre énigme. D'autant que nous avons montré que c'est bien plus complexe que ça, que plusieurs zones du cerveau interagissent pendant la transe mystique !

Il se mit à faire les cent pas dans la pièce en parlant tout seul et en agitant les mains sous le regard interrogatif des autres. Transformer l'amibe, ils auraient réussi à transformer l'amibe ? Comment auraient-ils fait ? C'est impossible, on délire complètement !

D'un coup, il s'arrêta et se tourna vers eux.

— Mais oui l'autopsie ! Vous vous souvenez de l'imagerie cérébrale réalisée sur les victimes de la secte ? Je vous avais dit qu'elles me rappelaient les clichés du cerveau du patient pour lequel le Coréen avait provoqué une cascade de crises d'épilepsie... comment j'ai pu manquer ça ?

— Quoi ? dirent-ils en cœur.

— Bien sûr ! Cette inflammation, ce n'était pas un effet de l'épilepsie, mais l'image d'un cerveau atteint par une méningite ! Comme elle était très localisée, je n'y ai pas du tout pensé sur le moment. Je suis sûr que c'est ça ! Ton hypothèse était juste Jeanne, ils ont trouvé la solution pour que l'amibe cible l'aire de la foi ! Et cette expérience de Jeong avec le malade épileptique, c'est certain, il était en train de la tester ! C'est complètement fou ! Il a fait ça dans mon dos et je n'ai rien vu !

— Tu veux dire qu'il travaillait déjà sur ce sujet à l'époque ? s'exclama Lise. Ça fait combien d'années ?

— Presque quatre ans, je crois.

— Un an avant que les cas apparaissent ! Donc ils ont bossé dessus dans ton Institut !

— Je crains que oui, c'est terrible ! Et surtout pourquoi je n'y pense que maintenant ! J'aurais pu interroger Jeong à ce sujet ce matin quand tu as essayé de le coincer, Lise ! Et essayer aussi de faire parler les autres chercheurs qui étaient avec lui.

— Et dans mon IRM, dit Guillaume, ce que tu as trouvé c'est la même chose ?

— Cela n'est pas du tout comparable en ce qui concerne l'intensité des lésions. C'est bien plus faible chez toi, mais effectivement les signes se situent exactement dans la même zone du cerveau, le lobe temporal gauche !

Lise, qui continuait à s'inquiéter pour Guillaume, interrompit la discussion enflammée en proposant une tournée de café que chacun accueillit avec soulagement. Tout le monde avait besoin d'une pause pour absorber les révélations de Thomas. Pendant quelques minutes, le calme revint. Puis Guillaume reprit la parole.

— Si ton hypothèse est vraie Thomas, cela nous donnerait une explication pour ce qui s'est passé sur le bateau, mais aussi pour les autres cas ! Vous vous rendez compte de ce que cela signifie ! Et comment auraient-ils diffusé cette amibe ?

— D'autant qu'ils n'ont rien trouvé lors des analyses,

rappela Nathan.

— Oui, mais pour moi non plus ils n'avaient rien trouvé ! Au fait Jeanne, tu es sûre que ce n'est pas contagieux une amibe ? Je ne voudrais pas contaminer tout le monde !

— Cela dépend du type d'amibe. La plupart peuvent se transmettre d'homme à homme et via la contamination de la nourriture et de l'eau par les matières fécales. Mais ce n'est absolument pas le cas de la Naegleria fowleri. Seul un contact direct avec elle peut entraîner des effets.

— Et elle ne pourrait pas se trouver sur une espèce de virus porteur ? questionna Nathan.

— Là, on frise la science-fiction ! rétorqua Thomas, déjà qu'on n'en est pas loin. Un virus peut parasiter une amibe, pas le contraire !

— Si on a bien une amibe trafiquée et qu'on essaye de faire le lien avec les autres cas, on a un truc qui ne marche pas, dit Lise. OK, on a des symptômes identiques au départ, mais certains se mettent à picoler et d'autres se suicident. Ce n'est quand même pas la même chose !

— Peut-être parce que nous sommes tous différents, dit Guillaume en pensant à ses propres réactions et à celles du prêtre belge. Nous croyons, mais nous croyons différemment, avec ce que nous sommes, notre culture, notre histoire personnelle. Ce n'est donc pas étonnant que la perte de la foi entraîne des réponses singulières.

— Nous aurions besoin, poursuivit Thomas, de faire d'autres tests sur les passagers et peut-être auprès des cas que l'on a identifiés. Pour voir si l'amibe est présente et s'ils ont les mêmes lésions cérébrales.

Lise se leva à son tour. La situation devenait critique. Elle posa les tasses sur un plateau et les amena à la cuisine. Tout en les lavant, elle se dit qu'elle devait reprendre ses esprits. Cette affaire n'est plus une petite histoire d'enquête pour détectives amateurs. Si Thomas a raison, c'est vraiment grave. Ça nous dépasse largement. Je dois agir ! Elle s'essuya les mains avec un torchon et retourna au séjour.

— Thomas, je suis d'accord avec toi. Nous avons besoin d'autres analyses pour confirmer ou non ton hypothèse. Mais cela risque de prendre des jours, des semaines. Sans compter qu'on ne convoque pas ainsi les gens ! Si ce que l'on soupçonne est vrai, ce que je crois de plus en plus, on ne peut pas garder ça pour nous. On doit prévenir la ministre.

— Prévenir la ministre ? s'exclama Guillaume, tu es vraiment sure ?

— Oui, on doit lui faire part des résultats de l'IRM, lui raconter aussi nos autres découvertes, nos hypothèses. On a besoin de son soutien pour organiser les analyses.

— Tu veux vraiment lui parler de l'amibe et de nos soupçons quant à son atteinte à l'aire de la foi ?

— Si j'ai bien compris ce que vous avez dit toi et Thomas, elle fait partie des chrétiens qui croient en son existence, même si elle estime que c'est Dieu qui l'a créée. Je suis persuadée qu'on peut la convaincre.

— Et Jeong Chung, on en fait quoi ? demanda Nathan.

Il est capable de recommencer dès qu'il trouvera l'occasion de croiser d'autres responsables religieux !

— Tu as raison. On ne peut pas le laisser continuer, il doit être surveillé jusqu'à ce que l'on en apprenne plus ou que l'on prouve qu'il n'y est pour rien, ce dont je doute totalement. J'appelle la ministre.

— Quoi maintenant ? réagit Guillaume. Tu ne penses pas qu'on doit prendre un peu plus de temps pour réfléchir ? Souviens-toi de ce qui s'est passé avec les héritiers !

— Justement, je m'en souviens. J'ai trop tardé à ce moment-là pour lui parler et je me suis inquiétée alors qu'elle n'avait aucunement l'intention de nous mettre en difficulté.

Elle composa le numéro. Par chance, la ministre décrocha immédiatement. Elle s'enquit tout de suite de l'état de santé de Guillaume. Lise la rassura, mais lui expliqua qu'il avait réalisé des analyses complémentaires aux résultats très préoccupants. Elle lui proposa de mettre son téléphone sur haut-parleur pour échanger avec Guillaume et Thomas.

Comme Lise l'avait pressenti, ils n'eurent aucune difficulté à lui faire comprendre le caractère extraordinaire de la situation. Elle posa de nombreuses questions à Guillaume, manifestement très touchée d'apprendre qu'il avait perdu la foi. Elle interrogea aussi longuement Thomas sur les résultats de l'IRM et sur l'amibe et partagea très vite le besoin de réaliser des analyses complémentaires auprès des passagers du bateau. Lise lui exposa alors les éléments qu'ils avaient découverts au cours de leur enquête. La ministre fut abasourdie. Comment avaient-ils identifié ces cent cinquante cas ? Et pourquoi ne pas lui en avoir parlé plus tôt ?

— Je suis d'accord, j'aurais dû vous en parler, mais avec cette affaire d'héritiers je vous avoue que j'avais d'autres priorités.

— Je comprends tout à fait, mais ce que vous me racontez est vraiment incroyable !

— Je sais oui, il faut vraiment tenter d'en savoir plus.

— Et si je comprends bien, ça veut dire qu'il faut aussi réaliser des tests auprès des cas que vous avez identifiés ?

— Oui, tout à fait, nous pourrons vous transmettre toutes les informations que nous avons recueillies.

— Il faut que je mobilise mon équipe.

— Et je ne vous ai pas encore tout dit. Vous connaissez le professeur coréen Jeong Chung ?

— Bien sûr, qu'a-t-il à voir avec tout ça ?

Aidée par Thomas, Lise lui expliqua tout ce qu'ils savaient sur le personnage. Elle lui raconta en détail la discussion qu'ils avaient eue avec lui sur le quai et sa mise au défi de trouver des preuves.

— Nous sommes convaincus qu'il est dans le coup et même qu'il est l'instigateur de toute cette histoire. Il faudrait vraiment l'interroger.

— Eh bien Lise, on ne peut pas dire qu'on s'ennuie avec vous ! dit la ministre dans un petit rire crispé, avant de continuer sur un ton plus sérieux. Bon d'accord, je vais en parler avec mon équipe et avec mon collègue des affaires étrangères. Vous savez où on peut trouver Jeong Chung ?

Lise se tourna vers Nathan.

— Il devait bien prendre un avion pour la Corée, c'est ça ?

— Oui, répondit Nathan, quand il nous a quittés sur le port, il partait pour Roissy en voiture.

— Vous avez entendu ? demanda Lise à la ministre.

— Tout à fait, laissez-moi un peu de temps, je vous tiens au courant.

Lise ne put retenir un long soupir de soulagement en raccrochant. Ils pouvaient maintenant compter sur le renfort du gouvernement. Trente minutes plus tard, la ministre rappela. L'avion de Jeong Chung venait de décoller. Mais elle avait fait le nécessaire, il serait interrogé à Séoul avant de quitter le bord. Les autorités coréennes étaient prévenues. Lise la remercia. La ministre insista pour que l'affaire ne s'ébruite pas, elle les tiendrait au courant de la suite des évènements le lendemain matin.

Lise sentit d'un coup la tension retomber. Le reste de l'équipe devait arriver dans une heure pour le goûter. Elle se demanda si elle ne devait pas annuler. Puis elle se dit que ça leur ferait du bien à tous et surtout à Guillaume. De toute façon, ils ne pourraient rien faire de plus. Et si la ministre avait besoin de les joindre, elle avait son numéro.

Elle proposa d'aller respirer un peu l'air de la mer. Pendant la promenade, elle se rapprocha de Guillaume.

— Tu es sûr que tu vas bien ? Je m'inquiète beaucoup pour toi.

— En fait, je ne sais pas. Je ne peux pas dire que je vais mal, mais je ne sais pas si je vais bien. Je n'ai pas eu le temps d'y penser. C'est comme si j'avais perdu la mémoire de Dieu. Comme si je ne me souvenais même pas d'avoir eu la foi et que du coup elle ne me manquait pas. C'est tellement étrange !

Lise se dit que ce qui arrivait à Guillaume était le contraire de ce qu'elle avait imaginé. Perdre Dieu ce n'était pas comme une histoire d'amour qui se termine, où celui qui s'en va nous envahit. Là, il avait disparu. Elle en eut le cœur serré et passa son bras autour de sa taille.

— Je suis là, Guillaume, tu le sais.

— Oui, je sais et c'est bon de le savoir. Mais je pense aussi aux autres. À ce prêtre sur le bateau par exemple. Il avait l'air si triste, si perdu. Je m'inquiète. Cela doit être terrible pour lui, j'espère qu'il est entouré. Je vais essayer d'avoir de ses nouvelles.

— Tu veux qu'on annule le goûter ?

— Non, ça va me faire du bien. J'ai besoin de retrouver un peu de normalité.

Ils passèrent par la boulangerie pour trouver de quoi nourrir les troupes.

48

Veulettes-sur-Mer — 23 septembre 2028

De retour à la maison, tous les résidents les rejoignirent. Chacun s'enquit de l'état de santé de Guillaume. Lise fit un point sur la situation : les passagers malades, les analyses qui n'avaient rien donné, la fin de la quarantaine, la discussion avec le Coréen. Elle rajouta les traces d'amibe trouvées lors de l'IRM, en précisant bien que ce n'était pas contagieux et sans mentionner l'échange avec la ministre.

Guillaume compléta en expliquant en quelques mots ce qu'il ressentait, ou plutôt ne ressentait plus. À sa grande surprise, il s'aperçut que cela lui faisait du bien d'en parler. C'était comme si ça lui permettait de se raccrocher au réel. Il savait que sa vie allait être bouleversée même s'il en ignorait l'ampleur. C'était une nouvelle page qu'il allait devoir apprendre à déchiffrer comme lui avait expliqué son ami évêque.

En mangeant les pâtisseries, chacun se mit d'abord à imaginer les scénarios les plus farfelus. L'un d'entre eux consistait même à récupérer le professeur à sa descente d'avion en Corée, à le rapatrier et l'enfermer dans le cabanon du jardin le temps d'effectuer des analyses plus poussées. Cette sortie d'Asanté déclencha une grande séance de fou rire qui fit du bien à tout le monde. Un peu plus tard, Munira se tourna vers Guillaume.

— Tu me permets de te poser une question délicate ?

Guillaume hocha la tête en souriant.

– Bien sûr, sauf si tu me demandes de séquestrer le coréen dans ma cave !

– Non, ça n'a rien à voir. Est-ce que tu m'autorises à t'interroger sur ton état, sur tes perceptions, tes ressentis ?

– Ne t'inquiète pas Munira, si cela me dérange, je te le dirai !

– Tu te souviens des mots de ce pasteur sur la première page de sa bible « Dieu est mort ». Est-ce que tu comprends mieux aujourd'hui pourquoi il a écrit ça avant de se tuer ? Surtout, tu n'es pas obligé de répondre si c'est trop difficile !

– Tu sais d'où vient cette expression ?

– Oui bien sûr, de Nietzsche, il l'emploie pour la première fois dans son livre « *Le gai savoir* » et la développe dans « *Ainsi parlait Zarathoustra* ». C'est une référence importante pour certains bouddhistes comme moi, notamment la métaphore du chameau, du lion et de l'enfant.

– Tu as raison, c'est tout à fait adapté à la situation !

– Et du coup, où te placerais-tu parmi ces trois états qui selon lui succèdent à « la mort » de Dieu ?

Guillaume réfléchit. La question de Munira l'interpelait et lui faisait du bien, lui qui n'avait pas encore eu le temps de réellement penser à ce qui lui arrivait.

– D'après lui, je devrais avoir dépassé l'étape du

chameau, celle où j'étais censé ne pas avoir conscience des valeurs. Mais en fait, ça ne marche pas vraiment, j'avais parfaitement conscience des valeurs. Selon Nietzsche toujours, tout ce que je tenais pour vrai a été détruit. Sauf que, là non plus, je ne suis pas d'accord, je tiens pour vraies, bien des choses, que cette foutue amibe ne m'a pas enlevé. Enfin, je devrais accéder au stade de l'enfant pour, renaître à partir de rien, mais désolé, je n'adhère pas non plus à cette troisième métaphore. Je n'ai pas le sentiment de devoir repartir de rien. En fait, je ne sais pas où je suis, je me sens en suspens, dans l'étonnement.

— Donc tu ne dirais pas que pour toi Dieu est mort ?
— Là encore, ce n'est pas si clair que ça…

La discussion dériva sur les multiples interprétations de l'expression de Nietzsche et de la raison pour laquelle il avait fait mourir Dieu. Un Dieu qui s'était, comme le prétendaient les kabbalistes, peut-être juste reculé pour inviter les hommes à réaliser leurs propres choix.

La situation de Guillaume rendait cet échange unique, et chacun avait envie d'en savoir plus, tout en veillant à ne pas le heurter. Devait-on considérer, comme l'affirmait le philosophe, que la mort de Dieu était la condition de sa libération et de celles de ses compagnons tombés malades sur le bateau ? Allaient-ils concrètement mettre en pratique l'invitation à devenir « ce qu'ils étaient » sans référence à une morale extérieure ? Entre drame et promesse de renaissance, naturellement les points de vue différaient entre croyants et athées. Ajda prit la parole.

— Je n'ose pas imaginer ce que tu ressens. Je ne sais pas comment j'aurais survécu à tout ce que j'ai subi avec mes filles lorsque nous avons fui la Syrie, si nous n'avions pas eu Dieu à nos côtés.

— Tu as raison, dit Hafida, cette idée de perdre la foi est terrifiante ! Et je ne dis pas ça pour toi Guillaume. Je suis tellement étonnée de te voir si calme ! Comme Ajda, je m'imagine quel aurait été mon sort sans le secours de la foi. Je ne suis pas sûre que j'aurais eu la force. Je pense aussi à mes enfants !

Mahyar et Munira approuvèrent. Malgré les horreurs qu'elles avaient dû affronter, elles n'avaient jamais douté de Dieu. Dieu, qui les avait sauvées, elles en étaient convaincues.

Lise en eut la gorge serrée. Elle partageait au fond d'elle-même la vision du Coréen et de son équipe. Elle n'était pas loin de considérer que débarrasser le monde des religions serait un bienfait pour l'humanité, mais comment ne pas être sensible aux propos de ses amies ? Elle n'avait jamais eu à affronter de tels malheurs. Ne serait-elle pas tentée, elle aussi, de croire en quelque chose de supérieur si elle se retrouvait confrontée à pareilles souffrances ? Et pourtant, se dit-elle, ce sont bien pour partie des violences commises au nom de Dieu, qui les ont poussées à l'exil. Comment dans ces conditions peuvent-elles encore conserver leur confiance en lui ? Elle garda ses réflexions pour elle. Elle ne parviendrait sans doute jamais à comprendre ce qui animait les croyants. Comme l'avait expliqué Guillaume, cela relevait de l'émotion et non de la raison. Cela n'empêchait heureusement en rien leur amitié. C'était ça qui comptait le plus.

Guillaume tenta en bon diplomate de trouver une synthèse consensuelle.

— En fait dans cette affaire, le problème n'est pas la perte de la foi, même si on a vu les conséquences que cela peut produire. Pour moi, c'est que cette décision, si on admet qu'ils ont pu trafiquer l'amibe, est imposée de l'extérieur sans répondre à une attente du croyant. On n'est pas dans le cas d'une apostasie où le fidèle renonce délibérément à sa foi, ce choix ce n'est pas moi qui l'ai fait. Jeong Chung expliquait qu'il voulait redonner à l'homme son libre arbitre. Mais est-ce acceptable d'enfreindre ce libre arbitre en prétendant nous rendre notre liberté sans nous demander notre avis ?

La discussion repartit de plus belle. Certains expliquèrent qu'on interdisait bien la drogue au motif qu'on ne peut faire preuve de raison sous l'emprise de stupéfiants, faisant au passage référence à l'opium du peuple... Tous avaient conscience que pour les croyants cette perspective était terrifiante.

En fin d'après-midi, rompant avec le sérieux des échanges, Nathan demanda en riant.

— Au fait, Guillaume, j'ai une question fondamentale, bien qu'un peu loin des préoccupations nietzschéennes. Ça ne va pas te manquer de ne plus pouvoir te confesser ? Pour moi qui viens d'un milieu protestant, même si je m'en suis largement éloigné, ça m'a toujours interrogé cette histoire de confesse chez les cathos. Confesse, un terme d'ailleurs bien choisi pour les péchés de chair ! C'est quand même extraordinaire. Vous allez au confessionnal comme au pressing, et hop, par magie vous êtes blanchis !

L'intéressé répondit sur le même ton.

— Ça y est, voilà les parpaillots qui se réveillent ! OK, c'est une de nos différences majeures. Mais on n'est pas blanchi par la confession comme tu le dis et tu le sais, bien sûr. C'est une invitation à la repentance et au pardon. Des notions que vous feriez bien d'intégrer, cher Nathan !

Lise se leva. Regardant la petite équipe qui riait de la joute verbale entre Guillaume et Nathan, elle se rendit compte que malgré le caractère dramatique de la situation, elle était heureuse de les voir réunis. Elle savait que, quelles que soient les difficultés qu'ils devraient affronter, ils se soutiendraient et c'était là, la plus belle chose, au-delà de leurs convictions.

49

Séoul — Corée du Sud — 24 septembre 2028

Jeong avait dormi pendant quasiment tout le vol. Depuis la disparition de sa famille, c'était la première fois qu'il parvenait à se reposer autant d'heures d'affilée. Il se réveilla en pleine forme alors qu'il approchait de Séoul. Il contempla par le hublot le jour qui commençait à poindre. Il avait trouvé le moyen d'agir, il était en paix. Comme les rayons du soleil naissant qui irisaient de rouge et d'orange l'horizon, une aube nouvelle se levait sur l'humanité.

Le commandant de bord déclina le traditionnel message sur la température au sol, clémente en ce début d'automne. Jeong se leva pour prendre son bagage dans le compartiment au-dessus de son siège quand il entendit le commandant qui poursuivait son intervention.

— Monsieur Chung est invité à rester à sa place pour un contrôle administratif.

Il se rassit, le visage serein. Peu importait maintenant ce qui se passerait, la machine était lancée. Le monde ne serait plus jamais le même.

Quelques minutes plus tard, il observa les trois officiels qui arrivaient vers lui.

50

Veulettes-sur-Mer — 23 septembre 2028

Laissant la conversation animée se poursuivre, Lise rejoignit Hafida dans la cuisine à la recherche de quelque chose à grignoter pour l'équipe. Se souvenant de la chanson de Brassens, elle se mit à la fredonner, faisant sourire son amie « *Je n'ai jamais tué, jamais violé non plus. Y a déjà quelque temps que je ne vole plus. Si l'Éternel existe, en fin de compte, il voit Qu'je m'conduis guèr' plus mal que si j'avais la foi.* »

— Je suis d'accord avec toi Lise, si tu rencontres Dieu un jour je suis sûre qu'il te pardonnera de ne pas avoir cru en lui !

— Je t'en suis reconnaissante Hafida ! dit Lise en riant.

— En fait, je pensais à une autre chanson tout à fait adaptée à la situation. Je ne sais plus qui est le chanteur. Ça dit *« et si le ciel était vide ? »*, tu la connais ?

— Oui, c'est Alain Souchon.

— Je l'aime bien.

— Pourtant, il dit que Dieu n'existe peut-être pas…

— Il critique surtout l'utilisation des religions pour justifier la violence. C'est bien là tout le malheur du monde.

— Tu as raison, je ne comprends pas toujours ce qu'il y a dans la tête des gens.

— Je suis comme toi Lise, soupira Hafida.

Après avoir constaté que les placards de Lise ne permettraient pas de nourrir les troupes, elles retournèrent au séjour. Au moment où elles allaient demander s'ils préféraient qu'elles commandent des pizzas ou des sushis, les smartphones de Nathan, Asanté et Jeanne se mirent à vibrer. Cette dernière regarda le sien et cria.

— Lise allume la télé ! Sur les chaînes canadiennes !

Le jour se levait sur la côte ouest, et toutes les chaînes d'info étaient en émission spéciale. Trois avions venaient d'être immobilisés sur le tarmac de l'aéroport de Toronto. De nombreux passagers présentaient des symptômes identiques, maux de tête et vomissements. Quelques minutes après, d'autres informations tombèrent, on parlait de cas similaires dans un festival, dans une université… Lise zappa sur les chaînes américaines. Les cas s'accumulaient, les gens tombaient malades par centaines, par milliers. On commençait à suspecter une épidémie foudroyante.

Elle s'écria.

— Guillaume, il y avait des Américains ou des Canadiens sur le bateau ? Vous pensez qu'ils ont pu transmettre l'amibe à d'autres personnes ?

— C'était un congrès européen, le seul intervenant hors Europe c'était Jeong Chung et je ne sais pas comment il aurait fait.

— Eh non, dit Thomas, une bonne fois pour toutes la Naegleria fowleri n'est pas contagieuse ! Même si je finis par douter de tout…

Tout le monde s'assit devant la télé, abasourdi. Lise zappa sur les chaînes latino-américaines puis asiatiques. Partout les mêmes scènes. Des gens tombaient malades, se plaignaient de nausées, de céphalées. On parlait de crises de désespoir, d'hystérie collective. Le nombre de cas explosait.

— Quelle horreur ! ne put retenir Hafida, le visage exsangue.

L'hypothèse d'une contagion provoquée par les religieux qui étaient sur le bateau devint très vite caduque, tout comme celle d'une attaque ciblée uniquement sur les responsables des cultes.

Ils passèrent la nuit ensemble devant la télé et les réseaux sociaux à suivre la marche de la pandémie qui éclatait sur toute la planète. À mesure que le jour se levait sur les différents points du globe, les croyants perdaient la foi…

Remerciements

Mes chers relecteurs, mes merveilles, c'est à vous que je dédie ce livre, vous qui m'avez supporté tout au long de sa rédaction, qui l'avez lu, relu, encore et encore avec une patience et un enthousiasme incroyables, qui m'avez apporté vos conseils, vos encouragements. Alors mille mercis à Elias, Marie-Christine, Jonas, Hanna, Anne, Philippe, Valérie, Claire, Pierre-Antoine, Jacques, Mathilde, Alicia, Susan, Bastien, Marjo, Éric, Benoit...

Et un grand merci également à Nicolas Parisi de Lufthenger Club pour ses précieux conseils et son accompagnement de très grande qualité, ainsi qu'à Fanny Cairon d'Auto-édition Karenine d'avoir permis sa publication.

N'hésitez pas à me retrouver ici www.mariecatherinebernard.fr pour partager votre point de vue sur Dieu est mort !

Sommaire

1 Monastère San-Paolo — Paraguay — 15 octobre 2025 5

2 Veulettes-sur-Mer — 6 avril 2028 9

3 Lancaster — Pennsylvanie — 4 avril 2028 17

4 Veulettes-sur-Mer — 7 avril 2028 21

5 Holly Springs — Arkansas — 3 avril 2028 31

6 Fécamp — 10 avril 2028 35

7 État d'Arakan — Birmanie — 12 avril 2028 45

8 Veulettes-sur-Mer — 13 avril 2028 49

9 Palerme — Italie — 10 avril 2028 61

10 Fécamp — 13 avril 2028 63

11 Tokyo — Japon — 13 avril 2028 71

12 Veulettes-sur-Mer — 14 avril 2028 75

13 Saint-Pétersbourg — Russie — 15 avril 2028 85

14 Veulettes-sur-Mer — 15 avril 2028 87

15 Izmit — Turquie — 19 avril 2028 91

16 Veulettes-sur-Mer — 22 avril 2028 93

17 Mont Seorak — Corée du Sud — 15 avril 2022 101

18 Fécamp — 26 avril 2028 105

19 Lomé — Togo — 20 avril 2028 115

20 Veulettes-sur-Mer — 26 avril 2028 117

21 Yport — 3 mai 2028	129
22 Séville — Espagne — 2 mai 2027	137
23 Paris — 5 mai 2028	139
24 Marrakech — Maroc — 6 mai 2028	145
25 Veulettes-sur-Mer — 6 mai 2028	147
26 Fécamp — 9 mai 2028	163
27 Chine — avril 2028	171
28 Veulettes-sur-Mer — 16 mai 2028	173
29 Marseille — 18 mai 2028	191
30 Marseille — 19 mai 2028	203
31 Veulettes-sur-Mer — 10 juin 2028	207
32 Toulouse — 25 mai 2028	225
33 Veulettes-sur-Mer — 28 mai 2028	231
34 Région de Cholla — Corée du Sud — 14 juin 2028	235
35 Fécamp — 20 juin 2028	237
36 Sitges — Espagne — 21 juin 2028	241
37 Fécamp — 24 juin 2028	247
38 Veulettes-sur-Mer — 9 septembre 2028	257
39 Navire Belle des Mers — 15 septembre 2028	265
40 Navire Belle des Mers — 19 septembre 2028	269
41 Veulettes-sur-Mer — 19 septembre 2028	275
42 Navire Belle des Mers — 20 septembre 2028	281

43 Fécamp — 21 septembre 2028 287

44 Navire Belle des mers — 21 septembre 2028 295

45 Navire Belle des Mers — 22 septembre 2028 297

46 Port du Havre — 23 septembre 2028 305

47 Veulettes-sur-Mer — 23 septembre 2028 317

48 Veulettes-sur-Mer — 23 septembre 2028 333

49 Séoul — Corée du Sud — 24 septembre 2028 339

50 Veulettes-sur-Mer — 23 septembre 2028 341